冒険者アル
あいつの魔法はおかしい
【著】れもん
【イラスト】——sime
Adventurer Al
TOブックス

シルヴェスター王国
レイン辺境伯爵領
N

パーカー子爵領
パーカー子爵領都
レイン領都
テンペスト王国
オーティスの街
クラレンス村
ナッシュ山脈
ミルトンの街
シプリー山地
チャニング村
レスター子爵領都
レスター子爵領

E N T S

CONT

イラスト：sime
デザイン：山本結葵（growerDESIGN）

序章　辺境の掟

その大陸には人間の他にも知性を持つ生き物が多く居た。彼らの中には人間とは敵対し場合によっては食料とするものも多かった。人間と同じように頭部に胴体《どうたい》、腕や脚をもち、二足歩行をして共同生活を行うゴブリンやリザードマン、オークといった蛮族《ばんぞく》、或いは獣《けもの》のような身体特徴を備え、通常の獣などよりはるかに強い力を持つ魔獣《まじゅう》と呼ばれるものたちである。人々は国を作って団結してそれらの脅威《きょうい》に対抗し、徐々《じょじょ》に、自らを守るために住める土地を開拓していった。人々は、まだ開拓できておらず蛮族や魔獣が住む土地を未開地域、開拓を進めているがまだ蛮族や魔獣が完全に駆除できていない地域を辺境《へんきょう》地域と呼んでいた。

シルヴェスター王国の南西部に位置するレイン辺境伯爵《はくしゃく》領もそういった地域の一つであった。領内の南西部に広がるシプリー山地は人間が入植して五十年に満たない辺境であり、まだまだ蛮族や魔獣の被害を受ける者が多かった。そして、さらにその南部にはまだまだ未開地域が広がっていたのである。常に蛮族や魔獣の脅威を忘れずに暮らす事、そして、それを忘れた者が脅威に晒《さら》されてしまう事、これらが、辺境に暮らす者たちに課せられた掟《おきて》であった。

†

シルヴェスター王国歴《おうこくれき》百六十年、その日は五月のちょうど半ばで朝から爽やかな晴天であった。太陽が中天を過ぎた頃、木々が生い茂る細い山道を二人の幼い子供が手をつなぎ、元気に歌いながら歩いていた。二人とも金色のウェーブのかかったふわふわとした髪に青い目をしていて、赤みを帯びた頬がふっくらとした感じもよく似ていた。服もお揃いの淡い緑色をしたチュニックで手には揃って小さな籠《かご》を持っていた。

二人の名はアルフレッドとイングリッド。今年三才になる双子である。シプリー山地のとある山の麓《ふもと》にあるチャニング村を治める騎士爵ネルソンの三男と次女であった。

その二人の後ろには濃い紺色のエプロンドレスを身に纏《まと》い、片手にバスケットを下げた三十才程の女性が歩いている。彼女の名はミアと言い、ネルソンに仕える従士マイロンの妻であった。

「ねぇ、ミア、まぁだ？」

イングリッドが少し疲れたのか立ち止まった。ミアはすこし乱れた髪を手で撫《な》でつけながら周囲を見回した。

「そうね、きっともう少しね。もうすぐモリスがまた美味しい野イチゴを見つけましたって戻ってくるはずよ。だから頑張って歩きましょう」

モリスもネルソンに雇われている下働きの男であった。元は狩人をしていてこの山も良く知っていた。今日は幼子が居るというので、事前に心当たりの場所を回って三人が効率よく野イチゴが摘めるようにと三人の先を歩いているのだ。

「うん、がんばる」「がんばる！」

ミアの励ましに双子は元気よく返事をした。

「いっぱいつんで、かあさまに食べてもらうの」

イングリッドはにこやかに言う。二人の母親は妊娠しており、つわりが重くあまり物が食べられずにいた。だが、甘酸《あまず》っぱい野イチゴならきっと食べてくれるだろう。イングリッドの言葉にミアはにこやかに微笑《ほほえ》んだ。

その横を歩いていたアルフレッドは、前方の木陰に何かが居るのに気が付いた。身長百二十センチ程でやせ細った人間という感じであるが、肌は緑色で薄汚く、服も辛《かろ》うじて腰に布を巻いているだけの恰好《かっこう》であった。手にこん棒のようなものを持っている。

「ねぇ、誰かいるよ？　へんなの……」

アルフレッドが指さす方向を見てミアが驚き大きく目を見開いた。

「ゴブリン！」

ミアが悲鳴に似た声を上げた。アルフレッドやイングリッドもゴブリンを見たことはなかったが、人間を食べる怖い蛮族だと聞かされていた。アルフレッドとミアのやり取りが聞こえてしまったのか、そのゴブリンは三人の居る方を向いた。視線が合うと、ゴブリンは目を見開き、耳まで裂《さ》けそうなほどの大きな口を開けて顔を歪めギャギャギャギャと喚《わめ》いた。口の中にギザギザの尖った歯が見える。ゴブリンは一体だけではなかったらしく、すぐに木陰からわらわらと五体ほどのゴブリンが出てきた。

「逃げて！」

ミアの悲鳴に似た声に、イングリッドは手に持っていた籠を放り出してアルフレッドの手を掴《つか》む。アルフレッドはどうしたらいいのかよく判らず立ち尽《つ》くしていたのだ。

「グリィ?」

グリィというのは、アルフレッドがイングリッドを呼ぶときの愛称《あいしょう》だった。大人が二人の事をアル、グリデと呼ぶのを真似たのだが、まだ三才の二人はきちんと発音できず、お互いをアリュ、グリィと呼んでいたのだ。

「にげよ、アリュ」

「でも、ミアが……」

ミアは、彼ら二人と一緒に逃げようとはせず、震えながらも足元に落ちていた木の棒を拾い、ゴブリンに対して身構《みがま》えていた。

「アル様、グリデ様、先に逃げて、早く!」

ミアの言葉に二人は顔を見合わせた。ゴブリンたちはどんどんと近づいてきていた。強張《こわば》った顔で二人は頷きあう。きっとここに居たら邪魔になる。ゴブリンの恐ろしさは何度も聞かされていたし、村には家族を蛮族に殺されたという者も居たのだ。

二人は泣きたくなるのを必死に抑え、懸命《けんめい》に手をつないで山道を来た方角に走り始めた。しばらく歩いた先には乗ってきた荷馬車がつないである。そこまで行けば助かるかもしれない。この山を案内してくれていたモリスは若いとき凄腕《すごうで》の狩人《かりゅうど》だったと自慢していた。彼と会えればすぐにゴブリンなんてやっつけてくれるに違いない。

二人の後ろで、ギャギャギャとゴブリンが叫び声をあげている。ドサッドサッと何かぶつかるような音、倒れるような音が聞こえたが、アルフレッドたちは怖くて振り向くことはできなかった。悲鳴を堪えて懸命に走る。

「あっ！」

イングリッドが声を上げた。つないでいた手が急に離れる。アルフレッドはあわてて振り返る。イングリッドは木の根に足を取られたらしく転んでしまっていた。いつの間にかゴブリンがすぐ近くまで迫ってきていた。アルフレッドはいそいでイングリンドの手を掴もうとした。あっという間に近づいてきたゴブリンがこん棒を振りかぶり、アルフレッドに振り下ろした。アルフレッドの頭に激痛が走り、そのまま目の前が真っ暗になってしまったのだった。

†

どれぐらい時間が経ったのだろうか。アルフレッドは窮屈《きゅうくつ》さと喉の渇《かわ》き、悪臭を感じて目が覚めた。手足が前方に纏められて縄をかけられ床に転がされている。縄はきつくほとんど身動きがとれない。いつの間に夜になったのか周囲はかなり暗かった。なんとか首を伸ばして周囲を見回す。木を組み合わせた壁と天井、布のようなもので区切られた出入口が見えた。小屋かなにかだろうか。出入口の外は真っ暗であった。怖いゴブリンの姿はなく、何の音も聞こえない。頭はずきずきと痛む。鼓動が激しくなって、息が苦しい。心細くなり涙がこぼれる。

「グリィ……ミア……」

アルフレッドは耐えきれず、ひっくひっくとしゃくり上げながら嗚咽《おえつ》交じりに声を上げた。二人はどうしてしまったのだろうか。手足を動かそうと藻掻《もが》いてみたが、縄は堅くてびくともしない。すこし目は闇《やみ》に慣れてきた。床に転がされたアルフレッドのすぐ目の前にはなにか正体不明の黒い塊が見えた。虫か、それともネズミか？　慌てて見まわすと、同じような黒い塊が所々に居た。じっと見ているとそれは動いてはいない。だが、別の所を見ていると、目の端ですこし動いた気がする。またじっと見る。しばらくそれを繰り返していると、周りの黒い塊が今にも自分に襲いかかってくるのではないかとどんどん怖くなってきた。

「グリィ……ミア……」

アルフレッドはまた思わずそう呟いた。

「ギッ、ギギッ」

いつの間にか出入口の布の隙間にゴブリンの顔があった。部屋の中を覗き込んでいる。

「ひっ……」

アルフレッドは悲鳴を上げそうになり懸命に堪える。

「ギッギギギッ」

ゴブリンは何かを呟きながら部屋に入ってきた。アルフレッドに近づいてくる。ゴブリンの手足は臭くて黒い液体がべっとりとついていた。身をかがめてアルフレッドを覗き込むようにする。

「た、たすけて……、たすけて……」

アルフレッドは目を瞑《つむ》りゴブリンから顔をそむけるようにして小さな声で何度もつぶやく。ゴブリンは顔を近づけてきた。生臭い息が顔にかかる。

「ひっ……食べないで……」

ゴブリンの指がアルフレッドの頬を掻いた。鋭い痛みで薄く目を開けてゴブリンを見る。

「ギギギギッ」

ゴブリンが顔をゆがめる。にやにやと笑ったようにアルフレッドには思えた。ゴブリンの開いた口の中にまた鋭い歯が見える。

「ううう……」

アルフレッドの口から嗚咽が漏れる。必死に縄から逃れようと手足を動かした。だが、縄は太く硬くてちくちくしており、触れた手首や足首がこすれて痛いだけで、やはり少しも緩んだりしなかった。また、すぐ近くの床に転がっている黒い塊が動いた気がした。

「たすけて……」

アルフレッドの頬をなにか液体が伝っていった。だが、手は足と一緒に縛られていてそれを拭う事すらできないのだった。

「……アル……アル……」

誰かの叫び声が遠くから聞こえていた。聞き覚えのある声だ。この声は……頭が痛い……。

「……アル！　グリデ！　何処《どこ》だ？」

祖父の声だった。いつも優しくアルフレッドやイングリッドを可愛がってくれる祖父。だが、今聞こえてくる叫び声はいつもと違っていた。まるで何かに怒っているような叫び声だ。

「ギギギッ……」

アルフレッドの頬を撫でながら顔を歪めていたゴブリンはその声に気付いたのか急に立ち上がった。そしてしばらくきょろきょろと辺りを見回していたが、しばらくして部屋から出て行った。

「……！」

アルフレッドは助けを呼ぶために叫ぼうとしたが、かすれるばかりで声が出ない。だが、徐々に足音は近づいてきた。何度も何度も懸命《けんめい》に声を出そうとする。部屋の外に光が見えた。ランプや蝋《ろう》燭《そく》のように揺れていない、そしてなにか暖かさが感じられる光である。

「じいちゃん！」

ようやく声がでた。光はだんだんと近づいてくる。それにつれて周囲に転がっている正体不明の物がただのぼろ布の塊や錆びた道具に姿が変わっていった。光によって、先ほどまで怖かったものがただの物に変わっていったのだ。彼の祖父が持つ光はなんと素晴らしいものなのだろう。

「アル？」

「じいちゃん！」

アルフレッドは叫んだ。アルフレッドが縛られて転がされている部屋の出入り口に先が光る棒を持った小柄な初老の男が現れた。アルフレッドの金髪とよく似た白髪交じりの金髪を短く刈り込み、革鎧の上に深い緑色のローブを身につけている。アルフレッドの祖父、ディーンだった。

「アル！」

ディーンはアルフレッドを見つけ、出入り口を覆う布を乱暴にかき分けると大股で部屋の中に入ってきた。

「アル、大丈夫か？　おおお、生きておる！　運命の女神ルウドよ、与えられた幸運に感謝します。ああ、頭に酷い怪我を……痛かったろう……可哀想に……可哀想に……」

祖父はアルフレッドを何度も抱きしめ、顔をこすり付けた。

「じいちゃん、じいちゃん！」

アルフレッドもじいちゃんと何度も呟く。

「すぐに解いてやるからな」

ディーンは腰に差したナイフを抜きアルフレッドの手足を縛っている縄を切ろうとした。だが、あまりに結び目が硬くすぐには解けない。その時、ディーンが入ってきた出入口の方で足音がした。

「ギャギャギャギャ！」

さっき居たゴブリンだろうか。それも一体ではなく三体に増えている。かなり興奮しているように見えた。

「じいちゃん、うしろ！」

『魔法の矢《マジックミサイル》』

アルフレッドの警告に祖父は咄嗟に後ろを向いた。そして、ゴブリンに向かって素早く呪文を唱え、それと同時に右手を突き出した。その掌《てのひら》から青白く光る棒のようなものが飛び出す。飛び出した棒は次々と三体居たゴブリンの胸元に突き刺さる。三体のゴブリンは皆、その衝撃で後ろに吹っ飛んだ。

「すごいっ、じいちゃん」

祖父が魔法使いだというのは聞いたことがあったが、実際に魔法を使って戦う所を見たのは初めてだった。あれ程恐ろしいと思ったゴブリンは、祖父の掌から飛び出した魔法の青白い光を受けて簡単に吹き飛んだ。それも三体同時である。魔法というのはこれほどの力を持っているのか。

「もう、大丈夫じゃからな」

ようやくアルフレッドの手足を拘束している縄が切れた。きつく縛られていた手足はかなり痺れている。

祖父はアルフレッドを抱き上げた。

「グリィとミアは？」

アルフレッドの問いにディーンは眉を曇らせた。

「ミアは怪我が酷いが命は助かった。グリダはまだ……。じゃが絶対に見つける。しっかりつかまっておれよ」

「うん」

アルフレッドはしびれた手でぎゅっと祖父の首に抱き着いた。

出入口の方でどたどたと足音が聞こえた。

「父上！　向こうは制圧を終えました。ゴブリン十四体、上位種は居ませんでした」

アルフレッドの父、ネルソンの声だ。他にも二人の声がする。父の従士、マイロンとオズバートである。貧しい騎士爵家に仕える従士はこの二人だけであった。彼らの持つ武器や身にまとった金属鎧はゴブリンの緑色の返り血でどろどろだ。

「おお、アル、無事だったか。太陽神ピロスよ、感謝を。よかった！」

祖父に抱かれているアルフレッドに気付いて、三人は喜びの声を上げた。

「グリダは？」

「こっちで見つかったのはアルだけだ。他を探すぞ」

父は唇を噛みしめた。

「くそっ、いつの間にこんな集落をつくっていやがった。最近はずっと何もなかったのに」

「ゴブリンはミュリエル川の向こう側に追っ払ったんじゃなかったのか」

マイロンたちは興奮し、怒ったような大声で喋っていた。その二人の後ろから初老の男が歩み寄ってきて、アルフレッドをぎゅっと抱きしめる。白髪交じりのごわごわの髪をした下働きのモリスであった。

「アル坊ちゃん……助かって良かった……すまなかったです。俺が痕跡を見落としたばっかりに、こんな目に」

モリスは何度も泣きながらアルフレッドに謝った。

「モリス、自分ばかりを責めるな。私こそ、毎週周辺の巡視をしていたのにゴブリンの集落ができているのを見落としていた。責められるべきは私の方だ」

父がそう言って泣くモリスの肩をかるく叩く。

「二人ともそんな話は後にしろ。今はグリデ探しとゴブリン退治だ。ゴブリンを一体でも見逃すと、すぐに百体に増えると言われる。徹底的に退治するぞ。ネルソン、お前はもう一度、オズバートと一緒にグリデたちが襲われた辺りを調べろ。グリデは賢い子だ。きっとまだどこかで隠れているに違いない。マイロンはこの集落をもう一回詳しく見て回れ。モリスはここでアルの手当を頼む」

祖父はアルフレッドをモリスに託すと自分は背筋を伸ばして少し上を見た。

『飛行《フライ》』

彼はふわりと三メートルほど宙に浮かんだ。

「儂は空から見て回る。モリス、アルを頼むぞ」

「わかりました！」

父と二人の従士が気合の入った返事をし、声をかけあって移動し始めた。アルフレッドはモリスに抱かれながら、祖父が飛ぶ様子をしばらく見ていたが、そのままモリスの腕の中で眠る様に意識を失ったのだった。

†

アルフレッドたちが襲われてから十日が経った。事件の翌日には近郊の街に配備されている衛兵隊の小隊もやってきて、アルフレッドが襲われた周辺から救い出されたゴブリンの集落に至る一帯やその付近の探索などが行われていたのだが、その衛兵隊も今日で街に帰ってしまうらしい。だが、アルフレッドのベッドと並んで置かれていたイングリッドのベッドはずっと空のままであった。

「どうじゃ、アル……頭の痛みは治まったか」

夜、アルフレッドが寝ている部屋に顔を出したのは祖父のディーンであった。目の下には濃い隈ができていた。他の者たちもそうだったが、祖父もほぼ寝ることもなくイングリッドの捜索を続けていたのだ。

そして、アルフレッドはその間ずっとベッドから出られずに居た。頭の怪我がまだズキズキと痛むというのもあったが、それ以上に暗闇が怖かったのだ。なにか暗いところを見つけるたびにそこに緑色の肌をしたゴブリンが大きな口を歪めてにやにやと笑っているような気がした。

夜は部屋にずっとランプをつけていたが、それだけでは部屋の隅には何かが居そうであった。もちろんさらにその外、夜の廊下など恐ろしくてたまらない。トイレは必ず誰かを呼んで一緒に来てもらった。祖父だけではなく父のネルソン、母や兄、姉も幾度となく慰めに来てくれたが、その恐ろしさは無くなることがなかった。

「こんな小さいのに、本当に酷い目に遭ったな」

祖父はアルフレッドの頭を撫でた。

「ねぇ、光《ライト》じゅもんで明るくして」

アルフレッドにとって、祖父の光《ライト》呪文はゴブリンの恐怖を拭い去ることのできる唯一のものであった。

「ああ、いいとも」

祖父はそう言って手に持っていた棒の端に光を灯した。部屋の中を明るく照らす。アルフレッドは安堵のため息を漏らした。

「やっぱり、じいちゃんの光とほかの人の光となにかちがうね」

「ん？　他の人？」

アルフレッドは蛮族討伐に派遣された衛兵隊に所属していた魔法使いにも、光呪文をお願いしたことがあった。だが、その魔法使いが使った光呪文と祖父の光呪文では何故か違いがあるように感じたのだ。

「ふむ、あまり意識したことはなかったが……、どうなのだろうな」

祖父はアルフレッドが寝ているベッドの端に腰かけた。

「うーん、なんかじいちゃんの光のほうがやさしくて、あったかい気がするんだ」

「優しくて、暖かい……か」

祖父はアルフレッドの頭をなでながら軽く首を傾げる。アルフレッドはかるくもたれかかり、彼の胸の中に顔を埋めた。そして、すこしして顔を上げて祖父の顔をじっと見た。

「ねぇ、じいちゃん。暗いのがこわくて、こわくて……。どうしたらいい？」

「何を言っとる。儂だって暗いのは怖い。何が潜んでおるかわからぬからな。じゃが、そこから目を瞑って怯えているだけでは生きてゆくことはできぬ。だから頑張るしかない。儂の言う事はわかるか？」

祖父の言葉にアルフレッドは考え込んだ。

「怖いけど、がんばる？」

しばらくしてから呟いた答えに祖父はかるく微笑んだ。

「そうじゃ。まだ、アルは三才じゃ。そんなに急がなくても良い。少しずつ頑張る。それで良い」

「うん……、ねぇ……」

アルフレッドはイングリッドの事を尋ねようとして、口をつぐんだ。聞くのは良くない気がしたのだ。衛兵隊の騎士たちは今日で帰るらしい。ということはイングリッドを探すことはやめてしまうという事なのだろうか。二人はしばらくじっと黙った。アルフレッドはその時、祖父の胸元に揺れているペンダントに気が付いた。イングリッドの瞳と同じ青くて透き通った綺麗な石のペンダントだ。それは直径二センチほどの丸く平べったい青い水晶のようなものであった。銀色に光る金属製の枠がついており、その水晶と枠との間に首に下げるための麻紐が通っている。

「ね、ねぇ……じいちゃん。そのペンダントは？」

「これか？」

祖父は胸元で揺れていた青い水晶に似た石をつまむ。

「これはな、儂が若いとき、冒険者をしていた頃にみつけた魔道具じゃ。まるで水晶のようにきれいじゃろ？」

魔道具！　アルフレッドはすこし眼を輝かせた。母が二人を寝かしつける時にしてくれたお話にでてきた不思議な道具の事である。透明になるマント、人の居場所がわかる地図、そして魔法が使える杖。お話の主人公はそういった魔道具を使って困った事を解決したり、悪い奴をやっつけたりしていた。よく、イングリッドとは魔道具を使う主人公になりきるごっこ遊びをしたものだった。

「ねぇ、なにができるの？」

アルフレッドは興奮した様子で尋ねた。

「残念ながら、何に使えるのか判っておらぬ。魔法発見呪文《ディテクトマジック》や魔法感知呪文《センスマジック》には反応するから魔道具であることは確かなのじゃがな」

「そうなんだ……。まどうぐ……」

アルフレッドはじっと青い水晶に似た石を見つめた。祖父はペンダントを取り外すと、革の紐を軽く結んで長さを調整してアルフレッドの首にかけた。

「アルにやろう。大事にしてくれよ」

「えっ、いいの？」

アルフレッドは驚きに目を見開いた。自分の胸に下がる青く透明な水晶のような石を持つ。そしてそれを祖父が灯してくれた光呪文《ライト》の明かりを透かして見た。青い水晶はきらきらと光った。

「ありがとう、じいちゃん」

「うむ、きっとそれがアルを守ってくれるじゃろ」

アルフレッドはじっとその青い水晶に似た石を見つめた。イングリッドの瞳と同じ透明な青。祖父がゴブリンを倒すのに使った呪文の青白い光にも少し似ている気がした。

「ねぇ、じいちゃん。これをみつけた時の話をしてよ」

アルフレッドの口調がすこし明るいものになっていることに祖父は微笑んだ。

「よかろう。古代遺跡というのをアルは聞いたことがあるか？」

「こだいいせき？」

「ああ、そうだ。今、儂らが生きている時代の前には古の時代というものがあったと言われている。今より何百年も昔の時代だというが、実際はよくわかっておらん。だが、時折見つかるのだよ。その古い時代に人々が暮らしていた痕跡が。それを古代遺跡と呼ぶのじゃ」

アルフレッドは目を輝かせ祖父の顔をじっと見つめた。

「こだいいせきには、まどうぐがいっぱいある?」

「ああ、もちろんじゃ。魔道具だけじゃないぞ。金貨や銀貨、宝石、すごい魔法が使える呪文の書というのもある」

「まじゅうや、ばんぞくがいる?」

アルフレッドは不安そうな顔をした。

「そうじゃな。そういった危険は多い。儂が見つけた古代遺跡は、氷に閉ざされた平原の中にあった……氷というのはわかるか?」

アルフレッドにディーンは若い頃に探索した古代遺跡の話をした。岩や石のような硬さだが、白く冷たくて、触れていると溶けて水になるというもの、それが氷であった。その氷に閉ざされた暗い洞窟、その奥にある階段を魔法の光と灯して降りていく話である。そして、そこを根城にしていた蛮族を魔法で倒し、そこに置かれていた女神を象ったとおぼしき石像の胸元に銀色に光る金属製の枠がついた青い水晶を見つけたのだった。その話をアルフレッドは目を輝かせて聞いた。そして、無事に握りしめた魔道具、青い水晶が見つかったと聞いて安心したのか、そのまま祖父の胸の中で穏やかに眠りについたのだった。

†

アルフレッドはその日から少しずつベッドから起き上がれるようになった。だが、まだ闇の中に黒い影を見て怯えたり、今まで一緒に居たイングリッドの事を思い出して泣いてしまったりといった事も多い。そして夜はいつも魔道具のペンダントを握りしめ、ディーンから冒険者として過ごした時の物語を聞きながら眠りにつくのであった。

アルフレッドの一番のお気に入りの物語は古代遺跡の話であった。闇を魔法の光が照らし、蛮族をやっつけ、最後には魔道具のペンダントを見つけるという話を、アルフレッドは毎日のように繰り返して祖父にお願いしていた。

そういう日が続いたある日のことだった。いつものように寝る前の話をしようとやってきたディーンが部屋の扉を開けると、アルフレッドは真剣な顔でベッドに座っており、ディーンがその横に座ると真剣な顔で話しかけたのだ。

「じぃちゃん。僕、じいちゃんみたいに魔法を使いたい」

祖父はその言葉にじっとアルフレッドの顔を見た。呪文を習得するというのは非常に難しい事であった。彼自身、十歳で初級学校を卒業した後、当時、従士として国の騎士団に所属していた父、アルフレッドからすると曾祖父に頼み込み、師匠を付けてもらって必死に勉強したのだが、光《ライト》呪文が使えるようになるまで五年かかった。だが、それはかなり早いほうであった。十年以上修行しても使えない者も多い。それまでに断念してしまう者も多く、弟子になっても魔法使いになれるのは十人に一人も居ないと言われていた。

「呪文が使えるというのはすごく難しい。こればかりはいくら努力しても習得できない可能性のほうがかなり高い。それでも良いのか？」

祖父の問いにアルフレッドはじっと祖父の顔を見つめ、そしてペンダントをぎゅっと握る。

「どんなにむずしいことだとしても、僕はがんばりたい。まずは光じゅもんを使えるようになる。それも、じいちゃんが使うようなやさしくてあったかい光を出す光じゅもんだよ。そうすれば、僕はきっと暗くてこわいことにがんばれる。そしてグリィがいないことにもがんばれるようになると思う。そうしてがんばって、僕はじいちゃんみたいにこだいいせきを、たんさくするんだ」

アルフレッドの幼いながらも真剣な表情に祖父はぐっと考え込んだ。少しでも前を向いて進むしかないのだろう。そして、魔法使いという道は自分も経験した道で応援したい気持ちも強い。それに対してはいくらでも手を貸したいと考えた。そして彼自身も体力は衰えてきている。いつまでもアルフレッドの事を守ってやることはできないだろう。

「わかった。それならば魔法を教えてやろう。だが、古代遺跡を探索するには呪文を憶えるだけでは駄目じゃぞ」

ディーンは祖父として、アルフレッドが三才から呪文ばかりに傾倒して身体を鍛えない事には不安を覚えた。それに、自分自身の経験として古代遺跡を探索に体力の不足を感じることが多かった事も思い出す。魔法使いだからといって体力が要らないということはない。ましてや呪文を習得できないという可能性もあるのだ。心配しすぎなのかもしれないが、祖父としてはそう言わずには居られなかった。

「じゅもんだけじゃだめ？」

「そうだ。古代遺跡は簡単に行けるところにはない。人間の行けないような高い山や深い森の中にあるのじゃ」

「そうか、そうだね！」

アルフレッドは頷いた。

「夜は儂が呪文を教えてやるが、昼はモリスに狩人として鍛えてもらえ。お前は三男じゃ、兄たちのように剣や槍の訓練はしなくても良いだろう。儂からそなたの父には話をしておこう」

モリスは元々凄腕の猟師であった。アルフレッドが彼と過ごすことになれば十分身体を鍛えることができるだろう。そして、祖父はモリスがあの事件以来、すっかりふさぎ込み、衛兵隊が捜索を打ち切られた今も仕事以外の時間を使って一人で森の探索を続けているのを知っていた。モリスにとってもアルフレッドと時間を過ごすことは良いに違いない。祖父はそう考えたのだった。

†

それからアルフレッドはひたむきに二人を師として学び始めた。

ゴブリンを相手にして何もできなかった事、縛り上げられた時の無力感、イングリッドへの思い、暗闇への恐怖を克服するのだ。昼は山でモリスから狩人としての修行、夜は部屋で祖父と魔法の修行の日々を過ごした。

そして、数年後に祖父とモリスが続けて流行り病で死んだ後も、祖父がくれた古代遺跡への強い憧れを胸に、アルフレッドは二人が残してくれた山小屋で様々な狩りの道具や呪文の書を相手に独りで学び続けたのだった。

辺境都市レスター

シルヴェスター王国歴百七十二年、四月中旬の暖かいある日のことであった。そのレイン辺境伯爵領の南西部、シプリー山地の西端にある港街ミルトンから海に沿って南に伸びる街道を歩く若い青年の姿があった。

その青年はアルフレッド・チャニング、幼い頃、ゴブリンに襲われた彼は十五才になっていた。彼の父はチャニング村を治める騎士爵として貴族としての地位を持っていたが、三男であるアルフレッドは外に出て身を立てるしか道はなく、彼は悩むことなく冒険者としての道を選んだ。彼は幼いころに祖父から何度も繰り返し聞いた古代遺跡にずっと強い憧れを持ち続けており、祖父たちから教わった呪文と狩人の腕をずっと磨き続けてきたのだ。そして、今年中級学校を卒業した彼は、数年前にも古代遺跡が見つかったという噂を聞き最南端、未開地域との境である辺境都市レスターに向かっていた。

きっと、まだまだ人間の手の入っていない所の多い未開・辺境地域なら、これからも古代遺跡が見つかる可能性は高いだろう。きっと、自分もその夢を果たすのだと熱い思いを胸に秘め、アルフレッド・チャニングという貴族の子供であることを示す名字付きの名前を名乗る事を止め、冒険者アルとしての新しい一歩を踏み出すべく歩いていたのだった。

アルの身長は百五十センチ程だろうか。青年というにはまだひょろりと細く、顔もまだ幼さを残していた。埃をかぶってごわついた鈍い金髪は伸びっぱなしで後ろで無造作に束ねられており、薄い茶色の服の上に濃い茶色の革の胴鎧を身につけその上には濃緑のマントを羽織っていた。胸元には青い水晶らしきのペンダントが揺れ、腰には大振りのナイフやすこし膨らんだポーチ、背中にはパンパンに膨らんだ背負い袋があった。

彼が昼前にミルトンという大きな港街を通り過ぎてから既に二時間程が経っていた。空は今にも雨が降りそうな暗い曇天で春とは言ってもまだまだ肌寒い気温だったが、彼の額にはうっすらと汗がにじんでいた。

ミルトンで聞いた話によると、三時間程歩けば大きな川に出、そこの渡し場から舟で対岸に渡れば辺境都市レスターにはすぐだということだった。だが、その手前は大きな岩だらけの悪路で見通しが利かず人を襲う魔獣や盗賊も多い難所らしい。暑さに少しうんざりしながら、彼は一度立ち止まり周囲を見回した。そしてふとすこし遠くから聞こえる微かな戦いの音に気が付いた。しばらく耳を澄ましていたがそれが止む気配はない。中級学校在学中から冒険者として活動していたアルには一応蛮族や盗賊の討伐の経験もある。それほど戦いに自信があるわけでもないが、今後冒険者として稼ぐつもりの彼としては争いを無視するわけにもいかない。手に負えなくても治安を守る衛兵隊に報告ぐらいはしたほうが良いだろう。そう考えたアルは様子を見に行くことにした。

　近づいていくと、戦いの音はだんだんと大きくなってきて人の声も混じり始めた。かなりの人数が戦っている様子である。とは言っても岩だらけで視界が遮られるので目視するにはもっと接近する必要がありそうだった。彼は物陰に身を寄せると膝をつき左手の革手袋を外して掌を地面につけた。

『知覚強化《センソリーブースト》　触覚強化』

　知覚強化《センソリーブースト》呪文というのは、一般的には強化される効果は五感それぞれが少しずつ良くなるだけで、かなり熟練《じゅくれん》度が上がらないと役に立たないとして人気のない呪文であった。習得する者は、騎士団で見張り役などを務めるなど、ごく一部の魔法使いなどに限られていた。だが、アルの使い方は少し違っていた。強化する感覚を限定して効果を高めたのだ。さらに、彼は動物の生態などに詳しく、足の裏で地面を伝わる振動から遠くの敵の存在を感じ取ることができる動物がいることも知っていたのだ。そして、それをこの知覚強化《センソリーブースト》呪文に応用したのだ。

　これは辺境の山村の領主という裕福でない家に生まれ、呪文の書というものを手に入れるだけでも苦労したアルが、領都の魔法使いギルドが上級・中級学校の学生向けに提供しているライブラリから借りることができた人気のない呪文の書から習得した呪文をいかに活用するか苦労した結果でもあった。

　聞こえてくる戦いの音や人の声などにそうやって得られた情報を加えると襲っている側は盗賊で人数は二十人程だろうと思われた。襲撃を受けている側は馬車に乗っている者もいる為にはっきりしないものの、抵抗して戦っている者は足音から八人程度のようだった。だが、盗賊の人数が多いにもかかわらず走り回っており、あまり優勢ではなさそうである。このままであれば、襲撃を受けた側は無事に撃退できそうな様子であった。

大丈夫だろう――――そう判断しかけたところでアルは違和感に気が付いた。このような相手を盗賊は襲撃したりするだろうか。奴らは正しく弱者を狙う。逆に言えば弱者しか襲わない。八人も護衛が居る、つまり戦闘のプロ八人が守っている相手を、二十人程度しかいない盗賊が襲うはずがないのだ。余程腕に自信がある、或いは盗賊たちはかなり切羽詰まった状況であるという可能性も無いわけではないが、不安を覚えた彼はさらに範囲を広げて周囲を確認することにした。

――やはり、居た。

別に二十人程の集団が声を潜め静かに移動していたのだ。かなりの人数ではあるのだが、襲撃されている現場の向こう側にその集団が居たので気付けなかったのだ。

これは危険かもしれない。そう判断したアルは邪魔になる大きな背負い袋を岩陰に押し込んで隠し、急いでその集団に近づいた。少し高い岩の上に登りその集団を見ると、彼らは薄汚れた服の上に不揃いな防具を身に着けている。見るからに盗賊らしい様子であった。再び知覚強化の呪文で今度は聴力を高め彼らの会話に耳を澄ます。それによると今、隊商を襲っている盗賊はガイコツ盗賊団、そして迂回して挟み撃ちにしようとしている彼ら自身は血みどろ盗賊団というらしかった。これら二つの盗賊団はお互い利用しあう程度の関係にあるようで、今回は協力して隊商を襲撃するつもりらしい。

状況は把握したが、アル自身は中級学校を卒業したばかりの身であり、そんな多人数を一度に相手ができるはずもない。アルは胸元にぶら下がる青く透き通った水晶のようなペンダントを握りしめた。祖父からもらった用途のわからない魔道具であるが、不安になったり迷ったりしたときにはいつもこれを握りしめて勇気をもらっていた。そしてどうすべきかじっと考える。せめて盗賊が攻撃を行おうとした時に、その意図を暴き、警告した上で盗賊の後ろから助力をすれば隊商がすこしは有利に戦えるかもしれない。もちろん、単純に大声をだしてはアル自身の身が危ない。危なそうになればすぐに行けそうな逃げ道をいくつか当たりを付ける。そうしておいてからアルは呪文を唱えた。

『幻覚《イリュージョン》　音声幻覚』

「こちらにも盗賊だ。気をつけよ！」

アルは自分が居るところとは別の所で幻覚の叫び声を出した。これも呪文を工夫して幻覚を音声のみに絞ることによって音量の調整し、隊商にも十分届くであろうという大きな叫び声であった。

「みつかったのか？」「見張りはどこだ？」「お前がでかい音をたてるからだ」「俺じゃねぇ、お前だろ」

血みどろ盗賊団の連中は口々にお互いを大声で罵り合った後、頭目らしき男の指示もあって声のした方向と隊商とに手分けをして走り始めた。アルが声を出した方向に向かった連中を避けつつ隊商にむかった連中を追う。隊商がもう一つの盗賊団、ガイコツ盗賊団と戦っている場所とはそれほど離れているわけではないので、数分もすればそちらの戦いの音が聞こえる程の距離となった。手前の大きな岩を抜ければもうすぐといったところで、血みどろ盗賊団の連中の足が止まった。

「ここから先は通さないぞ！」

盗賊たちが立ち止まった先で発せられた叫び声にアルは驚いた。その声に聞き覚えがあったからだ。そのすこし高い声はほんの一ヶ月前に卒業したばかりの中級学校の同級生、ナレシュのものによく似ていた。

アルはあわてて近くの岩によじ登り声のした方向を覗き込む。そこには金髪を短めに刈り、豪華な仕立ての服を着た若い男が左右に革鎧を身にまとった護衛らしい男を二人連れて立っていた。間違いなくナレシュである。

彼はアルが向かおうとしていた辺境都市レスターを治める子爵家の次男であり、その出自にふさわしく学校の成績は学科、実技共に優れ中級学校を首席で卒業し、そのまま上級学校に進学予定だったはずである。今のタイミングで里帰りということなのだろう。中級学校を卒業し辺境都市レスターを目指して旅をしてきたアルと時期が重なったのはあまり不思議という訳でもなかった。

ナレシュは余程腕に自信があるのか二人の護衛と共に岩でできた狭路をうまく利用して盗賊二十人を相手するつもりのようだった。三人と血みどろ盗賊団との闘いはすぐに始まり、二十人を超える盗賊たちは三人の連携を崩すことができずにいた。ところが、手下の盗賊たちを戦わせていた頭目が何と呪文を唱えたのだ。

『魔法の矢《マジックミサイル》』

血みどろ盗賊団の頭目がつきだした左手から光り輝く長さ三十センチ程の矢のようなものが三本、

ナレシュとその護衛二人の胸の辺りに向かって飛んだ。護衛二人は金属の胸部鎧のおかげで軽い衝撃で済んだようだったが、鎧を身につけていないナレシュの胸には光る矢が深く突き刺さった。その矢は一瞬だけ瞬いてから消え、刺さっていた傷口からは鮮血が零れていく。彼はうぐっと声をあげてその場に膝をついた。護衛の一人があわててナレシュの前に庇うように立ったが、盗賊たちはそれを見て歓声を上げ三人を囲もうとする。

「ふははっ、驚いたか。血みどろ盗賊団の頭目様は魔法も使えるぞ。どうせ貴族の坊ちゃんが護衛の力頼みでしゃしゃり出てきたにちがいねぇ。後悔させてやれっ。捕まえてたっぷり身代金をふんだくってやろうぜ」

「おおっ！」

ナレシュたちを囲んだ盗賊たちが雄叫びを上げた。彼らは完全に勢いづいて手に持った武器でナレシュを攻撃しようとし、彼の護衛は懸命にそれを防いでいる。だが、ナレシュたちを囲む輪は徐々に小さくなり三人の護衛が倒されるのも時間の問題になりつつあった。そこから少し離れたところに身を隠し、アルは胸のペンダントを握りしめて盗賊の頭目をじっと見つめていた。最初はいつでも逃げ出せるようにと考えていたが、五年間同じクラスで学んでいた友人のピンチを放っておく事はできなかった。

『知覚強化《センソリーブースト》　視覚強化 望遠』

盗賊の頭目の鎧は胸元だけを守る簡素なものだった。視力を強化したせいで狙う指先の震えが大きく見えるが、岩に肘《ひじ》をつけてそれを補う。気付かれていない今が一番のチャンスである。アルは頭目の首筋に狙いをつけた。

『魔法の矢《マジックミサイル》　収束』

アルの指先から、先ほどの頭目と同じような光り輝く長さ三十センチ程の矢のようなものが飛び出した。その本数は一本だけだが矢は彼の狙い通り三十メートル程離れた盗賊の首筋に突き刺さり、切り裂いた。

「ひっ、ひっ?!　なんじゃ?」

頭目とその血しぶきを浴びた盗賊が悲鳴を上げた。その傷口からは勢いよく血が噴き出した。何が起こったのかよくわからないまま、頭目は慌ててその傷口を押さえようとするが、噴き出す血はなかなか止まらない。

「何が飛んできたんだ?　魔法か?　矢か?」

頭目のすぐ横で一緒に指示をしていた男は魔法が飛んできた方向、すなわちアルが居る辺りをにらみつけた。彼は慌てて岩の影に身を隠す。

『幻覚《イリュージョン》　魔法使いとその護衛たち』

アルは岩の上につばの広い黒い帽子をかぶり、全身を黒いローブで覆った人影とその左右に金属鎧を身につけた騎士の幻を出す。いきなり姿を見せた三人の幻に盗賊たちが驚きの声を上げた
「くそっ、どうなってんだ。さっきまであんな鎧を着たやつなんか居なかったのに」

「げほっげほっ　うげっ」

狼狽する盗賊たちの横で噴き出す血を止めようとしていた頭目が、嘔吐して手足を痙攣させると

変な声を上げて倒れた。

「お頭っ?! やべぇ、お頭がやられた。だめだっ、俺は逃げるぞっ」

「待て、逃げるな」

頭目のすぐ横で一緒に指示をしていた男が引き留めようとするが、魔法使いと騎士という強そうな敵の出現に他の盗賊たちは一気に逃げ腰になった。

「よし、今だ。負けぬぞ」

ナレシュがよろめきながらも立ち上がった。呆然としていた盗賊たちの隙を突き、彼の護衛の一人が前に飛び出してきて頭目のすぐ横で指示をしていた男に斬りつけた。周りに気を取られていた男は意表を突かれ、ナレシュの一撃に苦痛のうめき声をあげて倒れた。

「だめだ、逃げろっ」

盗賊団は頭目に続いて、リーダー格の男を失って一気に逃げ出しはじめた。もう一人のナレシュの護衛も逃げ出し始めた盗賊団を追い、さらに何人かを倒す。

「追わずとも良い。勝鬨を上げ、倒れている盗賊を縛り上げよ。どなたか知らぬが魔法使い殿、助力感謝する」

ナレシュは護衛たちに指示をしつつ、幻影に向かって声をかけた。その様子を見て、アルは身を潜めていた岩の上からよいしょと掛け声をかけて飛び降りてナレシュに近づいた。それと同時に彼が出した幻影が消える。

「えっ? ア、アルフレッド君?」

突如現れたアルにナレシュは驚きの声を上げた。卒業してまだそれほど経っていないにもかかわらず、アルはアルフレッドと呼ばれることに妙に懐かしさを感じた。

「やぁ、ナレシュ君。うまくいって良かった。久しぶりだね。こんなところで会うとは思わなかったよ」

「これは……先程の魔法使いと騎士の方は？」

ナレシュは近づいてきたアルと幻影が消えた岩の上をなんども見比べた。

「あはは、そいつはうれしいな。本物に見えたかい？　三人とも僕が作った幻覚だったんだ」

「なっ、そ、そうだったのか」

ナレシュは慌てて言葉に詰まった。護衛の二人はアルの説明に感心している。

「まだまだ練習中。近くで見たらすぐおかしいって思ったはずだよ」

アルはまだまだ満足できていないという口ぶりだった。ナレシュは自らの剣を鞘に納めたところで胸の傷が痛むのか左手で胸を抑えた。シャツは赤く染まっている。まだ出血は止まっていないかもしれない。護衛の一人がナレシュに肩を貸した。

「大丈夫かい？　かなり出血が酷そうだ」

アルは心配そうに駆け寄った。ナレシュの息は荒い。

「ああ、少しふらつくが、なんとか歩ける。馬車に戻ろう。助かったよ。後で詳しく話を聞かせてくれ」

ナレシュの言葉にアルは安堵のため息をついた。もう一人のナレシュの護衛に倒れた盗賊の頭目の死体は委ねる。アルたちが最初に盗賊の襲撃をうけていた馬車の辺りに着いた頃には一つめの盗賊団と護衛たちの戦いはすでに終わっていた。盗賊の大半が地に伏すか、降伏しており、商隊の護衛のうちから五人程が丁度、ナレシュを追って加勢に行こうとしていたところであった。

調査依頼

「ナレシュ様、大丈夫ですか？」

先頭に立っていた三十歳前後の剣を持った男が怪我をしているナレシュに気付き走り寄ってきた。身長が二メートルを超えており、身体もがっしりとしている。金属で補強された革の鎧を身に着けており短めに切った茶色の髪が金属製の兜《かぶと》からすこし見えていた。彼がナレシュ様と呼んでいるのを聞いて、アルは学生の時の気分でナレシュ君と呼んでしまったのを間違いだったなと少し後悔した。

「デズモンド殿、ああ、少し油断した。悪いが治療《ちりょう》魔法使いの手が空いたら回してほしい。向こうはアルフレッド君の助力もあってもう片付いた」

護衛の肩に掴まるようにしながらナレシュは答えた。

「力が足りず申し訳ありませんでした。すぐに馬車に一度お戻りを……おい、バーバラに言って、腕の立つ治療師をすぐに連れてこい」

デズモンドと呼ばれた彼は部下に指示してナレシュを彼が乗っていた馬車に案内させた。後にはアルが取り残される。デズモンドはその残されたアルをじっと見た。

「えっと、アルフレッド様とおっしゃいましたか。ナレシュ様のお知り合いでしょうか？」

デズモンドは当惑した様子でそう尋ねた。おそらくアルの身分が分からないのでどのように接すれば良いのか戸惑っているようだ。

「アルフレッドと言います。父は騎士爵でナレシュ様と同じ中級学校には通い知己《ちき》を得ることができました。とはいえ、僕は三男なので跡継ぎではなく、今はただの冒険者に過ぎません。冒険者仲間からは単純にアルと呼ばれています。普通にお話し頂ければありがたいです」

デズモンドはそう聞いてすこし表情を和らげた。

「わかった。では、ありがたく普通に話させていただこう。俺はデズモンド、レビ商会に雇われている冒険者だ。お互い気楽に行こう」

アルはにっこりと微笑んで頷いた。

「辺境都市レスターに向かう途中でたまたま盗賊が馬車を襲撃しているのに気付いたんです。最初はナレシュ様がいるとは知りませんでした」

「ほう、その恰好だと、少しは冒険者としての経験がありそうだが、戦士じゃないな。斥候《せっこう》といったところか？」

「領都では斥候として働いていました。あと、修行中ですが魔法が使えます」

アルの答えを聞いてデズモンドは軽く頷いた。その魔法で手助けをしたと考えたのだろう。

「わかった。向こうはどのような感じだった？」

デズモンドに尋ねられてアルは自分が魔法で牽制《けんせい》をしている間にナレシュたちがリーダー格を倒したと説明した。血みどろ盗賊団の名を聞くとデズモンドは大きく驚いた。その盗賊団はなかなか本拠地がつかめず衛兵隊も手を焼いていることを知っていたためだ。

「そいつはよくやったな。たしか頭目は賞金がかかっていたはずだ。ナレシュ様たちにも話を聞くが、お前さんも少しは分け前に与《あずか》れるだろうぜ。しかし、その年で魔法の矢《マジックミサイル》の他に幾つも魔法を使えるなんて、すげぇな」

感心したようにデズモンドは頷く。そこに数人の男女がやってきた。知った顔がある。

「アルフレッド君、ありがとう。ナレシュ様に聞いたわよ。すごく活躍してくださったのですって？」

知った顔の一人、うす紫色のドレスを身につけ栗色の長い髪を腰まで伸ばした活発そうな若い女性がアルに話しかけてきた。彼女の名はルエラ。ナレシュと同じく中級学校で同級生だった。彼女は辺境都市レスターでは有名な交易商、レビ商会の長女である。その横には同じく同級生のケーンという青年も居た。彼は小柄でメガネをかけており、少し伸びた赤髪は天然のウェーブがかかってかなりおとなしい感じであった。たしか彼の父はレスターで内政官を務めていたはずだ。レスター出身の同級生三人が同じ馬車に乗っていたということか。

「やぁ、アルフレッド君。ほんとにあのアルフレッド君か？　学校だとずっと下を向いて何をしているのかよくわからない奴だったのに……」

ケーンは少しウェーブのかかった赤髪を軽く掻き上げるようにしながら、疑わし気にアルの姿をじろじろと見た。襲撃を受けたという状況などは初めてなのだろう。かなり興奮している様子だ。

「あは、一応これでも、在学中から領都の冒険者ギルドで仕事を貰ってたんだ。盗賊やゴブリンとかも相手したこともあったよ」

アルは照れくさそうに後ろで束ねた自分の髪を何度も掻いた。

「大活躍だったようだね。ナレシュ様から軽くだが話は聞かせてもらった。護衛の連中もあんな魔法の使い方があるのかと感嘆していたよ」

ルエラの横に立っていた上品な服を着た初老の男がそう声をかけてきた。アルは初めて見る顔であるが、髪の色など彼女と似ているところがいくつかあった。ルエラの父、レビ商会の会頭だろう。アルは彼に丁寧にお辞儀をする。初老の男は慣れた様子で軽く頷く。

「ああ、私はレビ。ルエラの父親でこの隊商の責任者でもある」

やはりそうだった。一代でレビ商会を大商会に発展させ、辺境都市レスターでも有数の富を持つ者として冒険者の彼でもその名前は聞いたことがある。

「初めまして。アルフレッドと申します。ナレシュ様の傷は大丈夫でしたか？」

アルの問いにレビ会頭は頷いた。

「ああ、治療魔法も使ったので大丈夫だ。少し血を失った様子なので今は薬湯を飲んで眠って頂いている。あれ程の傷を負って動けるとはと治療師も驚いていたよ。護衛の話を聞くに別動隊の盗賊団の規模が大きいのでかなり気を張っていたのだろうということだった」

「そうでしたか。盗賊団の頭目はいきなり魔法を撃ってきたのです。あれは誰であっても防ぐことは難しかったと……」

レビ会頭はアルの言葉に少し感心したような様子で目を細めた。

「私もそう聞いている。子爵様は君が心配するようなことを考える人ではないし、ナレシュ様も何度も念を押しておられたので心配は無用だ。そなたはもちろんだが、我々が罪に問われることはないだろう」

ナレシュは子爵家の次男である。彼が大怪我をした場合、父である子爵がその責を警備担当や隊商の責任者であるレビ会頭に問う可能性をアルは心配したのだ。だが、レビ会頭はそのことを明確に否定してみせた。それだけ彼は子爵本人やナレシュとも親しいということなのだろう。

「護衛の者から状況は聞かせてもらった。彼の話によると、血みどろ盗賊団の存在を皆に知らせた上に、ナレシュ様を殺しそうになった血みどろ盗賊団の頭目を魔法で倒し、彼らが逃げ出すきっかけとなった幻を呪文で作り出したと聞いたが、それで正しいかね」

アルは少し首をひねった。ナレシュ様であれば自力でなんとかできたはずで、殺しそうになっていたというのは大げさな気がするが、間違いではないと答える。横でデズモンドが先ほど聞いた話と違うと少し首をかしげていたが、レビ会頭はそれを軽く手で制する。

「わかった。君がここに居たということは、レスターに向かっていたということかね。ならばレスターでの宿泊先などは決まっているのかな?」

アルは辺境都市レスターに行くのは初めてなので、宿泊先はまだ決まっていない。アルの答えにレビ会頭は頷いた。

「そうか、君にはきちんと礼をしたいところなのだが、襲撃で馬車が破損してね。出発するのにすこし時間がかかりそうなのだよ。それにナレシュ様をはじめ数人の怪我人が出ていて、すこし混乱もしている。とりあえず礼としてこれを受け取り、レスターで改めて顔を出してくれたまえ。店の者には話をしておく。もちろん今回の活躍については衛兵隊にもきちんと報告もしておこう」

彼はそう言って、後ろに控えていた使用人らしい男から小さな革袋を受け取ると、それをアルに差し出した。途中でチャリチャリと金属音がしたのでおそらく硬貨が入っているのだろう。

「ありがとうございます」

その袋は持つとずっしりとした重さがあった。報酬《ほうしゅう》もそうだが、田舎の村の貧乏領主の三男でしかないアルにとって、彼のような大商人に憶《おぼ》えてもらえるというのもかなり意味のあることであった。アルは改めて深々と礼をした。その様子をみて、レビ会頭は何かを思いついたように、少し顔を上げ、周りを見回した。

「そうだ、アルフレッド君。冒険者として少し頼みたいことがあるのだが、良いかね」

アルはもちろんと頷いた。

「盗賊について、できれば少し調べたい事があるのだ。考えすぎかもしれないが私は慎重な性格でね。だが、調査をするにも手が足りないのだよ。そこでだ、聞いた話からすると君はかなり腕が立つ様子だ。協力してくれないか？」

「今回逃げ出した盗賊はかなり数が多いと思います。私ではあまり力になれないかもしれません」

きっぱりと答えたアルにレビ会頭は軽く苦笑してから頷く。

「君はまだ戦闘に関して自信がないようだね。そして冒険者としての経験もまだまだのようだ。だが、もっと自信をもちたまえ。それに、お願いしているのはあくまで調査の手伝いであって全てを討伐する必要はない。状況に応じて現場で判断して危険のない範囲でやってくれてかまわない。無理強いはするなと伝えておこう。そういうことでどうかね」

「わかりました。ならばお受けします」

「よろしく頼む。すぐに調整するのでそれまでルエラやケーン君と話でもしていると良い」

レビ会頭はそう言って、すぐにその場を去っていったのだった。

調査依頼を受けることにしたアルは、ルエラ、ケーンの二人と中級学校時代の事を話しながらしばらく時間を過ごした。村の教会などに設置され、ほとんどの子供が通う初級学校とはちがって中級学校はそれぞれの初級学校から優秀だと推薦《すいせん》をうけた生徒しか通えない全寮制の学校である。初級学校で優秀だと評価されるということは、子供にきっちりと教育をうけさせる余裕があるという事でもあり、生徒には騎士や有力な商人の子弟も多い。彼らは将来の社会生活を考えて積極的に友人を作る。だが、そういった中にあってアルはあまり友人を作らず休憩時間なども呪文の練習などに没頭していたことが多かった。比較的出身地も近いのに二人とちゃんと話したのは初めてだったかもしれない。ルエラによると彼女の友だちの中にはアルの事を何か一人でずっとぶつぶつ呟いている変人だと言っていたのも居たらしい。

「それは、独り言じゃなく、呪文の練習をしてたんだけどなぁ」

アルは不本意そうに呟いた。その様子をみてルエラは軽く笑う。

「そんなの知らないもの。ごめんなさいね。失礼な事だけど、私も話すのが下手な人ねと思っていたわ。だから、お父様との会話をみてすごく新鮮だった」

「そっかぁ。ずっと呪文を憶えるのに必死でさぁ」

アルは残念そうにつぶやいた。その横でケーンはアルの様子をみて笑っていた。

「いくつぐらい憶えているのよ、魔法の矢《マジックミサイル》呪文だけじゃなく、幻覚《イリュージョン》呪文も使えるのよね。魔法の授業では、たしか魔法使いはまず光《ライト》呪文と魔法感知《センスマジック》呪文を憶えるって習ったわ。その二つを合わせると、四つ？」

ルエラはアルの顔を覗き込む。近づいてきたルエラにアルは少し焦って一歩下がり、あわてて髪を掻く。

「えっと、ぜんぶで八つかな」

「すごーい、そんなに使えるのね。お父様の雇っている魔法使いたちでもそんなに数が使える人はいないわよ。何が使えるの？　飛行《フライ》呪文とか？」

「いやいや、無理無理、呪文を習得するには呪文の書というものから習得しないといけないんだけど、それがすごく高いんだよ。飛行《フライ》呪文はたぶん金貨三十枚ぐらいじゃないかな？」

「金貨三十枚？　腕の立つ職人が一年で稼ぐぐらいの金額じゃないか。高いのでそれぐらいってことは、他の呪文の書もそこそこ高いのか」

急に横でケーンが驚いたような声を上げた。

「安くても五金貨とかかな。中級学校に通いながら懸命に働いたけど、結局、まともに買えたのは一つだけだった。あとはね、先生に頼み込んで上級・中級学校の学生向けに呪文の書を提供しているライブラリっていうのがあってさ。そこから借りたんだよ。とは言っても人気があるのは上級学校の生徒や偉い人にコネがある連中が優先でさ。僕みたいなのが借りられたのはあまり人気のない呪文ばっかりだったけどね。それでもいろんな呪文が使えるというのは強みになる。ライブラリから借りる権利を持つのは在学中だけだったから必死だったよ」

一般的に魔法使いを目指す場合、中級学校卒業時点で、光呪文《ライト》と魔法感知呪文《センスマジック》、魔法の矢呪文《マジックミサイル》の三つを習得している程度というのが目安であった。だが、アルとしてはそれでは、あの祖父に追いつく事はできない。暗闇の恐怖がいつまた襲ってくるかもしれない。それに打ち勝つにはいくつもの呪文を習得しないといけないという思いが強かったのだ。そういった思いに駆られて、呪文の習得や呪文の書を買うために冒険者として働くので精一杯で、学生らしい事はあまりしてこなかった。そういう点で変人扱いされても仕方ないというのはアルとしても自覚はあった。

「いやぁ、そうかぁ。魔法使いってかなり金がかかるものだったんだな。てっきり中級学校の寮で宿泊費用を浮かせ、冒険者として楽して稼いでいるだけなのかと思ってた。見直したよ」

ケーンはそう言って何度も頷く。確かに事情を知らなければそういう見方もあるだろう。実際、そういう学生も居ないわけではない。

そうして三人が話しているところにやってきたのは褐色《かっしょく》の肌をした大柄な女性であった。身長は百八十センチぐらい、栗色の髪は短めに切りそろえられている。空色の目はするどく、金属で補強された革鎧を身に纏い、腰には一メートルを超える長剣と大振りのナイフ、背中には背負い袋の他に短弓と矢筒、左腕には小さめの盾をベルトで固定していた。年のころは二十代後半といったところだろうか。目配りや歩き方などを見てもかなり腕が立ちそうである。ルエラやケーンとは顔見知りのようで、二人は彼女が来たのを見て辺境都市レスターでの再会を約束して馬車に戻っていった。

「あんたがアルフレッドってのかい？　へぇ、ナレシュ様と一緒に中級学校に通ってたっていうからもっとお上品なのを想像してたけど、ちゃんとサマになってるじゃないか。私はバーバラ。見ての通り戦士だ。斥候の仕事も得意だよ。調査なんだけどね、ナレシュ様、ルエラ嬢の安全が最優先ってことで行けるのは私だけってことになっちまった。よろしく」

彼女はアルの傍にまで歩いてくると片手を差し出した。彼も手を出して軽く握手をする。

「よろしくお願いします。アルフレッドというのは長いのでアルと呼んでください。斥候をメインにしていますが、魔法も少しは使えます。足手まといにならないように頑張ります」

彼自身は今まで学生という身分上、普通の冒険者とは時間が合わず、一緒に行動することはあまりなかった。今回は良い経験を積めるかもしれない。

「へぇ、そうなんだ。盗賊の首領を殺したって聞いたけど、殺しも慣れてんのかい？」

「殺し……、盗賊の討伐依頼は果たしたことはありますね」

そう言われてアルは盗賊団の頭目が首筋から血を吹き出して倒れた様子を思い出した。バーバラはわざと挑発的な言い方をしているかもしれない。ふとそんな事を感じた彼は軽く首を振って返事をした。彼女はそんなアルの様子を見て少し考えた後かるく肩をすくめ、にやりと笑った。

「ふふん、なかなかいいよ。オッケー、試して悪かった。じゃあアルって呼ばせてもらうよ。まだ若いのに一発で相手を倒せる呪文が使えるなんて、すごいじゃないか。少しどころじゃないと思うね。待たせて悪かったけど、雨も降りそうだしさっさと行こうか。暗くなる前に逃げたのに追いつけるといいんだけどね」

盗賊討伐

二人はまずアルとナレシュたちが盗賊と戦った場所に移動することにした。地面の足跡を確認し、人数や逃げ出した方向などを確認するためだ。盗賊たちはカモフラージュなどをする余裕はなかったようで痕跡はいたるところに残っていた。

バーバラはアルの戦い方、考え方が気になったらしく、追跡している途中で、どのように盗賊に気付いたのか。そしてどうやって魔法で首を切ったのかと根掘り葉掘り尋ねた。彼女は自分の事を戦士兼斥候だと言っていたが、魔法もある程度は知っているようで、彼女からするとアルがした事はとても考えられないことのようだった。

「魔法の矢呪文《マジックミサイル》で急所を狙えるってのは信じられないね。そんな話聞いたことないんだけどねぇ」

彼女は不思議がった。魔法の矢呪文《マジックミサイル》は熟練すれば同時に撃てる数が増えたりはするものの、そのような器用な事はできないという認識だったのだ。

「なかなか信じてもらえないんですが、実はできるんです。魔法の矢を習得するための呪文の書には、『相手を狙って、自分の掌を突き出し、そこから対象につながる線を意識する』と書いてあるんですけどね、そのつながる先として相手のどこを狙うのかっていうのは何も書いていませんでした。僕は祖父が残してくれた呪文の書から独力で習得したので弓矢と同じように考えて、狙えるのが当たり前だと思ってたんですが、後で中級学校の魔法の先生に聞くと『相手の姿を見て、突き出した自分の掌と相手の身体の真ん中につながっている線を強くイメージする』と教えるって言っていました。どの先生も同じで疑問にも思っていません。狙うっていうのにどうしてなんでしょうね」

　アルは何故か得意そうにしてそこでいたずらっ子のように微笑む。

「最初にね、気付いたのは光呪文《ライト》のおかげなんです。幼い頃、祖父によく光呪文《ライト》を使ってほしいとお願いしたのですが、その時に気が付いたんですが、何故か祖父の光呪文《ライト》は他の人のそれと明るさが違ったんです。違いがあるって知ってました？」

　アルはバーバラを見る。彼女は首を傾げた。光呪文《ライト》は光呪文《ライト》でしかない。彼女はそう言いたそうである。だがアルはさらに言葉を続けた。

「祖父はね、北の国の出身だったんです。この辺りだと雪が積もる事なんてないでしょう？　北部の人にとって、太陽の光とは雪解けの春の太陽というイメージで、それはそれは優しくて暖かいものなのだそうです」

アルにとって祖父の使う光呪文《ライト》とは、ゴブリンのような魔族が潜む闇を打ち払う救いであった。なんとかその明るさを再現しようと苦労したのだ。そして、たどり着いた結論はその違いは呪文の書にある太陽の光というシンボルイメージをどう受け取るかによって違いが出るというものだった。つまり、光呪文《ライト》の光とは決まっているものではなく、術者が思い描くイメージによって変わり得るものではないかというものだった。

「へぇ、なるほどねぇ。光呪文《ライト》の明るさは人によって違うっていうんだね。でもそんなことができるのならもっと話題になっていそうなものだけど」

「今まで、中級学校や冒険者ギルドで知り合った魔法を使える人たちに何度もこの説明はしました。皆、人によって光の色や強さが違うというところは認めるのですけど、困ったことに誰も変える事はできないんです。理由はわかりません。もしかしたら、呪文を使うというときにあまりにも強くイメージしたせいで、そのイメージを変える事ができないのかもしれません。でも、試しようがないんですよね。一応、中級学校の先生にこれから魔法を習得する生徒が居れば試してほしいってお願いはしています」

「ふうぅん、うまく行けば便利そうなのにねぇ……。おや、ここで一度休憩したみたいだね」

二人は立ち止まって痕跡を調べた。何人かは地面に座り込んだようだった。血の跡もところどころにある。

「二手に分かれたみたいですね。八人と五人かな」

アルは呟き、バーバラもそれに頷いた。

「私もそう見た。なんとかここまで逃げてきて、応急手当をしながら今後どうするか話し合ったんだろう。ここで四、五人が北西に、残りは北東に分かれたみたいだね。急いで歩いてたみたいだから仲間割れをしたかもしれない。微妙な分かれ方だけど、一応人数の多いほうを追いかけるしかないかねぇ」

二人は北西と北東を交互に眺めながら、頷き合ったのだった。

日暮れ近くになって二人は小高いところから廃墟に見える村を見下ろしていた。雨はポツリポツリと降りだしており、かなり肌寒い。追跡してきた足跡はいずれもその村の中に向かっていた。

「あの廃村に入ったみたいだね。あと一時間雨が降り出すのが早かったらみつけられなかったかもしれない。とりあえず無事盗賊連中の根城にたどり着けたってことかねぇ」

バーバラの言葉にアルは頷く。その廃墟の村は襲撃をうけたところからは結局北に八キロほど行った荒地と森との境目辺りだった。周囲の畑は荒れ放題となっていて、一見したところだれも住んでいないように見える。こういった辺境では開墾に失敗して誰も居なくなった村というのはたまにあり、ここもそういったところのひとつだろう。だが、よく見ると害獣除けの柵は上手にカモフラージュされつつも整えられていたし、村長のものだったらしい一番立派な家と一番大きい建物である教会の扉と窓が閉まっているところを見るとその二つを利用しているようだった。

「もう少し近づいて詳しく調べていいですか？　残ってた人数が少なかったらいいんだけど……」

バーバラは当たり前だといった様子で頷いた。二人は見張りなどに注意しながら慎重に村に近づき始める。ある程度まで近づいたアルはまた手袋を脱ぐと地面に手を付けた。

『知覚強化《センソリーブースト》　触覚強化』

地面を伝わる振動から人数を導き出してゆく。

「立派な家にかなり居ますね……建物の中は反響があって難しいな……十人以上かな……何か探し物でもしてるみたいに歩き回ってます。教会にはたぶん二人です。こっちはじっとしてますね」

「ふぅん、その知覚強化の呪文で話し声は聞こえないのかい？」

バーバラの言葉にアルは首を振った。

「歩く振動とかは意外と遠くまで響くんですが、声は風の音とかに紛れるんでもうちょっと近づかないと難しいですね。浮遊眼《フローティングアイ》呪文が使えたら良かったんですが、そっちはまだ無理です」

「いいさ、もうすぐ日が暮れる。どこかに行くにしても夜が明けてからだろう。しばらく様子を見るよ」

バーバラは村を見下ろす位置で茂みの陰に膝をついた。アルも躊躇することなくその横に身を隠す。

「若いのになかなか良い動きだね。領都の冒険者ギルドじゃ斥候職としてやってたって言ってたけど、あっちはそんなにレベルが高いのかい？」

アルの様子にバーバラは思わず尋ねる。

「こういう追跡とかは幼いころに師匠が居たので得意なんです。初級学校の頃には既に一人で山に行って獲物を狩り家族に振舞っていたぐらいです。逆に領都での仕事はほとんど一人だったので、領都の斥候職についてはよくわかんないですね」

そう言ってアルはまた地面に手をつき、再び知覚強化呪文《センソリーブースト》を使った。一度だけだと偶々ということがあり得るからだ。二回以上は確認しろ、これはモリスの教えだった。特に変化は見られない。相手が偽装している可能性などは少ないだろう。

「なるほどねぇ。もう斥候としての腕は一人前以上だろう。さっきの話だと呪文もいくつか使えるんだろ？　すごいよ。まぁ、稼ぎなら魔法使いのほうが良いと思うよ。でもさ、さっきの話だったら師匠に付いて魔法をずっと勉強すりゃぁよかったじゃないか。なんでわざわざ中級学校にも行ったんだい？」

その問いにアルは苦笑いを浮かべた。

「最初は師匠に付くことも考えたんですけどね。弟子入りするとなると、最初の数年は下働きとして呪文の勉強より雑用をこなさないといけないらしいんですよ。僕の場合、僕は独学である程度呪文を習得していたので結局は独学でするほうがいいのかなって考えたんです。あとは中級学校に行けば無料で呪文の書を借りることができるという話がありましたし……」

アルは知らないが、初級、中級、上級学校というのは、幼児の死亡率が高く、仕事に就けない者が多い事を憂《うれ》いた初代レイン辺境伯が発案したもので、この辺境伯領独自の仕組みであった。初級学校では無料で昼食を摂らせて病気などにかからない身体作りをさせ、かつ文字と基本的な加減乗除を教え、職業訓練も行う。またそこで見込みのある者を見つけて中級学校、上級学校という段階を踏んで教育して伯爵領の発展につなげる目的で行われていた。アルが無料で呪文の書を借りることができたのもその恩恵であった。

「なるほどね。それであとは冒険者として稼ごうと考えてるわけだね」

バーバラは頷いた。斥候として働けて呪文も使えるとなると、冒険者ギルドでも組みたいと思う人間はかなり居るだろう。ただ、この若さだと利用しようと近づいてくるのも多そうだ。

「そうですね。そして、僕の夢は古代遺跡を見つける事なんです。祖父は小さな古代遺跡に一度だけ巡り合えたらしいのですけど、その時は体力が全然足りなかったって言ってました。なので、体力も必要だと考えています」

「なるほどね、古代遺跡で一攫千金《いっかくせんきん》か……。その若さなら良い夢かもしれないね。悪い連中にだまされないように気を付けなよ」

バーバラは少し微笑み、廃墟《はいきょ》の村に視線を戻した。この様子だと監視はしばらく続きそうだ。アルは虫除けの軟膏《なんこう》をベルトポーチから取り出してバーバラにも勧めた。彼女はアルからの説明を聞き感心したような顔で頷き、自分の首や手足に塗り込んだのだった。

しばらくして日は沈み周囲はすっかり暗くなった。立派な家から漏れていた明かりも少し待つうちに消えて盗賊たちも静かになり眠りについたようだった。空は曇っていて月や星もほとんど見えず、お互いの存在が辛うじてうっすらと分かる程度だ。

「そろそろ良いかね。アル、行こうか」

「へっ?」

バーバラの言葉にアルは思わず間抜けな声を上げた。相手は十人以上の盗賊である。行くというのはどういうつもりなのだろうか。そう考えているアルの横でバーバラは平然と自分の武器の点検を始めた。ベルトのポーチから何かを取り出すと軽く振る。すると掌にあった卵大の石のようなものがぼんやりと光始めた。

「光の魔道具だよ。ランタンやたいまつより便利でね。それにこれはちゃんとカバーがあって光の強さや照らす方向を調整できるようになっているのさ。ふつうにたいまつをつけると遠くからも丸見えになっちまうからね。で、いつまで腑抜けているんだ。盗賊退治に行くよ。眠りか麻痺《まひ》といった類の呪文は使えるかい？　行使対象は最大何人？」

その様子にアルはそういうことかと理解した。そして、ゆっくりと立ち上がった。

「ほんとにやるんですか？　第一本当に全員が盗賊かどうかわかりませんよ？　盗賊だと知らずにただ家に泊めてるだけっていう可能性もない訳じゃない。問答無用で殺しちゃうんですか？」

「たしかに確証は欲しい。領都付近なら確認しなきゃいけないだろう。でも、ここは辺境だ。そういう余裕はない所さ。ここで手をこまねいていたら盗賊どもは逃げちまうだろう。そうすりゃ、被害を受ける人間がまた増える。私の言葉だけじゃ信じられないかもしれないけど、そいつは料簡しな」

バーバラは苦笑を浮かべつつ答える。その答えにアルフレッドは大きくため息をついた。辺境では蛮族たちとの戦いは苛烈で捕まっている人間に対する考慮すらできないこともあるのだと聞いたことがあった。これもそういった類なのだろう。

「わかりましたよ。そういう事なら鈍化《スロウ》っていう呪文なら使えます。相手によりますけど、移動と反応速度が三割ぐらい落ちるはずです。対象は三体まで。あと、襲撃するのなら光呪文《ライト》じゃなく知覚強化呪文《センソリーブースト》で行きませんか？」

そう言って自分の目のところに手をやってぱちぱちと閉じたり開いたりして見せる。

「知覚強化呪文《センソリーブースト》？　さっきから歩いた振動を感じ取るのに使ってたやつだよね。それでどれぐらいの強化ができるっていうんだい？　第一、強化系の呪文って術者本人だけじゃなかったかねぇ」

バーバラは首をかしげたが、アルは軽く首を振った。

「試しにやってみましょう。抵抗せずに素直に受け入れてくれたら大丈夫なんです。ＯＫ？」

バーバラは少し不満そうに口をへの字にしたが、受け入れてくださいと念を押され、しぶしぶといった様子で頷いた。

『知覚強化《センソリーブースト》　視覚強化 暗視 接触付与』

アルが呪文を唱え、バーバラの顔に触れた途端、彼女の視界が急に明るくなった。信じられない様子で彼女は周囲を見回す。周囲はまだ闇の中のはずなのだが、彼女にはまるで満月に煌々と照らされているような感じとなったのだ。

「なんだい？　これは……急に周りが明るくなった？　いや、ちがう？　これが魔法の効果なのかい？」

「そうですよ。光の魔道具の光を消してください。なくても大丈夫ですから」

彼女は言われるままに魔道具の光を消した。周囲は闇に戻るはずだったが、彼女にはぼんやりと月明かりがある程度には周囲が見えた。

「これは、すごいね。闇夜や夜の建物の中でこれだけ見えるっていうのなら一方的にこっちが攻撃できるじゃないか」

バーバラは感心した。建物の中に入れば、明かりは暖炉に残った火ぐらいしかないだろう。それでも明かりのない今より見えるに違いない。相手は何が起こったかわからないままに倒すことができるだろう。

「なかなかいいでしょ。でも、ちょっと欠点があって、急に強すぎる光を見たらしばらく目が見えなくなるので気を付けてください。敵に魔法使いが居ると特に危険です」

アルは念を押しておく。彼自身は閃光呪文《フラッシュ》が使えるのだが、一度、知覚強化呪文《センソリーブースト》で暗視ができる状態で閃光呪文《フラッシュ》の光を見てしまい、一時間ほど目が見えなくなってしまったことがあったのだ。

「わかったよ。これはどれぐらいの時間持つんだい？」

「そうですね、一時間ぐらいでしょうか」

「わかった、相手は見えないのにこっちは見える。こりゃぁ楽な仕事になったね。さっさとやっちまおう」

バーバラは上機嫌で片手にナイフを抜くと、さっさと行くよと手で合図をした。アルは軽く肩をすくめるとわかったとばかりに頷いたのだった。

アルたちがまず向かったのは教会だった。盗賊側もおそらく二人しかいないので静かに片付けられるかもしれないという判断である。二つある出入口のうち、裏口に忍び足で近づく。

扉には鍵はかかっていなかった。耳を澄ませたが強化したアルの耳にも寝息のような音のみが聞こえてくるだけである。バーバラを先頭にそのまま静かに扉を開けて中に入ってゆく。

裏口から入った先はたくさんの空き箱やがらくたが放置されたままのだだっぴろい部屋で、最初に感じ取れたのは、まるで野生動物の体臭のような饐《す》えた臭いだった。

部屋の中を見回すと臭いの元はすぐにわかった。部屋の片側に木で檻《おり》のようなものがいくつか作られており、その中の一つに藁《わら》に半ば埋もれるようにして誰か人間らしきもの二人、身体を寄せ合って寝ていたのだ。

檻の中ということは盗賊の仲間ではないだろう。これはおそらく盗賊が監禁している人質、身代《みのしろ》金《きん》を交渉しているのかもしれない。これで少なくともこの廃墟を根城《ねじろ》にしている連中はろくな人間じゃないという確信が得られた。救出してやりたいが、今接触しても足手まといになるだけだ……バーバラとアルは同じことを考えたようだった。顔を見合わせて頷き合い、ゆっくりとその場から下がる。そして静かに再びドアを閉めたのだった。

二人は大きく息を吐き。改めて気合を入れ直した。残りは十人以上盗賊が居る建物である。その建物は村で一番立派な家であった。二階建ての石造りで、小さい窓はいくつかあるが全て木製の鎧戸が閉められていた。

アルは村の領主である実家を思い出した。外観が似ているし、地域としてもそれほど遠いわけでもない。きっと配置も同じようなものにちがいない。入り口は正面玄関と使用人などが使う通用口の二つ。おそらく一階は煮炊きもする大きな暖炉のある広い居間を中心に、食器の洗い場や食材を保管する部屋、使用人たちの部屋、二階は書斎、主寝室、客間といった感じだろうか。もしかしたら地下倉庫もあるかもしれない。

バーバラはまず玄関の扉にロープで細工をして内側からは簡単に開かないよう細工をした。その後、通用口の前まで移動するとアルの肩を抱いて耳元で囁いた。

「これだけ夜目が効くなら私一人で十分だ。あんたはこの近くに居るだけでいい。でも、もし逃げてくる奴がいたら処理しておくれ。鈍化《スロウ》とかいう呪文は余裕があったらでいいよ。他の呪文もね。それでいいかい？」

彼女は誰も逃げないように細工したうえで、自分一人で全部片づけるつもりらしい。狭い家の中での戦いである。変に手を出しては邪魔になるだろうし、出てくるのが一人ずつなら魔法の矢呪文《マジックミサイル》でなんとかできるだろう。

アルは小さく頷いた。彼女はにやりと笑った後、くるりと通用口に向くと大きく息を吸い、高く足を上げる。そして扉を力いっぱい蹴った。

バキッと大きな音を立てて脆《もろ》くなっていたのであろう通用口の扉が壊れて向こうに倒れた。一気に埃《ほこり》が湧き起こる。中は真っ暗で物置のようになっていた。正面と右手に扉、左手に下に降りる階段がある。バーバラは迷わず正面の扉を開けた。

そこは居間だった。入ってすぐ右手に暖炉があってそこには小さな熾火《おきび》が赤く光っているのが見えた。その前にテーブルがあり、その周囲には酔いつぶれた感じの四人の男が椅子や床で寝ていた。

左手には上に行く階段、正面には玄関がある。かなり大きな音を立てたはずだが、四人の男は目を覚ましていない様子だった。バーバラは近よると、順番に無造作に止《とど》めを刺してゆく。

一方、アルは物置にとどまったまま耳を澄ましていた。アル自身の知覚強化呪文《センソリーブースト》は、聴覚も強化していたのだ。寝息や物音はバーバラの入った部屋の他に、右手の先の部屋からと上の階から聞こえてきていた。

『幻覚《イリュージョン》　音声幻覚』

「残りの盗賊は二階の二部屋に三人と二人、あとはここの右手の部屋に五人です。どっちも目を覚ましたみたいです」

バーバラの耳元で彼女にしか聞こえないような小さな声がそんな事を話した。もちろん声はアルの幻覚呪文が作り出したものだ。音の発生場所と音量を調整することによって聞こえる範囲をうまくコントロールしたのだ。

彼女はちらとアルを見て頷いた。無事に伝わったらしい。そのまま上に行く階段に向かった。それをみてアルはため息をついた。きっと二階に居る奴のほうが強いと踏んだのだろうが、右手の部屋から出てきたらどうしたらいいというのだろう。

彼は気休め程度に横にあった木箱を障害物として右手の扉の前に置く。そして出てきたときに、対応しやすいよう距離を置くことにして通用口のすぐ近くにまで移動したのだった。

通用口の前でアルは盗賊が出てこないことを祈りながら胸のペンダントを握りしめてじっと静かに身構えていた。一階の部屋からはしばらくの間、相談するような声が聞こえてくるだけであった。

しばらくしてバーバラの行った二階ではなにやら戦っているような物音、男のうめき声、悲鳴がしていたのだが、やがて静かになった。そのような事が二回繰り返され、階段を下りてきたのは、返り血を浴びつつも怪我一つ負っていないバーバラだった。

「上は片付いたよ。こっちはどうだい？」

警戒したままのアルに彼女は呑気《のんき》な様子で尋ねてきた。彼は障害物として置いた木の箱を顎《あご》で示して見せる。

「ほんとに見張ってただけかい？」

その声は本当に意外そうだった。五人居ると思われる部屋に突入して無双《むそう》しているとでも考えていたのだろうか。

「僕は魔法使いですよ。接近戦はお任せします」

アルはきっぱりとそう答える。仕方ないとばかりにバーバラは扉の前の木箱を蹴とばし、扉を開けた。

「降伏《こうふく》します！」「殺さないでくれ！」

男たちの泣きそうな声が聞こえたのはそれとほぼ同時だった。

†

降伏した盗賊たちを縛り上げた後、アル達は教会の倉庫に作られた檻に監禁されていた男二人を助け出した。一人は五十才前後、もう一人は二十才前後の共に男性で同じように濃い茶色の髪を短めに刈っており顔もよく似ていた。親子かもしれない。

彼らはほんの少しの水しか与えられていなかったようで、かなり痩《や》せており、救出したときにはすっかり身体が弱り切っていて、ほとんど立てないようなありさまであった。

「ありがとうございました。助かりました」

二人は新鮮な水を飲んで一息つくと、アルたちに何度も礼を言った。彼らは辺境都市レスターで宿屋と食堂を営む親子だと言い、父はラス、息子はタリーと名乗った。一週間ほど前、ミルトンの街で自ら経営する食堂で使う食材を仕入れて荷馬車でレスターに戻る途中、ナレシュたちが襲われたのと同じ辺りで襲撃に遭い攫《さら》われてきたらしい。理由はわからないが、商人だという彼らを見て身代金を取ろうとしたのかもしれなかった。

「私たちの店は大して大きい店でもなく、身代金と言われても払える余裕なんてとてもありません。きっと、数日後には殺されていたでしょう。あなたたちに助けていただけたのは本当に運がよかった」

拝まんばかりの様子に、バーバラはあまり興味がない様子で立ち上がった。

「アルは二人の面倒をみてやってくれないかい？　私はちょっと調べ物をしてくる」

アルが頷いたのを見て、彼女は教会を出て行ってしばらく帰ってこなかった。おそらく盗賊たちがナレシュを襲撃した事について何か裏があったのか調べているのだろう。アルが携帯食から工夫して粥《かゆ》を作ってやり、それを二人が涙を流しながら食べ終わった頃にようやく戻ってきた。

「二人はどうだい？」

彼女は裏口までアルを呼び出すと声を潜めて尋ねた。かなり体が弱っているが大丈夫そうだと答えると安心したように軽く頷いた。

「悪いけどさ、ここで一晩留守番をしておくれよ。私は急いで渡し場まで行って衛兵隊を連れてこようと思う。どうせ、捕まえた盗賊やふらふらの病人を連れて移動はできないだろう。明日の昼ぐらいまでには馬車とかを連れて戻って来るつもりだ」

移動だけなら自分なら夜目《よめ》が利《き》く分早いだろうが、バーバラは衛兵隊に顔が利くだろう。結局そのほうが話は早いにちがいない。そう考えた彼は全然かまわないと答えた。

「たぶんこの辺りは蛮族や魔獣はあまり出ないと思う。でも、生き残りの盗賊がやってくる可能性が無いわけじゃないから油断はしないように。捕まってた二人はたぶんレスターで見かけたことがあるから罠ってことはないと思う。あと、これは要るかい？」

そう言って彼女は一本の羊皮紙の巻物を差し出した。おそらく呪文の書である。それを見たアルは思わず目を大きく見開いた。

「見せてもらっても？」

「もちろん良いよ。死んだ盗賊の一人が持ってた物だ。もとはあんたが倒したっていう盗賊の頭目のものかもしれない。討伐した盗賊のものは、よっぽどじゃなけりゃもらって大丈夫さ」

盗賊を討伐した後、押収した物は貴族の持ち物といった特別な事情のものを除けば基本的に討伐者のものになるのが慣例である。悪用される事もないわけではないが、そうでなければ盗賊の討伐に協力する者は居なくなるだろう。二人の間の配分は決めていなかったが、バーバラは彼にある程じっと見る。

度配慮してくれるらしい。彼は丁寧にその羊皮紙の巻物を受け取った。巻物に書かれたタイトルを

「これは、僕が習得していない呪文の書です。でもほんとに良いんですか？」

彼の興奮ぶりにバーバラは不思議そうな顔をした。

「理由はさっき言ったとおりだよ。もしかして、貴族が出てくるようなやばいやつかい？」

「いえ……そうではないですが……」

彼女が言う貴族が出てくるようなやばいやつというのは転移呪文や流星呪文、ゴーレム関連の呪文といったそれを使えば戦争の方法が変わるほどの効果があると思われている呪文のことだろう。これらは時間、空間、使役といった要素が含まれ、難易度も高いので（厳密にはちがうのだが一括りに）第四階層呪文と呼ばれており、王家或いは貴族がそれぞれの家の特権として独占していた。稀に遺跡などで呪文の書が見つかった時などは大騒ぎになるような代物である。呪文にはその要素や難易度によって第一階層から第四階層に別れているのだが、第四階層の呪文に分類される呪文の書は別格であった。

もちろん、目の前の呪文の書はそういった類《たぐい》のものではなかった。だが、禁呪《きんじゅつ》と呼ばれる呪文のひとつであった。禁呪というのは階層には関係なく、犯罪に使われたりする要素が高いと判断された為、一般的に習得が禁止、魔術師ギルドでは販売されていない呪文のことである。

「ふふん、その反応はもしかして解錠《オープンロック》呪文かい？　よかったじゃないか。私はそれについてどうこう言ったりはしないから安心しな。将来は遺跡に行きたいんだろ？　そいつはあったほうが良い

からねぇ。もらっておけばいい」

　バーバラはアルの様子を見、盗賊が持っていたという事実からこれは禁呪だと想像したようだった。そして、バーバラの言った解錠《オープンロック》呪文というのはその代表的なものであった。言葉通り、かけられたカギを解錠できる呪文である。遺跡などで見つかる宝物はカギのかかった宝箱などに入っているものもあると言われているため、一部の魔法使いにはある種のステータスとして人気のある呪文であり冒険者の中でもその存在はよく知られており、習得についても黙認されていた。

「そ、そうですね。じゃあ、遠慮なく」

　禁呪である、確かにそれは正解であった。だが、これはバーバラの推測した同じ禁呪の中でもありふれた解錠《オープンロック》呪文ではなく、隠蔽《コンシール》呪文であった。解錠《オープンロック》の呪文書よりもはるかに入手しにくいし、一般的にはあまり有名ではない。アルも噂でしか聞いたことはなかったが、隠蔽《コンシール》呪文を使えば、入り口をふさぐように見張りが立っていても、そこをすり抜けて入ることができる。盗みなどはやりたい放題だという。もし、それが本当であれば蛮族が居る古代遺跡でも見つからずに中を探索することができるはずである。騎士のように蛮族を倒せるわけではないアルとしては、非常に欲しい呪文の一つであったのだ。アルはバーバラの誤解はあえて解かずにその表面を撫でた。

「それほど、欲しかったのかい。そのにやけた顔はちょっと気持ち悪いよ。まぁいい、留守番は頼んだからね」

　バーバラはそう言うと、安心している様子の二人をちらと見てから、じゃあねと言って再び出かけて行ったのだった。

†

翌日の昼頃、教会の鐘楼《しょうろう》で見張りをしていたアルの目に、おそらく一個小隊、十二人程の衛兵隊が二台の荷馬車を引き連れてやってくるのが見えた。その先頭にはバーバラもいる。急いでロープを使って下に降り、少し元気を取り戻していた親子に声をかけた。

「衛兵隊が来たよ。さすがバーバラさん、予定通りだ。ラスさん、タリーさん、よかったね」

「ああ、アルさん、本当に世話になった。必ずうちの店に来てくれ。ちゃんと礼をする。うちの家族にも紹介しよう」

宿屋と食堂の親父だというラスは、そう言って何度も頭を下げた。その横で息子のタリーも同じように頷いている。そのうちにバーバラと衛兵隊は近づいてきて、村の中に入ってきた。彼らは訓練された様子で隊列を組んでいる。アルは朽ちかけた教会から出て皆を出迎えた。バーバラは衛兵隊の一人と一緒に彼に駆け寄った。

「バーバラさん、こちらは襲撃などありませんでした。五人は縛り上げたままです」

「よかった。ちょうど渡し場の町に顔見知りが来ててね。明るくなってすぐ出発できたんだよ。アイヴス、彼がアルだ。アル、こいつは衛兵隊小隊長のアイヴスだ」

アルとアイヴスはお互い握手をした。アイヴスと呼ばれた男はバーバラと同じぐらいの身長で鍛え上げたごつい身体をしており、髪は銀色であった。濃いブルーの瞳は意志が強そうな印象だ。

「アル、ご苦労さん。バーバラから話は聞かせてもらった。なかなか便利な魔法を使うと聞いたぞ。

是非衛兵隊にも協力してくれ。血みどろ盗賊団の討伐とラスとタリーの救出についてはおそらく報奨金がでるだろう。それと押収したもので被害届が出ていないものはバーバラと君のものだ。どちらも渡し場の詰め所まで行けば渡せるだろう。レビ会頭からも血みどろ盗賊団の頭目の討伐については連絡をうけている。よかったな。一晩で大金持ちだぞ。盗まれたりしないように気をつけろ。二人と盗賊たちはどこだ？」

バーバラとアルは衛兵たちに盗賊の拠点を説明し始めた。歩けない宿屋のラスとタリー、そして盗賊たちから押収されたものは荷馬車に乗せ、投降した盗賊たちは死んだ仲間の盗賊たちの死骸を埋めるのを手伝わされた後、縛られたまま引きずられて歩かされるらしい。バーバラは上機嫌そうな顔でアルに近づくと耳元で囁いた。

「アル、レビ会頭とナレシュ様は二人ともご機嫌だったよ。急がなくても良いがレスターに着いたら商会に顔を出すと良い。きっとたんまり褒美がもらえるよ。それと、アルが言ってた荷物は詰め所に置いてくれているらしい。このまま衛兵隊と一緒に詰め所まで移動しようか。いくらもらえるか楽しみだ。今夜は一緒に飲むだろ？　あんたの呪文についてもうちょっと聞かせておくれよ」

《赤顔の羊》亭にようこそ

渡し場の町にまで移動した翌日の昼すぎ、昨日まで雨模様であった空はきれいに晴れ上がって気持ちの良い天気であった。気温はもう夏なのではないかと思えるぐらいで暖かいというより暑かった。

渡し場から辺境都市レスターに向かう道をアルは助けたラスとタリーの親子を一頭のロバが曳く小型の荷馬車に乗せ、その横をのんびりと歩いていた。バーバラはとっくに朝一番で出立したのでもうとっくに辺境都市レスターに着いているにちがいなかった。

アルが向かっている辺境都市レスターは丘陵を利用した小高い場所に築かれた都市で、都市の周囲を囲う城壁は無いものの高低差を利用して作られた土塁《どるい》が多くあり、要所に設置された見張り台は周囲に近づく蛮族や魔獣などがいないかを常に警戒していた。

レイン辺境伯領にある六つの都市の中では一番小さいといわれているが、それでも人口はおよそ六千人を抱え、辺境開拓のために設置された一大拠点であった。渡し場の町から都市への道も川を渡る前が岩だらけであったのとは打って変わって綺麗に整備されていている。

「すまねぇなぁ、アルさんよ。色々と世話になっちまった。ほんとありがとよぅ」

先ほどからラスは何度も申し訳なさそうにそう呟いていた。息子のタリーは少し苦笑を浮かべながらもその横でのんびりと景色を眺めている。二人ともまだふらついてしっかり歩くことはできないものの、宿で休養をとったおかげで体調も少しは戻ってきているようだ。

「僕のほうがずっと年下なんですから、何度も言うようにさん付けはやめてください。呼び捨てでいいですってば」

「いや、そういってもよぉ……あんたは命の恩人だからなぁ。それに荷馬車の手配とかいろいろしてもらってよぉ」

「捕まってる間、一週間も腐《くさ》った水しかもらえなかったんだから動けなくても仕方ないでしょ。それにレスターでは格安で宿に泊めてくれるんでしょう？　ならこれぐらい大したことないですって」

助けてもらって以来、ラスは何度もしつこい程アルに礼を言い続けた。そして、アルが辺境都市レスターに来るのは初めてで、冒険者として活動するつもりだという話を聞くと、ずっと無料でうちの宿に泊まってくれたらいいと言い出した。もちろん命の恩人と考えれば安い物ではあるが、タリーとしては、そういう事をネタにずっと寄生をしようとする連中の姿も見たことがあったので少し不安に考えていた。だが、アルのほうから逆にそれはだめだと言い出し、ちゃんと利益がでる範囲で少し割引するという形ではどうかとラスを説得してくれたのだった。また、体力がそこまで戻っておらず仕方なく荷馬車を借りて移動する羽目になった二人にそれなら一緒に宿屋に行こうとも言ってくれた。そういう事があって、タリーもアルの事を本当にいい奴だと感じていた。

やがて道の先に都市の入り口を守る土塁と門、その横に立つ見張り台が見えてきた。門を越えれば広場があり、店がならぶ街区だ。二人が営む宿屋までもそれほど遠くない距離であった。荷馬車が近づくにつれ、その門の近くに二人の女性が立っているのが見えた。一人は四十代前半、もう一人は十代半ばといった年ごろだろう。その二人は荷馬車が近づいてきて、その上に座っているラスとタリーに気が付くと大急ぎで駆け寄ってきた。

「あなたっ、タリー！」「パパ、兄さん！」

ラスとタリーはアルに手を貸してもらいながらなんとか荷馬車から降りた。そして駆け寄ってきた二人と固く抱き合った。態度と話しぶりからして彼女たちはラスの妻と娘であると思われた。ラスとタリーが無事であるというのは衛兵隊から連絡が行ったのかもしれない。彼女たちもラスやタリー程ではないにしろ心労のせいかひどく痩せていた。妻は黒髪、娘は父親と同じ濃いブラウンの髪という差はあったが全体的な雰囲気はよく似たなかなかの美人であった。

「心配かけたな、悪かった」

「無事でよかった。あなたをさらったっていう怖い手紙を受け取った時にはもうどうしたら良いかわかんなくて……」

「くそ、盗賊め、そんなことをしてやがったのか。心配かけて悪かったな」

「本当よ。ママにその手紙を見せてもらったんだけど、衛兵隊に連絡したらパパも兄さんを殺すって書いてあって、本当にどうしたらいいのかわかんなかったの。助かって良かった」

四人はお互いを労い合い、無事を祝いあった。漏れ聞こえてきた話からすると、ラスの妻の名前はローレイン、娘でタリーの妹の名前はアイリスというらしい。

数日前に彼女たちの所に身代金を要求する脅迫の手紙が届き、店に残っていた彼女たちは苦悩の日々を過ごしていたようだった。ぼんやりとそのやりとりを聞いていたアルはふと物陰《ものかげ》でこちらの様子を見ている二人組の男たちに気が付いた。彼らは二人とも身長は百七十センチぐらいで少し細身、服装はかなり崩れている。その二人組はちらちらとラスたち様子を見ながらなにか小声で話し合っているようだった。アルはその様子になんとなく嫌な感じを受けた。

「ラスさん、タリーさん　ちょっと急な用事ができた。先に行ってもらって良いかな？」

「え？　ん？　ちょ、ちょっと待っ――」

「詳しいことは後で。四枚羽根が屋根にある宿屋だよね。用事が済んだら行くから……」

二人組はその場を立ち去ろうと歩き始めた。アルは何か言い始めたタリーを軽く手で制し、背負い袋を半ば無理やり彼に預けると彼らを尾行し始めた。なんとなくではあるが、タイミングを考えるとラスの家族を監視し恐喝の手紙を送っていた連中ではないかと考えたのだ。

血まみれ盗賊団自体は既に壊滅しているはずだが、放置しておくのも不安であった。とは言え都市の中で確証を得ずに手を出すわけにもいかない。住処を見つけて衛兵隊に通報すべきだろう。

そんなことを考えながらしばらく尾行を続けているとそのうち二人組は急に細い角を曲がった。土地鑑のない所での尾行は難しい。これは気付かれたかと焦り、彼らを追って同じように曲がる。

二人組の男はそこでアルを待ち構えるようにして立っていた。

「……」

アルは軽くため息をついて周囲を見回した。追跡に必死になっていて気が付けば三人以外には周囲に人気はない。路地裏で壁がところどころ崩れており、周囲にはゴミが散乱していた。

「この辺りじゃ見ない顔だが、ガキが何か用かい？」

二人組のうち、黒いシャツを着た男がそう聞いてきた。もう一人茶色のシャツの男は周囲を警戒している様子であった。二人とも腰の小剣に手をかけている。

「っと、ちょっと道に迷ったんですよ。誰かについていけば大通りに戻れるかなーって思って……

黙ってついてきて悪か――」

その言葉が終わらないうちに黒いシャツの男が斬りつけてきた。

『閃光《フラッシュ》』

アルは後ろに飛び退きながら掌を突き出した。そのアルの掌からはまばゆい光が放たれ、男たちはあわてて目を庇った。アルはその隙に壁際に走った。

『幻覚《イリュージョン》壁』

男たちの視力が戻って周囲を見回した時にはアルの姿は見えなくなっていた。正確には崩れた壁に身体を押し付けてその上に幻覚による壁でカモフラージュすることによって姿を隠していたのだ。

だが、それには気付かぬ二人は周囲を見回した。

「どこに行きやがった？　そっちはいねえか？」「いや、いねぇ、あっちか？」

物陰にでも隠れたのかと二人は周囲を探し回った。だが彼の姿は見当たらない。二人は首を傾げた。

「くそっ、あいつ、呪文を使いやがった。ということはお頭みたいに呪文で姿を隠したのか？」

「連絡がねぇ上に二人が帰ってきたってことは、やばいな。ドジ踏みやがったのか」

彼らはしばらく何か罵り続けていたが、結局どうしようもないという結論に達したらしい。

「どうしようもねぇな……」

「ああ、そうだな……」

彼らはそう言ってお互い顔を見合わせるとその場を去っていったのだった。

ラスが営む《赤顔の羊》亭というのは、辺境都市レスターの東門前の広場から北西に歩いたところに建てられた三階建の建物であった。事前に屋根に四枚羽根の風車があると聞いていたので簡単に見つける事が出来た。一階の通りに面した側は酒なども提供する食堂、二階と三階、屋根裏は宿泊者と家族、従業員のための部屋となっており、裏庭があって、別棟には馬屋があるという造りになっていた。

†

二人組の男たちから逃れたアルが、その《赤顔の羊》亭に到着した時は既に東門で別れてから二時間程が経っていた。尾行などがないか改めて確認するのにしばらく時間がかかったのだ。一階の食堂らしい所には人が集まっている様子であった。アルは念のため周囲を二周ほどして怪しい人影がないかを確認したうえで、その食堂の扉を開けたのだった。

「アル、いったい何処に行っていたんだよ」

それに気付いたタリーが立ちあがり、アルに駆け寄ると彼の手を掴んだ。少し酒も入って上機嫌な様子である。そのまま、ようやく来たとか言いながら彼の手を引き店の大きな暖炉の前に連れてゆく。

近くのテーブルにはラスの他、都市の門で熱い抱擁を交わしていた彼の母親、ラスの妻であるローレインと妹のアイリスが座っており、その様子を嬉しそうに眺めていた。彼らの周囲のテーブルには冒険者らしい男女、他にも従業員らしい年配の男女も何人か座っていた。

「みんな、今ちょうど話してたアルだ。この人のおかげで俺たちは生きて帰ってくることができた。冒険者としてこの都市に来たっていうから、しばらくこの宿に泊まってもらおうと思っている。できればいろいろ便宜を図ってあげてほしい。アル、みんなに挨拶してやってくれ」

アルは少し戸惑いながらも食堂の中に居る面々の視線を感じ、彼らに向くと頭をかいた。そして挨拶をしようと口を開きかけたが、そこにローレインが走り寄ってきた。そして両手で彼の手をぎゅっと握った。

「アルさん、ありがとうね。お礼をいうのが遅くなってごめんなさい。本当に……感謝しています。うちの人を助けてくれてありがとう」

彼女は軽く涙を浮かべていた。

「パパと兄さんを助けてくれてほんとにありがとう」

ローレインの横でアイリスも深々と頭を下げる。おおよそアルと同じぐらいの年齢だろう。身長も彼と同じぐらい。明るく元気そうな声をしていた。

「いや、本当に、盗賊団の連中をやっつけたのはバーバラさんで……、僕はその手助けを」

「ラスとタリーに温かいスープまで作ってくださって、ここまで送ってくださったのでしょう。それに盗賊の親玉をやっつけたのはアルさんだったって聞きましたよ？　それも凄い魔法使いだって……」

「えっと……それは――」

そのまま、席を勧められるままにアルはテーブルについた。どうやらアルが盗賊らしい連中を追いかけたりしていた二時間ほどの間、ラスとタリーが家族や他の連中にした話ではアルがかなり活躍したことになっていたらしい。アルとしては自分の力ではなく、むしろナレシュやバーバラを手伝っていただけだと懸命に説明するが、皆はなかなか納得してくれない。

「とりあえずラスたちはそれぐらい感謝しているって事さ。まぁいいじゃないか」

戸惑うアルの肩をたたき、にっこりと微笑んで見せたのは、この宿で長期滞在をしているオーソンという男であった。年のころは三十代中頃というところであろうか。背は百七十センチほど。黒髪を後ろに撫でつけた髪型をし、落ち着いた様子である。そこそこ筋肉もついている。冒険者だろうか。

「そうだな。親父さんとタリーが無事帰ってきてよかった」「うんうん。よかった」

そう言って頷き合っているのは彼の横に座っていたマドックとナイジェラ。十九才と十八才の男女のペアで幼馴染らしい。マドックは身長百九十センチを超えているだろう、大柄でしっかり筋肉のついた体つきをしていた。これほどの体格の男は領都でもなかなか居ない。ナイジェラも彼ほどではないが、ひきしまった体つきをしている。二人もここに長期滞在をしているということだった。

話を聞くと、三人とも冒険者ギルドに戦士として登録し、蛮族討伐の仕事を多く請け負って稼いでいるらしい。

「とりあえず無事生還できた祝いだ。特別なものは用意できなかったが量だけはある。アルさんもたっぷり食べて、飲んでくれ」

食堂のテーブルには少し固そうではあるものの大量の肉が調理され積まれていた。年配の従業員らしい女性がフォークと皿、ジョッキを渡してくる。ジョッキに入っているのは水で薄めたエールのようだ。彼が少し戸惑っていると、ローレインがこの辺りの生水は飲めないし、魔獣が多いので安い肉は大量に出回っているのだが、野菜や穀物、牛や羊、豚などの肉はまだまだ収穫高が少なくて入手できずこういう食事になってしまう事が多いのだと少し弁解気味の口調で説明してくれた。

「それで、ミルトンまで食材を仕入れに行ってたんだがなぁ。ほんと、参った」

ラスはそう言って苦笑いをした。ミルトンの港は交易が盛んで穀物だけでなく野菜、果物、肉なども安価で良いものが入ってくるのだという。ラスたちは往復二日の距離であるが月に一度程度往復して仕入れを行い、食堂ではそれを提供していたらしい。

「次は俺たちが一緒に行きましょう。スープには芋とかの具がいっぱい入っているほうが旨い」

マドックが真面目そうな顔をして言った。あんたはいつも食い意地が張ってるわねぇとナイジェラが呟き、ラスは遠慮していたものの、ローレインは是非お願いしますと頭を下げていた。

「ちょっと気になることがあったんですが、こんな二人組、見かけませんでした？」

話がひと段落したところで、アルは見つけた二人組の話を出した。尾行していったら、人通りのない所で斬りかかられたという話をすると、アイリスは目を見開いたが他の連中はあまり驚いた様子はなかった。

「お前、四番街の南のほうに入っていったんだろ。あの辺りは気を付けたほうがいい。まだ着いたばかりだから知らなかったんだろうが、ここからだと東大通りを挟んで南側、南大通りまでの辺りはずっと治安がよくねぇんだ。喧嘩で大怪我をしたとかは日常茶飯事らしいし、朝起きたら道に死体が転がってたってのもたまに有るらしい。それにお前さんはあんまり強そうには見えねぇからな」

「うーん……」

オーソンの言葉にアルは再び頭をかいた。彼の癖なのだろう。この都市の治安があまり良くないという噂は聞いていたが、ここまでとは考えていなかった。ということは盗賊団ではなくただの強盗だったのかもしれない。気にしすぎだったのだろうか。それに二人組についても今まで気付いたものは誰も居ないようだった。

「お、良い事を思いついた。アルは魔法を使えるんだろ？　それなら魔法使いらしい恰好をしたらどうだ？　魔法使いだとわかれば侮る相手も少なくなって、こういう事も起こりにくいと思うぜ」

得意げな顔でそう勧めるオーソンにアルは少し思案顔で首を振った。

「そうかもしれないけど、魔法使いらしい恰好ってことは、ローブに杖とかだよね。僕はずっと斥候としてもやってきたからさ、そういう動きにくそうな恰好とかは苦手なんだよ。それに僕はまだそんなにすごい魔法使いってわけでもないからね。虚勢を張るのもあんまり好きじゃない」

アルの説明にオーソンは不思議そうな顔をした。オーソンの周りの魔法使いは皆威張っているものだった。だが、この目の前の少年はそうではないらしい。そういうのも居るのか考えを改めると彼は軽く肩をすくめた。

「まぁ、自分で判断することだ。好きにすりゃいいさ」

「ありがとう。とりあえず、二人組については僕の気のせいかもしれないけど、まだ血まみれ盗賊団の生き残りはいるかもしれない。一応気を付けてあげてほしい」
アルの言葉に宿の連中は皆、もちろんと頷いたのだった。

†

《赤顔の羊》亭は長期滞在の冒険者を対象にしている宿屋らしく、部屋は一人部屋か二人部屋ばかりとなっていた。護衛の仕事で長期間出かける時のために、屋根裏部屋を使って荷物だけを預かる貸倉庫のような事もしているらしい。アルに用意してくれた部屋も一人部屋であった。夜遅くまで呪文の書を読み習熟を図る魔法使いにとっては有難い話であった。

アルは夕食を食べ終えるとご馳走様の礼もそこそこにして、急いで部屋に戻った。そして早速新しく手に入れた隠蔽《コンシール》の呪文の書を大事そうに取り出した。呪文の書を手に入れたからといって、呪文をすぐに使えるわけではない。まず呪文の書から呪文を習得する必要があった。それにはかなりの期間が必要であり、その期間は呪文の難易度によって異なる。また、呪文を習得できたからといっても、その後、何度も練習をしないと確実に呪文を使う事はできなかった。そして何度も成功することによって呪文に対する熟練度が上昇し、効果が上昇するのである。

アルはわくわくしながら巻物状になっている呪文の書をテーブルに広げた。幅三十センチ、長さが二メートル程の羊皮紙には複雑に絡み合う円と記号、そして文字がびっしりと描かれていた。それぞれの記号や円は様々な要素を示しているのだ。その要素や数からすると隠蔽《コンシール》呪文はおよそ第三

階層に属する呪文だと思われた。

　この階層というのは呪文を構成する記号《イメージ》の数や難易度を示していた。接触した状況で使用し、比較的簡易な要素のものが第一階層、遠隔状況で使用して簡易な要素しか含まれないものが第二階層、対象に複雑な要素を与えるものは接触、遠隔問わずに第三階層となる。そしてそれ以上の規格外は第四階層と呼ばれていた。そして、第一階層の呪文を習得するのに三ヶ月、第二階層は半年、第三階層は一年かかるというのが目安であった。ちなみに第四階層は規格外であるので目安など存在しない。

　もちろんこの三か月とか半年というのは個人差もあるし、時間もひと月に二十日、一日に一時間という計算であった。これは呪文の習得という作業が非常に集中力を要するので、あくまで一般的な話であった。

　だが、アルの場合はそうではなかった。彼は幼い頃から魔法に触れていたが、毎日五、六時間継続しても疲れることがなかった。さらに、彼の場合は呪文の書を読むのが大好きで、過去に習得した呪文の書を構成する円や記号、イメージについてもほとんど記憶していた。その結果、複数の呪文の書を比較しその意味を考えたりできたので効率的に習得することができていたのである。

　その結果、一番最近に習得した同じ第三階層の鈍化《スロウ》呪文では行使できるようになるまでおよそ二十日、そして行使に熟練しておよそ失敗なく行使できるようになるまででも一ヶ月に短縮できていた。

「さて、どういう風な構成の呪文なのかな……」

アルは鼻歌交じりに呪文の書の巻物を広げた。びっしりと描かれた特別の文字や記号や円《イメージ》。これらは様々な要素を示しているのだ。顔を近づけゆっくりと眺め始める。そして今までに習得した呪文の書からイメージを抽出して独自のメモを加えた羊皮紙の束を取り出すとそれと見比べながら、これはこれで、あれはあれでとブツブツと呟く。

…

……

………。

その作業を幾度繰り返しただろうか、彼が顔を上げ自分の肩をもみながら周囲を見回した時には、もううっすらと朝日が昇り始める頃になってからだった。窓から入ってくる朝日に気付いて彼は大きく伸びをしながら顔を顰めた。

「あー、もう朝か、またやっちゃった。新しいのが手に入るとつい……ね」

働き者の人々はそろそろ家を出る準備をしているに違いない。彼はばたばたと散らかしていた呪文の書や羊皮紙を片付け始めた。光呪文《ライト》で灯した明かりを消すと、部屋の中はうっすらとした朝の光だけが残った。彼はベッドに倒れ込む。

「少しだけ寝よう……幻覚呪文と雰囲気が似てる気がするなぁ、でも、対象を選択するところはちょっと違う感じか。幻覚と違って出現したイメージをコントロールしなくて済むから……」

彼は横になってても最初はブツブツと呟いていたが、余程疲れていたのかすぐに寝息を立て始めた。

†

アルが《赤顔の羊》亭に泊まった翌日、宿にある裏庭ではラスの妻であるローレインと娘のアイリスは洗濯物を洗ったり干したりといった仕事を手慣れた様子で行っていた。太陽はそろそろ一番高い所にまで昇っている。

「ねぇ、ママ。あの人、まだ起きてこないね」

アイリスは母親であるローレインに尋ねた。彼女の言うあの人というのは、昨日父親と兄を連れて帰ってきてくれた恩人であるアルの事だった。年はおよそ彼女と同じぐらいに見えたが、常連客であるオーソンたちと話す様子を見ると、冒険者としては慣れた様子でもある。それも魔法使いだというのにあまり偉そうにも振舞わず、他の冒険者たちのように乱暴な物言いもしない、彼女にも優しく接してくれていたのは少しうれしかった。

「うーん、そうね。長い距離を旅行してきて疲れているのかもしれないけど、さすがに少し遅いかもしれないわね。ちょっとドアをノックして声をかけてみてくれる？　もう子供じゃないのだから部屋の中に入っちゃだめよ」

「うん、わかった」

彼女は洗い物の手を止めて立ち上がると、母親からのおさがりで色の褪《あ》せたエプロンドレスの裾を軽く直した。中庭から建物に入り、階段を上ろうとする。そこで二階でドタドタと走る音と扉を開け閉めする音に気がついた。

「！　この音は起きたのかも？」

彼女がそう呟いたのと、アルが慌てた様子で二階の踊り場に姿を見せたのはほぼ同時だった。

「おはようございます、わぁ、すっかり寝坊しちゃった」

彼はそう言いながらスタタタと階段を下りてきた。服のボタンは留まっているが、背中に届くほどに伸びっぱなしの長い金髪は自由奔放にうねっている。アルはアイリスの顔を見て少しバツが悪そうに自分の髪を弄る。

「あの、部屋の掃除は自分でしますから、できれば中には入らないで……もらえますか？　あと中庭の井戸は使っても？」

アルのその様子を見てアイリスはにっこりと微笑んだ。

「はい、部屋には入らないようにします。でも、貴重品は残さないでくださいね。盗難があっても、うちではその補填はできません。井戸は使ってもらっても構いませんし、横においてある桶もご自由にお使いください。ただし、飲むとお腹を壊しやすいので気を付けてくださいね。もし汚れものがありましたら、洗濯は一枚につき三十銅貨でお受けしていますのでよかったらお申し出ください。ただし汚れ具合や素材によっては別料金になりますのでご注意ください。それと、あと……髪がすごいことになっています」

「え？」

慌てた様子でアルは思わず自分の髪を触る。その様子を見てアイリスは思わずクスクスと笑った。

「あー、子供の頃は姉さんに切ってもらってたんだけどね。寮に入ってからは面倒でさ……。そろそろ切らないとなぁ」

「アルさんはお姉さんが居らっしゃるのですね。寮と言うのは？」

「うん、二人いる。ついでに言うと兄さんが二人、妹が一人。髪を切ってくれてたのは上の姉さんだった。寮は領都にある中級学校の寮の事だよ。僕は今年卒業したばっかりなんだ」

アルはそんなことを言いながら何度も髪を手櫛で梳いた。ぼさぼさの髪は少しずつまとまって、しばらくするとようやく一つにまとめることができた。最後に紐を何度か巻き付けて縛る。

「良かったら髪を切りましょうか？　それほど上手というわけではないですが、一応うちの家族の髪は全部私が切っています」

「へぇ、そいつは助かるな。でも今日はいろいろと用事があるから、また時間がある時にお願いしてもいい？」

アルはそう言うと嬉しそうに微笑んだ。

「はい、もちろん。気軽に声をかけてください」

「うん、じゃあ、僕は出かけてくる……そうだ、レビ商会の店と冒険者ギルドの場所を教えてくれない？」

「はい、この都市は丘を利用して建てられていて領主様の館が一番高い所にあります。そこから放射線状に東西南北に大通りと呼ばれる道路が伸びています。そして同心円状に環路と呼ばれる広い道路があり、領主の館に近いほうから一番環路、二番環路と名付けられています。この店は東大通りと三番環路に一番近いので東三番街です。同じ東三番街でも、うちの店がある東大通りの北側は比較的安全ですが、南側はあまり治安が良くないので気を付けてください。レビ商会の本店は北一番街、冒険者ギルドは西二番街にあります。どちらも大きい建物で大通りと環路の交差点に近い所にありますので行けばすぐわかるでしょう」

アイリスの説明にアルは頷いた。計画的に作られた都市というだけあって、広い通りはかなりわかりやすく作られているようだ。二人の会話を聞いていたのか、近づいてきた母親のローレインが黒パンを一切れ差し出した。

「悪いけど、もうシチューは片付けたから朝食はこれだけだよ。うちの宿では朝食は朝二番の鐘から三番の間、夕食は日暮れの鐘が鳴ってから一時間後までの間にテーブルについてくれないと出さないって決まりになっているの。そうしないと片付けられないからね」

「学校の寮も同じような感じでした。もちろんそれで良いです」

アルは素直にそのパンを受け取るとぱくりと咥えた。もぐもぐしながらベルトのナイフやベルトポーチを確かめる。

「OK、じゃあちょっと出かけてきます。日暮れの鐘までには帰ります。昨日言ったように怪しい男たちが居るかもしれません。気を付けてくださいね」

「わかったよ。忠告ありがとう」

「アルさんも気を付けて」

彼はローレインとアイリスに軽く手を振り元気に出かけていったのだった。

呪文の書の誘惑

アルはまずレビ商会に向かった。本店があるという北一番街は立派な邸宅や大きな商店が集まっているようで、飾り立てた大きな建物が多い。商店の建物の入口には大抵扱っている商品や店の名前が書かれた看板があった。その中にレビ商会の看板もあったのだが、彼の目はその手前にあった別の商店の魔法の呪文の書を扱っていますという看板にくぎ付けになっていた。

「これは行かないと……」

彼の懐には以前から溜め込んだ金の他、レビ商会の隊商を盗賊の襲撃から助けた礼、血まみれ盗賊団の頭目を倒したとして得られた懸賞金、バーバラから分けてもらった盗賊討伐の戦利品など合わせて二十金貨程が入っていた。

店は呪文の書の他に魔道具なども扱っているようであったが、店の中はさほど広くなくソファとテーブルが並んでいるだけであった。中に入ると、店の奥から店員らしき男が出てきて、丁寧にお辞儀をした。

「いらっしゃいませ」

「こんにちは。呪文の書について聞きたいんです」

店員はほんのすこし首を傾げた。呪文の書は高額なものだ。アルがまだ若いので不思議がるのは当たり前だろう。だが、そういった態度が見られたのは最初だけで、すぐ丁寧な様子に切り替わった。こちらにどうぞとソファを勧められ、アルは落ち着かない様子で座る。店員はそれを気にした様子もなく斜め向かいの別のソファにすわった。

「いろいろと取り揃えております。当店は魔法使いギルドとの提携をしており呪文の書にはちゃんと魔法使いギルドの品質証明書が付いております。どのような呪文をお探しでしょうか？　ご希望の呪文はございますか？」

〈呪文の書〉というのは、呪文を習得するために使うもので、呪文の具体的な要素イメージや説明が、専用の言語や記号で描かれている。古代遺跡のようなところで発見されるものの他、特殊な技術を持つ魔法使いによって作成されている。どちらも品質不良品や詐欺師による贋作も存在するため、魔法使いギルドの品質保証書が付属しているのが基本であった。

「眠り呪文《スリープ》か麻痺呪文《パラライズ》、飛行呪文《フライ》ってありますか？」

どれも領都では常に欠品状態で、たまに入荷すると取り合いになる程の人気の高い呪文だった。アルの記憶では、眠り呪文《スリープ》と麻痺呪文《パラライズ》は二十金貨、飛行呪文《フライ》は三十金貨で取り扱いをしていた。彼は冒険者の多いここでは少しぐらい安くなっていないかと考えたのだ。だが、店員の答えは共に在庫はあるものの、眠り呪文《スリープ》と麻痺呪文《パラライズ》は二十五金貨、飛行呪文《フライ》は四十金貨であるという返事だった。アルはその値段に思わず眉をしかめた。その様子を見て店員は気の毒そうな顔をしてこの都市では魔法だけでなく、冒険者の使う武器や防具なども領都の二割から三割ほど高いのだと説明してくれた。理由を聞くと、ゴブリンやリザードマンといった蛮族やオオグチトカゲといった魔獣の討伐報酬が他の都市に比べて高く設定されており、冒険者の収入が良いため、冒険者が購入する物品は自然と高くなっているらしい。

アルはがっくりとし、それならすぐに呪文の書を買うのはやめておこうかとも考えた。そのうち、領都に行く機会もあるだろう。どうせ隠蔽《コンシール》呪文を使えるようになるのに数週間はかかる。入手はそれからでも良いので急がない。

「人気の魔法の衝撃波《マジックショックウェーブ》呪文や魔法の竜巻《マジックトルネード》呪文はいかがですか？　どちらも三十五金貨となっております」

店員が勧めてくれた二つの呪文は共に攻撃呪文だ。魔法の衝撃波《マジックショックウェーブ》呪文は掌から前に円錐状に、魔法の竜巻《マジックトルネード》呪文は、指定した箇所を中心として球状にそれぞれ魔法による攻撃が行える呪文である。複数の対象を一気に攻撃できる派手な呪文であるため人気があった。だが、どちらにしても金が足りない。

「それでは、他の都市では珍しい呪文ですが、第二階層呪文、運搬《キャリアー》呪文というのはいかがですか？　こちらなら十八金貨です。この辺りでは非常に人気となっています」

店員は得意そうであった。アルは運搬《キャリアー》呪文というのを聞いたことがなく、どういう呪文なのか尋ねると、術者の後ろをついてくる黒い円盤ができる呪文なのだという。その黒い円盤の上には荷物を載せられるので運搬《キャリアー》ということらしい。念動呪文とどう違うのか尋ねると、呪文の維持に集中しなくても円盤は三時間ほど維持されるというのが違いだと答えてくれた。

「それって、ロバを連れて行くのとそれほど変わらないんじゃ？」

アルの問いに店員は大きく首を振る。

「ロバに汚れた蛮族や魔獣の死骸などを載せてごらんなさい。汚物など後できれいにするのが大変ですよ。それに家畜は全て食事や水の用意が必要ですし、道が悪ければ遅くなったり、進めなくなったりします。その上、家畜が襲われるというリスクもあります。その点、この呪文であればそれら煩わしい事は一切ありません。それにこの円盤であれば少々乱雑にのせても荷が崩れることはありません。術者が逆立ちしても大丈夫だと聞いています」

店員の説明はさすがプロといったところだろうか。流暢にこの呪文の利点を説明してくれた。

「死骸《しがい》を載せたりするのは肉とかが必要な時だけの気がするけど……。二階層ってことは半年ぐらいは勉強しないと使えませんよね。本当にそれだけの人気はあるのかなぁ……。じゃあ、黒い円盤の大きさで、どれぐらいの重さのものが運べるんですか？」

アルはいまだに半信半疑である。ロバの馬車であれば一頭立てで五十キロは積めるだろう。もちろん荒れ地などの走行には向かないが、それなら五金貨ほどでは揃えられるに違いない。果たして十八金貨と習得にかかる期間、それに見合う価値があるだろうか。

「お客様はこの都市に来られてあまり日数が経っていらっしゃらないのでしょうか。少し活動をされれば理解していただけると思います。円盤は直径およそ一メートルの円だそうです。三十キロほど積めると聞いています。呪文に熟練すればもっと積める事でしょう」

店員は自信満々だった。しばらく考えてアルは購入することを決めた。これほどの大きさの店であるので信用はできるだろう。店員は嬉しそうに頷くと、豪華な箱にはいった呪文の書を店の奥から出してくるとそれと交換でアルから十八金貨を受け取った。

「ありがとうございます」

店員は店の外までアルを見送ってくれた。彼は買ったばかりの呪文の書を背負い袋にしまい込むと、新しい魔法を得たことでにやけた顔も頑張って抑え込み、ぱたぱたと叩きながら自分の服に汚れが付いていないことを確かめると隣のレビ商会の扉をくぐった。

「こんにちは。アルと申します。一昨日の交易隊商ですこし関りを持たせていただきました。会頭のレビ様か、ルエラ様とお話ができれば有難いです」

彼の話を聞き、店員はすぐ頷いた。ちゃんと話は通っていたらしい。店員はお待ちしておりましたとすぐに店の奥の応接室にまで案内してくれた。レビ商会の中は隣の店に比べてもかなり活気があり、応接室の中も花が飾られていたりしてかなりの心配りがされている様子である。しばらくすると、レビ商会の会頭であるレビと護衛を指揮していたデズモンドが揃ってやってきた。アルは慌てて立ち上がった。

「よく来てくれた、アル君。ナレシュ様の依頼も上手にこなしてくれたようだね。バーバラ君が絶賛していたよ」

レビ会頭は座る様に促しつつ、自分自身も彼の前の椅子に座った。アルは少し緊張しながら周囲を見回しゆっくりと座る。

「問題なく済ますことができてよかったです。お言葉に甘えてお邪魔させていただきました」

「問題なく……か。彼女の話では普通の魔法使いより余程腕が立つという話であったよ。君と組めたら大抵のことができるだろうと言っていた」

「それはバーバラさんの腕が立つからです。僕はまだまだ駆け出しにすぎません」

アルが苦笑いを浮かべて否定する。横でデズモンドが少し天を仰ぐようにして首を振った。レビ会頭はじっとアルの顔を見る。

「なるほど、君の考えは判った。だが、私としては少し物足りないな。私が君の年の頃はもっと貪欲だったよ。もっと自信を持つべきだ。客観的に見てもかなりの大活躍だったと思う。盗賊の討伐報酬についてはバーバラ君が手配したと聞いているが、問題はなかったかね」

「えっと……、はい、渡し場の衛兵詰め所でたっぷりと頂きました」

アルの答えを聞いて、レビ会頭は少し頷いた。

「うん、それで良い。もう一つ聞いてみようか。どうだね、私のところで働いてみる気はないかね。ルエラと同じ中級学校出身ということであれば信用できる。住み込みで手当として月二金貨出そう。腕に自信がないというのであれば、私の傭兵団で訓練も可能だ。良い条件だと思うのだが」

レビ会頭の申し出にアルは驚いた。十五才の学校を卒業したばかりの人間に提示するような条件ではない。住み込みであれば食事も出るだろう。彼ぐらいの年齢であれば手当はせいぜい小遣い程度が普通であり、金貨二枚というのは破格である。彼はじっと考え込んだものの、しばらくして口をきゅっと閉じて首を振った。

「非常にありがたい申し出だと思います。本当にありがとうございます。でも、申し訳ありませんが、僕はまだまだ魔法を勉強したいのです」

レビ会頭とデズモンドは少し驚いたような顔をしてお互い顔を見合わせ、改めてアルの顔をじっと見た。だが、彼はもう迷っている様子はない。レビ会頭はそれを見ておもわず声を上げて笑い始めた。

「そうか、そうか、ルエラは君の事を変人だと言っていたが本当だったらしい。非常に残念だ。気が変わったらいつでも申し出てくれたまえ。ところで、レスターでしばらく冒険者として仕事をすると話していたようだが、もう宿は決まったのかね」

「《赤顔の羊》亭でしばらくお世話になろうと思っています」

レビ会頭は確かめるようにデズモンドをちらりと見た。彼は知っているといった様子で頷く。

「わかった。おそらくナレシュ様は君に会いたがるだろう。そちらに使者を出してもらうように言っておく。数日中には連絡があるだろうから、その間は夜には宿に帰るようにしておいてもらえるかね」

「ありがとうございます。そうします。よろしくお願いします」

アルはにっこりと微笑んで頷いた。

冒険者ギルド

次にアルがやってきたのは冒険者ギルドだった。建物は二階建ての大きな石造りの建物で、周囲には酒場が多く並んでいた。中はかなり広く、正面にはずらっとカウンターがあり、その中には二十人程の職員らしき男女が受付や事務仕事をこなしていた。昼前という時間のせいか仕事を求める冒険者の姿はあまりない。見回すと左右の壁には掌サイズの木の板が数多くぶら下げられていたが、募集中の仕事が木の札に書かれて掲示されるのは領都の冒険者ギルドと同じであった。

アルは入口近くの目立つところにぶら下げられた大きめの木の札を眺めてみた。外せないように釘で固定されているのは常設依頼である。そこには討伐の報奨金としてゴブリン一体につき銀貨三枚、リザードマン一体につき銀貨七枚とあり、その横にはリザードマンのエラの部位が完全状態で銀貨五枚というのもあった。領都ではゴブリンの討伐は銀貨一枚、リザードマンは銀貨三枚で、それの二倍以上である。呪文の書が少々値段が高くても売れるわけだと感心していると、そこに背後から近づいてくる者が居た。

「おや、アルじゃないか。落ち着いたかい？」

バーバラだった。腰に剣は下げているものの今日は鎧を着ていない。とはいえ、ワンピースなどではなく、動きやすそうな男性が着るような恰好であった。彼女の声は大きくて辺りに響いていたが、職員も他の冒険者も彼女の大声には慣れている様子であまり注目されてはいない。

「バーバラさん、こんにちは。とりあえず仕事をと思って登録しに来たところです。蛮族や魔獣討伐の報奨金が高く設定されているとは聞いていたのですが、全然違いますね」

「ああ、そうさ、討伐を請け負う冒険者にとってはありがたい話だよ。だけどね、他じゃ蛮族や魔獣は討伐部位を取ってあとは埋葬するのがルールだけど、ここは死骸を都市の入口傍にある処理場まで運ばないと報奨金はもらえないから注意しておきなよ」

　アルはさらに驚いた。死骸を運ぶのはかなりの手間である。それもゴブリンの死骸ならまだしもリザードマンともなると人間の成人男性とあまり変わらないサイズだ。簡単に運べるものではない。どうしてそのようなことになっているのか……。

「この都市ができたころにね、ここの南側に流れるホールデン川に死骸を放り込んで処理したっていう連中が多くいたらしくてさ、そうしたらその死骸を餌《えさ》にしてリザードマンが大量発生して酷い事になったらしいんだよ。それ以来、こういうルールになったって話だ。討伐の仕事をするのなら南門や西門近くには朝だと貸し荷車や運び人がいっぱいいるから雇うと良い。あと、人力の台車を引っ張ってるのも居るよ。死骸を背負ったりするのはみんな嫌だからねぇ。特にゴブリンなんか最悪だよ。何日も臭いが取れなくってさ。あー、やだやだ」

　バーバラはアルの疑問がわかったのだろう。先回りして答えた。なるほど、そういうことなら運搬呪文《キャリアー》は便利かもしれない。店員が勧めた理由も納得できた。

「この都市の周囲には開拓村もありますよね。そちらでの討伐も？」

　依頼の木札によると辺境都市レスターよりさらに南にはいくつか開拓村があるようだった。

「いや、村の近くなら都市まで持って帰らなくても村まで持っていけば引き取って報奨金を支払ってくれるから安心しな。ただしレスターより若干安くなる」

「ありがとうございます。注意します。遺跡の仕事とかはさすがにないですよね」

　アルの問いにバーバラは首をかしげる。

「遺跡ねぇ……、小さな遺跡が見つかることはたまにあるらしいけど、仕事としては聞いたことはないね。たぶんだけど、そういうのを見つけても周りには秘密にして身内で調べるんじゃないかねぇ」

バーバラはかなり顔が利くような雰囲気だ。古代遺跡について何か知らないだろうか？　アルは軽く身を近づけた。

「バーバラさんはこの辺りで見つかった古代遺跡について何かご存じありませんか？」

声を潜めて聞くアルにバーバラはすこし首を傾げて少し考えた様子だったが、気の毒そうに首を振った。

「私はずっとレビ商会に雇われていてね。仕事は護衛とかがほとんどだ。そっちのほうには首を突っ込んだりしていない。悪いけど、言える情報は持っていないね」

少しがっかりしつつアルは頷いた。

「わかりました。とりあえず受付で登録して仕事をしながら探してみることにします」

「ああ、それが良いと思うよ。頑張りな」

バーバラは片手を振って冒険者ギルドから出て行った。アルはそれを見送った後、空いているカウンターの一つに近づいた。そこには四十代後半の女性がにこやかな表情で座っていた。

「初めまして、アルと言います。こちらに移ってきたので登録をお願いします。領都の冒険者ギルドでは三年ほどの斥候の経験があります。これは紹介状、あとこちらは領都でもらった登録タグです」

その女性はアルが差し出した筒状に巻いてある羊皮紙と首からかける紐のついたタグを受け取って確認をし始めた。そして軽く頷いた。

「初めまして。ご丁寧にどうもありがとよ。アル、本名のアルフレッド・チャニングじゃなく、通称で登録するんだね。領都ではかなり信頼されていたようだ。これは一週間ほどで返すから一旦預からせてもらう。魔法も使えると書いてあったけど登録は魔法使いとしておくかい？　それとも斥候？」

「ここに馴染むまではとりあえず斥候でお願いします」

冒険者ギルドというのは、必ずしも戦士や斥候など戦いに関連する仕事ばかりではなく小売店、飲食店の店員や運搬、土木作業員など様々な仕事を紹介しており、職業斡旋所といった要素が多分にある。商業ギルドや手工業者ギルドがそれぞれの業種のギルド員の利益を守るという立場にあるのに対して、冒険者として登録している労働者の利益を守るという性質をもっていた。アルが登録したのは問題が起こったときに仲裁してもらうためというのが一番の理由だった。もちろん名前を憶えてもらえば仕事を優先的に回してもらえることがあるというのもある。

「わかったよ。仕事はすぐ受けられるのかい？」

「はい。ですが、一週間程は急な用事が入る可能性があるので長期や泊り仕事はなしでお願いします」

「あいよ、わかったよ。私の名前はクインタだ。何かあったら相談に乗るよ。さっきバーバラと話していたようだけど知り合いなのかい？」

クインタと名乗った受付の女性はアルの顔をじっと見つめながら尋ねた。彼はかるくにっこりと微笑む。

「彼女とはここに来る途中で知り合いました」

ここに来る途中ねぇ……彼女はそう呟いて考え込んだが、すぐに何か思いついたようだった。

「血まみれ盗賊団の話かい？　ああ、大丈夫だよ。私はちゃんと知っているから隠さなくてもいい」

血まみれ盗賊団、というより領主の次男であるナレシュが襲撃に遭ったという話はどこまで知られている話なのだろうか、カマをかけられているのか、それとも……。わからない話はとぼけておくしかないかとアルは再びにこりと微笑む。

「詳しくは知りませんが、少しお手伝いしました」

その様子を見てクインタは少し苦笑を浮かべたが、すぐに表情を変えてにっこりと微笑んだ。

「そうかい、慎重なのは良い事だ。わかったよ。あとはバーバラから聞くことにしよう。悪いけど今は良い仕事はないよ。蛮族の討伐依頼なら常設だし、普通の仕事はあるから壁の木の札を見ると良い。その辺りは領都と同じだからわかってるだろ？　金に困っているというのなら処理場の仕事を回すけどやってみるかい？」

「処理場ってのはかなり大変そうですね」

アルが処理場について知っていそうだとわかってクインタは少し残念そうな表情を浮かべた。バーバラに聞いていなければアルも金になるというので引き受けたかもしれない。

「ああ、ゴブリンの死体とかどうしようもないのを家畜の餌や肥料に加工する大事な仕事さ。ただ臭いが酷くてね。でも危険がない安全な仕事で定期的に金が入る。いい仕事なんだけどね」

彼女は良い仕事だと強調した。かなり人が足りていなさそうである。だが、アルとしては、冒険者の腕を磨きつつ、祖父と同じように古代遺跡を見つけたいのだ。そこにはきっとすごい呪文の書や魔道具なども有るだろう。その目的からはかなり離れてしまっている。

「いろいろと改善が必要ってことなんでしょうね。僕はもっとお金に困ってからお願いします。それより教えてほしいことがあるんです。古代遺跡についてです。この辺りで何年か前に見つかったという話を聞いたんですが、調査は今でも続いているんでしょうか？」

アルは少しカウンターから身を乗り出した。だが、その様子にクインタは冷たく首を振る。

「ここからすこし南に古代遺跡が見つかったのはもう二年も前の話だよ。もう調査は終わって、とっくにめぼしい物は全部掘り出されちまった。その前にみつかったのもおんなじさ。そこから先の開拓は少し足踏み状態みたいでね。新しいのが見つかったというのは聞かないね」

クインタの説明にアルはかなりがっかりした様子でうなだれた。

「わかりました。それまではとりあえず木の札から……」

アルの様子にクインタはクスクスと笑った。

「そうだね。まだまだ若いんだ。しっかりと技術を身につけるところから頑張りな。冒険者アル、レスターにようこそ。これからよろしくお願いするよ」

†

クインタと別れ、アルが冒険者ギルドの壁にかかっている依頼の木札を眺めていると、一人の女性が近づいてきた。長い金髪はつやつやとしていてかなりの美人だ。年は二十代前半だろうか、身長はアルと同じぐらい、化粧は少し濃い目の感じで、少しきつめの香水の匂いもした。シャツの胸元が大きく開いていてアルの視線は思わずくぎ付けになった。

「こんにちは、ア・ル・さ・ん♡」

彼女はいきなりそう言って近づいてきた。話した記憶のない相手に名前を呼ばれてアルは怪訝そうな顔をした。

「急に声をかけてごめんなさいね。バーバラがこの都市にやってきたばかりの新人ですごい子が居るっていうからお友だちになっておこうかと思ったの。迷惑だった？」

そういって、アルの腕を半ば強引に自らの腕を絡ませるようにしてすぐ近くにまで顔を寄せた。アルの腕が彼女の柔らかい胸にあたっているのは意識してやっているのだろう。

「えっと、お姉さんは？」

アルは少しドギマギしながら尋ねた。

「私はカーミラ、バーバラとは大親友でね。昔一緒にパーティを組んでたこともあったの」

「へぇ、そうなんですね。バーバラさんと同じパーティ」

そういいつつ、アルはいつの間にか彼の懐の中に忍び込んでいたカーミラの右腕の手首をつかんだ。彼女の指先には彼が財布にしている革袋が引っかかっていた。

「こんな悪戯は困ります」

アルはそう言って押し返す。カーミラはそれに合わせてにこやかに微笑んだ。

「あれぇ、おかしいわねぇ。もっと違う良い所を探ってるつもりだったんだけどねぇ」

アルはどう返したら良いのかわからず曖昧な微笑みを浮かべた。彼は領都でしばらく斥候として働いていた。屋外での技は凄腕の狩人であったモリスから習っていたので、それを生かそうと考えたのだ。だが、働いている中で、古代遺跡探索をするためには屋内での技も必要だと気が付いた。それで、冒険者ギルドの伝手を頼って屋内での動きを補うために一時的に師弟関係を結んだことがあった。その時の師匠からこういったスリや鍵開けの技も一通り教えられていた。スリの腕に自信は無いが、それでもその手口はよく把握していたし、それを防ぐ術も身につけていた。もしかしたら彼女はバーバラがひと稼ぎしたというのを知っていて、先ほどアルと話した内容を耳にして彼が金を持っていると考えたのだろうか。どちらにせよこの女性はこういうことを繰り返しているかもしれない。もしそうなら……？

「声を上げますよ？」

カーミラはため息をついて革袋の紐からかけていた指を放し、アルから手を振り払う。

「もぉ、あなた男でしょう？　どうしてそういう反応なのかしら。わかったわよ。私を突き出すつもり？　そんなことないわよね。できれば騒ぎにするのはやめてほしいなぁ。またここを出入り禁止になっちゃう。ねぇ、お詫びにこれから一緒にお酒でもいかが？　こんな美人と一緒にお酒が飲

めて、その後楽しめるかも？」

アルは周囲を見回した。冒険者ギルドはあまり混んでおらず二人のやり取りについてはあまり注目を浴びている様子はない。とはいえ、ここで大声を上げればすぐに騒ぎになるだろう。どう考えたのかカーミラは甘えるようにアルに抱きつく。濃い香水の匂いがした。この反応からみるとこういうことは慣れていそうだ。それならばやり方はある。カーミラの媚びるような笑みをみながらアルはにっこりと笑って首を振った。

「僕はまだ命が惜しいです。それよりお願いがあるんです。それで今回の事はなかったことにしましょう」

「うーん……ほんとつまらないー」

彼女はすこしがっかりした様子でアルから身体を離すと壁にもたれた。このままではうやむやにされてしまいそうだとアルは微笑みを顔に張り付けたまま、少し口調を変える。

「ゴミスクロール扱ってるところを教えてくれよ。この都市にはそういう場所があるんだろ」

「ゴミスクロールって、ああ、あれね。あんなのが欲しいの？」

ゴミスクロールというのは、魔術師ギルドが品質保証を行っていない呪文の書のことであった。古代遺跡でみつかった呪文の書は魔法使いギルドに持ち込まれ鑑定がされた後に買取の値段がつくというのが本来の形である。だが、数週間かかる鑑定を待てない者や、鑑定結果に不服な者も存在して、そういった冒険者を相手にした商売も存在するのだ。彼らは往々にして禁呪や怪しげな物も扱っており、魔術師ギルドからは目の敵にされていた。

「僕の事はどうでもいい」

「あはっ、南四番街でララおばばを訪ねてみるといいんじゃないかな」

果たして彼女の言った事が事実かどうかはわからないが、とりあえず一つの手がかりだ。まだ未習得の呪文の書があるので、そちらが優先だが、それを習得したら訪れてみることにしよう。アルはカーミラの言葉ににっこりとして頷いた。そして、もう話は終わったとばかりに木の札のチェックを再開する。

「ふぅん、冷たいわねぇ……、でも、ただの子供かと思ったらそうでもないみたい。ちょっと良いかもね。気に入ったわ。またね♡」

何が気に入ったのかわからないが、カーミラはそう言ってアルに投げキッスを送ると傍から去っていった。

冒険者ギルドを出て西大通りをずっと進み、四番環路と標識のある土を踏み固められた道まで出ると、付近一帯では何か腐ったような臭いが漂っていた。その臭気は街路沿いの所々に掘られた巨大な穴から漂ってきているようで穴の周囲は柵で囲われている。この辺りはすでに街外れになるらしく建物はほとんどなく、街路を守るためなのか縦横に建てられた柵とところどころ屋根のある見張り台が設置されている。

西大通りと四番環路が交差する辺りには巨大な土塁があった。土塁の上には簡易ながらも砦のようなものが築かれていている。これが西を守る拠点なのだろう。昼を過ぎたこの時間、西大通りの付近にはすでに狩りを終えて戻ってきたらしき冒険者の集団が行列を作っていた。その行列の先は西の砦の端であり、おそらくそこで蛮族や魔獣の死骸を納めて報酬を受け取っているようだ。

「よう、下見かい？」

アルに話しかけてきたのは、昨夜《赤顔の羊》亭に居たオーソンというベテランの戦士風の男だった。あの時は気付かなかったが、片足を軽く引きずっている。

「こんにちは。オーソンさん。あそこが処理場ってやつですか」

「ああ、そうさ。あそこで冒険者連中から死骸を回収するのさ。受け取った死骸から家畜の餌にできる部位とそうじゃない部位に分ける。餌になる部位は養畜場に運ばれ、餌にならないのは環路の周囲に掘られた穴に放り込んでゆく。穴がいっぱいになると土で埋め、また別の所に穴を掘る。埋められた死骸はそのうちいい肥料になる。そうやって人間の生きる場所が拡がってゆく、っていうのが冒険者ギルドの偉いさんが言ってる事だ」

「なるほど。それだけ聞くと悪い話ではなさそうですね」

「だけどよ、死骸を処理する仕事を丸一日もしたらその臭いが身体に沁みついて取れなくなる。誰も近づいてもくれなくなる。飯屋にも入れねえし、宿も取れなくて大変らしいぜ」

アルはすごく嫌な顔をしたが、その様子を見てオーソンは笑い出した。

「くっくっくっ、盗賊団の頭目を魔法の矢で倒せる魔法使いがそんな仕事をすることはねぇだろうから安心しな」

「いやぁ、あれはほんとたまたまですって。今まで領都でも冒険者として働いては居ましたが、学校に行きながらだったので、ほんとに片手間程度でした。ここに来て本当に稼げるかどうかまだ自信が無いんです」

アルの言葉に最初は怪訝そうな顔をしたオーソンだったが、話す様子を見て本人は本当にそう思っているようだと理解し始めた。

「そうなのか、じゃあ何をして稼ごうとか考えてるんだ？」

「いやぁ、冒険者ギルドの依頼はチェックしてみたんですけどね、アカオオアリとかの採取依頼があったので、その辺りを探せないかとか考えながら様子を見に来たんです」

アカオオアリというのは体長二十ミリほどの少し大きいアリだ。お尻の分泌腺から出す白い液体が薬になるのだという。その依頼はオーソンも知っており、あまりそれは勧められないと言って首を振った。

「あの結構報酬がいいやつだろう？　そう考える奴は多いんだよ。でもな、この辺りをよく知らねぇから言ってるんだろうが、ここから出て西側の湿地には魔獣が多いし、一番厄介《やっかい》なのはアカオオアリに似たアカオニアリだ。見た目はよく似ているが、噛まれると大人でも全身が痺れて動けなくなるほどの猛毒をもってるんだよ。悪いことは言わねぇ、採取系の仕事はこの辺りの事に少し慣れてからのほうがいい。それよりどうだ？　俺と組んでしばらく蛮族退治とかをやってみねぇか？　この辺りでのやり方とかも一通り説明してやるからよ」

彼は一年ほど前に大怪我をして今は足を引きずってしか歩けなくなったので、最近はできる仕事が少なくなったので困っている。アルと一緒に組めばできる仕事が一気に増えるのだと説明した。

アルはオーソンの顔を見て少し考えた。こうやって話した感じからいうと、至極まともな人物そうで知識も豊富そうである。ラスさん親子も彼の事は信頼しているようだった。ここでしばらく彼について冒険者としての経験を積むのも悪くないだろう。

「わかりました。オーソンさん。是非お願いします」

「おお、そう来なくっちゃな。ありがとよ。それならもうちょっとお互いの事を知ろうぜ。俺の知ってる狩場のうちで、どこが効率良いか考えないとな」

二人はさっそくお互いの剣や魔法の腕や魔法の射程距離などを話し始めたのだった。

上機嫌な二人が《赤顔の羊》亭に帰ってきたのは周囲が少し暗くなり始めたころだった。アルが敵を釣りだし、待ち構えたオーソンがそれを足止めした後、協力して倒すという連携が上手く行き、昼すぎから始めたにもかかわらず三十銀貨程を稼ぐことに成功していたのだ。このペースで行けば、二人とも一週間で一月の生活費が稼げるぐらいの儲けであった。

着替えを済ませた二人が上機嫌で話をしながら宿の中庭で武器や装備の汚れを落としていると、その声を聞きつけたのか、娘のアイリスが顔を出した。アルに来客らしい。華奢で眼鏡をかけた同じぐらいの年齢の男性だということなので、急いでその客が待つという食堂に向かうことにした。

「やぁ、アルフレッド君。無事到着おめでとう。レスターはどうだい？」

食堂で待っていたのは、アルの想像通り同級生のケーンだった。アルは足早に近づくとしっかりと握手をした。

「ああ、まだまだわからないことだらけだ。でも、まぁ何人か知り合いもできたし、良い感じの都市だと思う。今日も早速ここを定宿にしているオーソンって冒険者の人と一緒に狩りをしてきたんだ。良い人でさ。いろいろと教えてもらってる」

ケーンは意外そうな顔をした。アルの事を本当にうまく話しができない人間だと思っていたのだろうか。彼は軽く食事をしながらアルを待っていたらしく、座っていたテーブルには料理の皿が乗っている。アルは給仕をしていたラスの妻、ローレインに自分の夕食もここに運んできてもらうようにお願いした。

「とりあえず、うまく馴染めそうならよかった。出身の僕としてはうれしいよ。でも、たしかここは初めてで昨日到着したばかりなんだろ？　それにしては宿の人がすごく君と親しそうなんだけど、いったいどうしたんだい」

「ああ、実はね……」

アルはケーンと別れてから、バーバラと一緒に動いたこと、そしてこの宿の主人であるラスたちを救出したことを説明した。彼は最初、うんうんと聞いていたが、途中盗賊のアジトらしいところにバーバラと二人で乗り込んだ話を聞いて目を丸くした。

「そりゃぁ、恩に感じるわけだ。というか、本当にちゃんとした冒険者として活躍してるじゃないか。僕と同じで中級学校を卒業したばかりなのに……」

ケーンはすごくショックを受けた様子である。アルは軽く肩をすくめる。そこにアイリスがアルの夕食をトレイに乗せて運んできた。今日はライ麦のパンと肉たっぷりのスープ、煮た豆というメニューらしい。

「アイリスさん、ありがと」

アルが礼を言うと彼女は嬉しそうに会釈をして去っていった。その様子を見てケーンは再び目を丸くした。

「まさか、もう彼女を作ったのか？　身長が僕より低いのに？」

ふるふるとアルは首を振った。彼自身は全くそんなつもりはない。邪推と言うものだろう。それに身長はたぶん同じぐらいだと思う。ケーンは何故かかなり落ち込んだ様子で、なにかぶつぶつ呟きながら食事を続けた。アルもその呟きを聞きながら食事を続ける。そして、お腹もいっぱいになり、食堂も酔いどれ客が増え始めたころ、ケーンが急に何かを思い出したのか、顔を上げた。

「そういえば、いろいろショックすぎて、訪問の目的を忘れてたよ」

ケーンは少し申し訳なさそうにそういって自分のカバンから包みをひとつ取り出した
「僕が今日ここに来たのは、ナレシュ様からこれを君に渡してほしいと預かってきたからなんだよ。ナレシュ様自身、本当は君に直接会って礼を言いたいけど、ずっと予定がつまっていて抜け出すことができない。それで代わりに僕が来たというわけだ。これは助けてくれた礼だってさ。ちょっと名残惜しそうにしてたから大事にしていたものじゃないかな」

アルはその包みを受け取った。細長い箱で軽い。

「開けても？」

「中身は知らない。いいと思うよ」

アルは丁寧にその包みを開いた。中身はなんと呪文の書であった。アルは思わず目を輝かせる。

「それは何だい？　古くて価値がありそうだけど、何か書いてあるの？」

ケーンは呪文の書については全く知らないようだった。アルはその巻物のタイトルを見た。肉体強化呪文《フィジカルブースト》、魔法が使える貴族や騎士が好んで習得する呪文であり、彼らが独占して市場にはほとんど出回らないものだ。アルは信じられないという顔をした。

「これを？　かなり価値が高いと思うけど、ナレシュ様は他に何か言ってなかった？」

「そうだなぁ。口ぶりでは、君の事を命の恩人だからこれでも足りないぐらいって思っている感じだったね。僕がそれなら今夜抜け出してくればいいのにと言ったんだけど、それは許してもらえなかったらしい。明後日には上級学校の入学式のためにここを出るらしいからね。そういえば、自分には魔法の才能がなくて使えないから気にしなくて良いとかなんとか言ってた気もする」

十五才で魔法の才能がないと諦めるのは早い気もするが、それはアルに気を遣わせないための方便だろうか。極力汚さないように習得して、その後は返却したほうがいいかもしれない。

「そうか、ありがとう。ありがたく使わせてもらうって伝えておいて」

アルの言葉にケーンは頷いた。

「もし、何かあったら僕は政務館に居るから相談に来てくれよ。今、僕はそこで内政官見習いとして働いているからさ」

「ああ、よろしく頼む」

二人は改めて杯に残ったエールで乾杯したのだった。

オオグチトカゲ狩り

辺境都市レスターの南側にはホールデン川とよばれる大河がある。辺境都市レスターに近い辺りでは、雨期ともなれば川幅が百メートルにもなる大河である。この大河は蛮族たちの領域である南西の方角から辺境都市レスターにむかってまっすぐに流れてきて、辺境都市レスターのある丘陵地帯にぶつかり、そこでほぼ九十度進路を変えて南東の海に注いでいた。

この川辺では背の低い木々と草が生い茂っていて蛮族や魔獣などが待ち伏せるところがふんだんにある上に、ところどころやわらかい泥が堆積して底なし沼のようになっており、慣れていない者にとっては非常に危険な場所であった。ゴブリンの他、湿気を好むリザードマンも数多く暮らしていて、それだけでも危険であるのだが、ここで狩りをおこなう冒険者たちによく恐れられていたのはオオグチトカゲとよばれる魔獣であった。

このオオグチトカゲというのは、体長がおよそ五メートル、巨大な口と左右が横を向いた目、長い胴体に短い脚が六本、長いしっぽをもつ。鰐が巨大化して足が二本増えたというような魔獣である。口の大きさが一メートル近くあり、これがこの魔獣の特徴であり、名前の由来にもなっていた。

七月のある日、アルとオーソンは都市から南東の方角に向かう道を歩いていた。二人の後ろにはラバ一頭が曳く荷馬車が続いていた。その上には十二、三才の少年が乗って手綱を持っている。彼はリッピという名で、オーソンがよく雇っている荷運び屋であった。ウェーブのかかった赤毛とくりくりとした目が印象的で、いつも何か喋っている陽気な少年である。

馬車の上には、継ぎ手のついた竿の束が一抱えほど、そしてゴブリンの死骸が一つ乗っていた。一部の竿の先には紐が結び付けられている。彼らが進む道は馬車一台が通るのが精一杯の幅しかない土の道で、丘を避け蛇行を繰り返しており、馬車が何度かぬかるみに嵌って難儀しつつもようやく川が望めるところに出た。

オーソンは立ち止まると、片手を上げて皆にも止まるように合図を出した。リッピはその合図に従って手綱を引き馬車を停めるといそいで御者台で立ち上がった。自分の目の上に手で庇《ひさし》を作り、川面を眺める。

「もう見つけた？」

「いや、まだだ。だけどまずはここらで探すことにする。お前さんはラバと一緒にここで待っててくれ。ゴブリンとかが出たら笛を吹いて知らせるんだぞ」

今日、彼らが狩ろうとしているのはその危険だと言われるオオグチトカゲだった。ただし、大きすぎるものは体重で一トンを超すのでとても馬車に載せることはできない。彼らが狙っているのはそれより一回り小さい三メートルサイズのものであった。そのサイズであってもオオグチトカゲの革は高級品であり、他に肉、頭蓋骨や牙なども売ることができるので、状態がよければ金貨三枚ほどにもなる。オーソンは長年の経験から、もうすぐ雨季の始まるこの時期にこのサイズのものが増えてくるというのを知っていたのだった。

「うまく獲れたら、おいらにもチップ弾んでくれよ」

オーソンは馬車の荷台から長竿をとりだしながらリッピの問いにもちろんと言って親指をたててみせた。

「オーソンさん、そいつはどうやって使うんだ？」

「ん？　こいつか？　こいつでオオグチトカゲを釣るんだよ」

アルの問いに、オーソンはゴブリンの死骸からナイフをつかって肉を切りとって一緒に浮き代わりの木切れを竿についた紐のいちばん端に括りつけ、アルに手渡した。残ったゴブリンの死骸の片足にロープを巻き付けて馬車の荷台から下す。

「竿を利用して木切れにくっついた肉を川のオオグチトカゲが居そうなところに投げ込むんだ。あいつらは目も鼻も良い。川の中で血の臭いを感じて、そのうちすーっと水面を泳いで近づいてくる。それがわかったら、竿を上げて肉をこちら側に引き寄せる。あいつらは水からジャンプすることもできるからな、できるだけ食われちまわないように気を付けるんだぞ」

「なるほどね。もしこの餌が食われたらどうしたらいい？」

アルは渡された竿を何本かつないで長くし、片手にもって振り具合を確かめながら尋ねた。

「その時は失敗だ。相手は水に引き込もうとしてくるから、すぐに竿から手を離しな。決して張り合おうとするなよ。川に落ちたら死ぬと思え」

オーソンの説明にアルはそれほどまでなのかと驚いた。だが、表情を見ると冗談ではなく本気のようだったので真剣に頷く。それをみてオーソンは説明を続けた。

「残りのゴブリンの死骸は川から二十メートル程上がったところに置いておく。アルはその竿の先につけた肉をつかってオオグチトカゲを上手にそこまで誘導するんだ。俺は誘導中のアルの周囲の安全を確保しつつ、オオグチトカゲが逃げられないように川との間に入り込む。オオグチトカゲがゴブリンの死骸にくいついたところで俺がオオグチトカゲをしとめる。そこまで行ったら、アルは魔法で援護をしてくれ」

アルは頷いた。失敗しても良いように竿は何本も持ってきているのだろう。

「だけど、オオグチトカゲは魔獣だよね。僕の姿を見たらこっちに向かってこないのかな？」

「ああ、魔獣が人間を目の敵にしてるのはその通りだけどな。さすがに目の前に食い物があればそっちに喰いつくから大丈夫だ。だが、それを食っちまった後はその限りじゃねぇ。オオグチトカゲが泳ぐのは結構速いし、ああ見えて陸上でも俺達が軽く走ったぐらいの速度で移動できるから気をつけろ。あと、真後ろも見えてるらしいから油断するな。もちろん噛みつかれないように絶対に前方には立つな」

「わかった」

「近くで見てていい？」

横からリッピが尋ねた。だが、オーソンは一度首を傾げ、眉をしかめて考えた後、リッピの顔をじっと見てだめだと首をふる。

「お前さんが見物に来たら馬車の面倒は誰が見るんだ？　そんなことしてる間に大事なラバがゴブ

リンとかに食われても知らねぇぞ」

「ロシナンテは賢いから大丈夫だよ。怪しいのが来たら教えてくれる。ねぇ、いいだろ？　おいらもアルぐらいの年になったら冒険者になっていっぱい稼ぐんだ。それまでにいろいろ見ておきたいのさ」

ロシナンテというのはラバの名前らしい。オーソンは腕を組んで少し考えたが、改めて首を振った。

「いや、それでもだめだ。まだアルもこの猟には慣れてねぇから危険すぎる。とりあえず今日は諦めて馬車の近くで、離れて見るようにしておきな。次があったら、またその時考えてやる」

リッピは何度か頼み込んだが、オーソンはその度に首を振る。リッピはしぶしぶ諦めた。

「チップを楽しみにしてなよ」

アルはそう言ってリッピの肩を軽く叩き、竿を片手に身軽に川の近くまで小走りに走っていった。その後ろでオーソンは足元を確かめるようにしながら右手は用意した竿の束を持ち、左手にはゴブリンの死骸を引きずりつつその後を追いかけて行った。リッピは二人を見送りながら、仕方ないとため息をついたのだった。


アルは急な斜面を下って水面に近い辺りまで移動すると、竿をふって餌をできるだけ遠くに投げた。水面に浮いてきた餌を竿で操って動かしながらオオグチトカゲが近づいてくるのを待つ。

川の幅は本格的な雨期の前であるのでまだ四十メートル程である。対岸は湿地帯が広がっており多くの水鳥の姿がみえた。

しばらく竿を動かしていると、近づいてきたのはオオグチトカゲではなく、魚の群れだった。体長十センチから二十センチほどで、ピラーとよばれる鋭い歯を持つ肉食魚である。血の臭いで集まってきたのだろう。すぐに餌の肉が食い尽くされてしまいそうな勢いにアルは慌てて竿を動かす。ピラーはそれを追いかけてくる。急いで動かす。そうやって何度か繰り返していると、そのうちに急にピラーの群れが姿を消した。

アルは水面を見回し、すぐに水面に浮かんだオオグチトカゲらしき鼻先と目を見つけた。彼は鋭く口笛を吹いてオーソンに知らせつつ、竿《さや》を操ってオオグチトカゲを避けるように餌をうごかす。オオグチトカゲもそれに合わせて反応する動きを見せた。アルはそれを繰り返しながらもゆっくりと斜面を後ろ向きに上る。

ピィッーピッッと指笛の音がした。アルの口笛に対するオーソンからの準備完了の合図である。アルは竿自体をくるくると回転させて紐をまきつけるようしながら、斜面を上がる速度を上げてゆく。オオグチトカゲもそれにあわせて水中を移動し、アルが斜面を上り切るのとほぼ同時にオオグチトカゲは岸に上がったのだった。アルとの距離は十メートル程だろう。オオグチトカゲの体長は四メートル程、オーソンが言っていたものより育っている個体だが、だからといって止めることもできなかった。

アルはもう十分引き付けただろうとゴブリンの死骸に向かって走った。オオグチトカゲはその後ろをまるでネコのように両足で斜面を飛び跳ねてアルが走るのと同じぐらいの速度で駆け上がる。だが、オオグチトカゲはすぐにアルを追いかけるのを止めた。途中でゴブリンの死骸に気付いたらしい。オーソンの目論見通りである。

オオグチトカゲは注意を払いながらゴブリンの死骸に近づいていった。その時にはオーソンが槍を片手にオオグチトカゲと川の間に移動し終え、背後から近づいてゆく。アルは物陰に隠れて次の準備をした。オオグチトカゲがゴブリンの死骸にかみついた。それをみてオーソンが左手を上げた。物陰に隠れていたアルはゆっくりと狙いを定めながら立ち上がった。

『魔法の矢《マジックミサイル》』

オオグチトカゲは肉を食うのに顔を大きく動かしており、目を狙った魔法の矢は三本とも目標を外れ硬い革に弾かれる。オオグチトカゲは敵意をむき出しにして、アルをにらみつけた。だが、オオグチトカゲはアルを警戒するあまり背後が疎《おろそ》かになってしまっていた。

『貫突《ディープスラスト》（槍闘技）装甲無効技』

オーソンはそのタイミングを見逃さなかった。足を引きずり、つんのめるようになりながらではあったが、オオグチトカゲの背後に近づき、両手で持った槍でオオグチトカゲの足の付け根、革の柔らかい所を一気に突き刺した。貫突《ディープスラスト》というのは槍を得意にしている騎士や戦士が編み出している闘技とよばれる技の一つだ。槍を使って使う技なので、槍闘技とも呼ばれるらしい。硬い外殻や鎧を貫く技で、魔法使いが使う呪文が呪文の書から習得するとのはまた違って、戦いの中で槍に熟練すれば使えるようになるらしいのだが、魔法ばかり使っているアルからすると、信じられない程の威力である。体重が乗った槍は深々とオオグチトカゲの身体を貫いた。プギーとオオグチトカゲは大きく鳴いた。

「やったぞっ」

オーソンの声が響き渡る。オオグチトカゲは尻尾を振ってオーソンを打ち払おうとしたが、すでに力が入っていないようで、その場に踏ん張ったオーソンを弾き飛ばすことはできなかった。それでもしばらくはオオグチトカゲもその場でのたうち回り抵抗をしつづけたが、やがて力を失い動かなくなった。オーソンはオオグチトカゲの身体を足で踏みつけつつ刺さった槍を抜く。傷口からは血がこぽこぽと溢れ出る。

「オーソンさん、やったね」

「おう、アル、やったな」

二人は拳同士を合わせてお互いを称え合った。

「オーソンさんの槍の攻撃がすごかった。闘技は初めて見たよ」

闘技というのは、武器で使う必殺技のようなものだ。何度も同じ型をくりかえすことによって強い効果を生み出す闘技というものをつかうことができるらしい。

「そうなのか。お前さんが注意を引いてくれたからな。おかげでうまく止めをさせた」

オーソンも満更ではない様子だった。

「でかいねぇ……」

アルは思わずオオグチトカゲの死骸を見ながら呟いた。体長はやはり四メートルを超えている。

どっぷりとした身体は四百キロを超えていそうだ。魔法の矢が通じなかったオオグチトカゲの表革をアルはゆっくりとなぞった。ごつごつして確かに硬そうである。

「ああ、そうだな。運べるかどうか……とりあえず試してみるか。馬車までもっていけば何とか乗せれそうなサイズだがな」

オーソンはロープをかけようと身体を少し持ち上げようとしてみたが、オオグチトカゲはびくともしない。

「ちょっと待ってよ。強化の呪文試していい？」

アルはオーソンに尋ねた。

「ああ、いいぜ」

『肉体強化《フィジカルブースト》　筋力強化　接触付与』

「おい、その魔法って……？　騎士連中が使うやつじゃねぇのか」

アルはオーソンの身体に触れて呪文を使ってみたが、何も起こらない。

「ん？　どうした？」

「いや、まだ修行中だからね。発動率が低いんだ」

『肉体強化《フィジカルブースト》　筋力強化　接触付与』

『肉体強化《フィジカルブースト》　筋力強化　接触付与』

『肉体強化《フィジカルブースト》　筋力強化　接触付与』

アルが呪文を何度か唱えると、三度目にようやくオーソンの身体に力がみなぎった。

「おお、こいつは、すげぇ、身体が軽い」

「これで、どう？」

オーソンはオオグチトカゲの死骸を持ち上げようとした。先ほどまではびくともしなかった巨体がなんとか持ち上がりそうに感じられる。

「いけるかもな」

『肉体強化《フィジカルブースト》　筋力強化』

『肉体強化《フィジカルブースト》　筋力強化』

アルは自分にも同じように呪文を使った。今度は二回目で行使できたらしい。

「じゃあ、オーソンさん、そっちを持って。まずはロープをかけよう。これで運べそうかい？」

「ああ、なんとか馬車まで運べそうだ。このまま解体業者まで持ち込めたらかなりの金になるぞ」

「リッピにもチップをたっぷり出してあげないとね」

アルとオーソンは嬉しそうに微笑み、がっちりと握手をしたのだった。

戦利品

アルたちがレスターの南を守る駐屯所辺りまでたどり着いたのは昼をかなり過ぎた頃であった。

「もぉ……、馬車が壊れそうだよ。ロシナンテ、あともうちょっとだ、がんばれ」

リッピはぶつぶつと文句を言いながら、ロシナンテという名前らしいラバの横で身体を撫でてやっている。横を歩くアルとオーソンは泥だらけであった。オオグチトカゲを倒し、なんとか荷馬車に載せたまではよかったが、帰る途中にはなんども湿地に車輪を取られ、二人は何度も荷馬車を後ろから押す羽目になったのだ。

「まぁ、かなりの大物だ。代わりにちゃんとチップは弾むから頼むよ」

オーソンがリッピをなだめながら進む。駐屯所辺りをすぎると道も良くなり荷馬車の進みもかなりスムーズなものになった。

「ん？　処理場への道はあっちだよ？」

いつもの道とは違う方向に行こうとしているのに気が付いたアルが指摘したが、オーソンは軽く首を振った。

「今日は素材がメインだからな。解体屋のところに行くぜ」

「ああ、そっちに直接？」

今まで、蛮族の他に倒した魔獣などは肉の買取などがあったとしても自分で解体をするか、或いは処理場に持ち込んで解体処理も含めて買取をしてもらっていた。アルも一応解体屋という商売があるのは知っていたものの、解体は自分でするものというイメージがあってあまり縁はなかったのだ。

「ああ、高級素材の場合は処理場じゃなく、解体専門のところに行くほうがいいのさ。処理場の処理は雑だからもったいないってのもある。皮や肉、他にも素材に綺麗に分けてもらおう。ついでにお前さんの革鎧も良いのに替えたらどうだ？」

アルは思わず自分が身に着けている革鎧を見た。領都で冒険者を始めたころに買ったもので、それほど高いものでもなかったが、すこし綻びなどもあるものの身体になじんでいて今まで不満などを感じてはいなかった。

「替えたほうが良い？」

「俺や他の連中と組んで魔法使いとしてやってくなら、そのままでもいいだろう。でも、ソロでもやってんだろ？　それだと万が一の事を考えて鎧はきちんとしておいたほうがいい。本当なら俺がつけてるみたいな鋼鉄製にしろと言いたいが、お前さんには鋼鉄製の防具をつけて今まで通り動けるほどの体力はねえだろう。オオグチトカゲの革で作った革鎧ならちょうどいいと思うぜ」

「んー」

アルは自分の革鎧の土埃などを払いながら少し考えこんだ。

「どうせ、お前さんの事だから、新しい呪文を手に入れるか迷ってんだろ？　そっちはちょっとぐらい後になっても命のほうが大事だぜ」

アルの肩を軽く叩きながらオーソンが笑い、アルはしぶしぶと言った様子で頷く。

「なぁ、アル、新しい鎧を買うのなら古いのはもう要らなくなるんだろ？　今日のチップの代わりにそれをおいらにおくれよ」

「んー、とりあえず鎧を考えるべきだってのはわかったけど、オオグチトカゲの革でつくった鎧がどれぐらいのものか、聞いてからだな。それもこれから加工だよ？　どっちにしてもすぐには無理」

アルたちがそんな話をしていると、向こうから五、六人ほどの集団が歩いてきた。前の三人は金属で補強した鎧を身に纏い、手には槍やメイスを持っている。装備からして衛兵などではなく冒険者だろう。アルたちと同じような荷馬車を二台連れていた。

「お、オーソンじゃねぇか。若いのを連れてお前もオオグチトカゲ狩りか」

先頭に居た男はオーソンと顔見知りらしく慣れた様子で声をかけてきた。リッピが操る荷馬車の上のオオグチトカゲには街の中に入るというのでぼろ布をかぶせてあったが、そこから尻尾などがはみ出している。それを見たのだろう。

「よう、ブレア、そうさ。これならなんとか俺の足でもできるからな」

「くくくっ、こういうので稼がねぇとなぁ。泥だらけになって必死じゃねぇか。せいぜいがんばりな」

「ありがとよ」

ブレアの声には嘲るような調子もあったが、オーソンはにこやかに礼を言ってその横を通り過ぎたのだった。

「なぁ、オーソンさん、あのブレアってのは何者なんだ？　あんなこと言わせてよかったのか？」

「昔一緒に組んでたんだ。事実だから仕方ねぇ。勝手に言わせておけばいい」

アルは肩をすくめ、その横でリッピは口を尖らせて不満そうな顔をしたものの、オーソンに頭を撫でられて仕方ないと頷いたのだった。

オーソンにつれられて行ったところには、おそらく捕殺した魔物の解体や屠畜を専門におこなっているのであろう建物が並んでいた。意外にもあまりそれらしい臭いはしない。

「俺がよく頼んでいるのは、コーディって奴がやってる店だ。ほらそこの曲がったところにあるナイフが三本交差した絵が看板になってるところ」

オーソンが指さしたところにはたしかにそんな看板がぶら下がっていた。リッピは以前来たことがあったらしく軽く頷いている。

「お邪魔するよ」

建物の入口近くで荷馬車を停めると、オーソンはアルを連れて一つの大きな建物の中に入っていった。壁にはいくつかの区画に分かれており、その中央にはフックらしきものが鎖でぶら下がっていた。床はつるつるの石がしきつめられており、中央付近には水を流すための溝があった。

「いらっしゃい、やぁ、オーソン。久しぶりだね」

対応に出てきたのは女性だった。年は二十代後半といったところだろうか。黒い服を着て白いエプロンを付けていた。金色の長い髪は後ろで束ねられている。身長は百七十センチ程だろうか、女性にしては少し高いほうだが、かなり華奢な感じである。

「よう、コーディ。今日はオオグチトカゲを持って来たんだ。処理を頼めるか？」

「ああ、やっぱりそうか。いいよ、君が持ってきたのならきれいに倒しているのだろうけど、一応確認させてもらうね」

「やっぱり？　ああ、ブレアが来てたのか」

「うん、でも、持ち込まれたオオグチトカゲの死骸はよほど力任せに突いたり殴ったりしたらしくて傷だらけでさ。今、うちの職人たちが解体作業をしているけど、あれだとあまりいい値はつけることができない。君が一緒に居たらこんなことにはならないはずなのにと不思議に思っていた。一緒に行動をするのはやめたのだね」

「ああ、怪我をした後に別れた」

「そういうことか。最近君が持ち込んでくる獲物が減ったとは思っていたけれど、怪我のせいだけじゃなかったのか。ブレアにはかなりいろいろ教えてあげていたのだろう？　冷たいものだ」

「この足じゃ隊商の護衛の仕事とかができないからな。仕方ない」

オーソンは頷いて、入口に停めた荷馬車のところにコーディを伴ってやってきた。かけたぼろ布をはぐ。コーディはオオグチトカゲの脇の傷や目などを調べた後何度もうなずいた
「へぇ、さすがだね。傷口は脇からの一刺しだけ。頭はつぶれてないから頭蓋骨も取れそうだ。死んでからまだ三時間ぐらいかね。それにこのサイズはなかなかないよ。全部買取で良いのかい？」

「いや、皮をこいつの革鎧にしたいと思ってる。それ以外は買取で頼む」

コーディはアルのことを初めて気が付いたかのようにじっと見た。そして、手を取ると、二の腕辺りの筋肉の付き具合を確認しはじめた。

「へぇ、君が新しいオーソンの相棒か。戦士ではないな。斥候か？　いや、そうでもなさそうだが」

「斥候ですけど、一応魔法も使います」

「そうかそうか、それでオオグチトカゲの革鎧を作りたいと。オーソン、鎧職人はどうするんだ？」

「デニスに頼もうと思うが、手は空いてるかな？」

「ああ、デニスなら丁度いいだろう。いろいろと大変だろうけど是非頼んでやってくれ。じゃあ、皮の必要なサイズはあいつに確認すれば良いな？」

「いや、その前に、どれぐらいのものなのか、教えてくれない？」

とんとん拍子に話が進んでゆく。思わずアルが口をはさんだのだった。


「うひょう、良いね、良いね。このサイズで傷もほとんどない。超イイよ」

話をするより見たほうが早い、オーソンとコーディにそう言われて、解体場でアルが待っていると、そこに三十代後半だろうと思われる男性がやってきた。少し小太りで身長はアルと同じぐらいである。彼は解体台に置かれたオオグチトカゲの死骸を見てかなり興奮している様子である。

「あの人がデニスさん？」

その雰囲気に気圧されて小声でアルが尋ねるとオーソンとコーディは二人して頷いた。

「それで、オオグチトカゲの皮で鎧を作りたいって人はどこ？　スゴイセクシーな女の人だったら嬉しいな、まさかオーソンじゃないよね？　マッチョな男に黒のレザースーツ、んー、でもそれもアリかな。でもそれだったらおなかの肉はちゃんと減らしてください。そうじゃないと似合わない……」

デニスはテンションが高いまま、ブツブツと何かつぶやき、そう尋ねた。アルやリッピの姿は目に入っていない様子だ。

「いや、こいつのを作ってほしいんだ」

オーソンが半ば自分の陰に隠れるようにしていたアルの背中を押しながらそう言うと、デニスはようやくアルに気が付いたようで、じっと彼を見た。

「この子？　まだ子供よね？」

すっかり冒険者が板につき、身長もここ三ヶ月で五センチ近く伸びたものの、まだ子供と大人の間位といった顔つきである。デニスの問いにオーソンは苦笑を浮かべた。

「アルと言います。一応冒険者として生活しています。オーソンさんに勧められたんです」

「ふぅん、それはごめんなさい。ねぇ、オーソン？　この子にオオグチトカゲを勧めた理由を教えてほしいんだけど」

デニスはかなり不服そうだ。

「こいつは、最近俺と組んでるが、単独でも活動している魔法使いだ。まだ若いが将来はかなり有望だと俺は踏んでる。だからだよ」

魔法使いと聞いて、彼は驚いた様子だった。まじまじとアルを見る。

「ということはどこかの貴族の御子息《ごしそく》かなにかってこと？」

魔法使いになるには呪文の書をはじめとしていろいろなものが必要だ。若いうちに魔法を習得しているということは、それなりの財産があると考えるのが普通であった。だが、アルは懸命に首を振った。

「御子息って柄じゃないです。貧乏騎士の三男、もちろん僕自身も貧乏しています」

アルの説明に、デニスは腕を組む。

「これほどの逸品の革、駆け出しの子が身につけるには正直勿体ないと思うわ。でも、オーソンが将来有望だというのならそれを信じてみることにする。その様子だと、あまり派手じゃないほうがよさそうね。でも、これからまだ身体は大きくなるでしょう。どうしようかしら……」

「そのあたりは任せる、でいいだろ。値段はどれぐらいだ？　一体丸ごと渡すから、コーディのところの解体費用を抜いたら、残りで革鎧はできそうか？　あとはリッピの支払いぐらいが出ると俺としては有難いんだが……」

デニスはオオグチトカゲの各部位のサイズなどを測りどの部位をどのように利用するのか考えているようだった。費用の見積もりなどもしているのか時々コーディと耳元で囁き合って指で何か符丁のようなものを交わしている。アルはいろいろと尋ねたかったが、その様子に口をはさめずにいた。しばらくしてコーディとデニスはオーソンに向き直った。

「私がオオグチトカゲ丸々を買取る金額は八金貨だ。これは状態が極めて良い上に、サイズも大きい。それを考慮して精一杯の金額。そこまではいいか？　ならその続きはデニスに任せる」

コーディが言うと、オーソンは頷いた。もともと三金貨ぐらいと聞いていたので驚きの値段である。アルも不満はなかった。何も疑問がない様子をみてデニスが続ける。

「二つ提案があります。一つは二人の言うようにこの個体の革を使って革鎧を作るという案。それだと、一番いい所の革を使って作るから今オーソンが着てるのと同じぐらいの防御効果が見込めるでしょう。でも、それだと費用は買取った八金貨だけでは足りない。詳しいことはもう少し見積もらないとわからないけど、たぶん、あと四金貨は覚悟しておいてほしいわね。それに作業期間としてひと月は必要よ」

アルはオーソンの顔をちらりと見た。オーソンは当然だという雰囲気でうんうんと頷いているが、そんな金額はとても出せないと思った。新しい呪文の書の夢がさらに遠ざかってしまう。アルとしてはありえない気持ちであった。

「もう一つの方法は、この個体は買取で完結させ、代わりに私の手元にあるオオグチトカゲの革をつかった革鎧をアル君の身体にあわせて調整して渡すという案ね。もちろん私特製のものだから、普通に売っているオオグチトカゲの革鎧より当然性能は上だけど、一つめの案ほどじゃないわね。こっちだと、七金貨。買取金額から一金貨残る計算ね」

「もちろん後者で」「もちろん前者だ」

アルとオーソンの言葉が重なった。お互い顔を見合わせる。その様子をみて、コーディとデニスはぷっと噴き出した。

「だめだよ、オーソン、今回の儲けを山分けしてもらうとしてもリッピに支払うのを考えたら僕の取り分は三金貨。貯めたのを合わせても払えるのは七金貨が精いっぱいだよ」

「お前なぁ……。俺のは金属の鎧だ。革でそれと同じぐらいの防御効果ってのはすごい。革鎧でそれだとすれば一生ものと考えてもいいぐらいだ。それが十二金貨で手に入るってのは超格安なんだ。

デニスに感謝しろ」

「だって……」

さらに言いつのろうとしたアルの眼の前でオーソンがナイナイとばかりに手を振る。

「オオグチトカゲ釣りは今日だけじゃない。あと一週間ぐらいは続くんだ。今日ほどはないにしても、あと十金貨ぐらいは稼げるだろう。それまでは立て替えてやってもいいし、その後も稼ぐ当てがあるから心配するな」

アルは、明日の稼ぎを当てにしてというのは不安であったが、確かにオーソンのいう事もあながち間違いではない気もした。そして勢いに押されて頷いてしまった。

「よっし、とりあえず有り金を全部払っておきな。リッピへは俺が払っておいてやる」

「じゃあ、詳しいサイズを測ろうか」

そこからは話はとんとん拍子に進んだ。アルはこれで本当によかったのだろうかと徐々に不安になるのであった。

†

次の日は朝からどしゃぶりであった。アルとしては鎧代を稼がなければと少し気持ちは焦っていたのだがどうしようもない。

「まぁ、そう腐るなって。稼ぐネタは他にもあるからよ」

裏庭に面した軒下でアルとオーソンは並んで腰かけ、武器や道具類の手入れをしていた。近くでは宿屋のローレインとアイリスの母娘が洗濯している。一心不乱にナイフを磨くアルの横で、剣の油をぼろぼろの布で拭いながらオーソンはあっけらかんとした調子で呟いた。

「ありがと、うん……そうなんだけどね」

「休みもたまにはいいもんだぜ。昼間っから酒も飲める。お前さんも一杯どうだ？　金がねえなら、ちょっとぐらいなら貸してやるぜ」

オーソンは片手で杯を持っているようなしぐさをしてみせたが、アルはそれを見ることなくナイフを研ぐのに集中していた。その様子にオーソンはかるく苦笑いをうかべた。

「そういえば、昨日の肉体強化《フィジカルブースト》、すごかったな。てっきりああいうのって自分にかけるだけかと思ってた」

魔法の話題ならどうだとばかりにオーソンが言うと、アルはすぐにうんうんと頷き、途端に饒舌になった。

「そうだね、でも、他人にかけるのは調整が難しいんだ。力仕事とか走るとか、そういった一つの動きに限定して強化するのなら大丈夫だけど、戦闘となると複合になるから自分でやらないとだからあまり意味がないかもね」

「そんなものか。あの呪文でこいつを……」

そういって、オーソンはうまくうごかない左の足首を叩いた。彼の足首は魔物の攻撃を受けて骨折したらしく、傷自体は治癒したものの骨が歪んでおり足首は全く動かなくなっていた。

「悪いけど、それはごめん、無理だ」

アルは首を振る。

「やっぱりそうか……すまん、わかってたんだ。だが、なかなか諦めきれなくてな。訊かずにはいられなかった」

「回復呪文じゃ無理だった？」

「ああ、高位の再生呪文じゃないと無理らしい。一発でちぎれた腕が生え変わるような強力な呪文さ。使えるのは王都にある教会に居る聖者様とかだってよ」

「そっか……」

アルはナイフの刃に親指の腹を当てて砥ぎ具合を確かめた。いい具合だった。最後に油の付いたぼろ布で拭って鞘にしまう。

「もう一つ練習中の呪文があるって言ってたよな。どんなのなんだ？」

「ああ、運搬《キャリアー》呪文だよ。店員は結構人気だって言ってたような気がするけど、使ってる人間はまだ二回しか見たことがない」

「どんな呪文なんだ？」

『運搬《キャリアー》』

アルはオーソンに尋ねられて呪文を唱えた。彼の前に黒く半透明の円盤が現れる。

「この円盤は？」

オーソンがその円盤に触れようとすると、円盤はそれに反応したのか、オーソンの手からすこし離れた場所に移動した。

「その上に荷物を載せることができるんだよ。僕以外の人間が手を伸ばすとそこから逃れようと移動する」

アルはその円盤の上に鞘に収まったナイフを載せた。言われたようにオーソンが手を出すと円盤はその手から逃げるように移動した。

「ふぅーん」

オーソンがそう呟いた後、素早く手を動かす。円盤は移動しようとしたもののその時にはすでに円盤の上に載っていたナイフはオーソンの手の中にあった。

「そんなに素早くねぇんだな。横から簡単に取れそうだ」

オーソンの言葉にアルは何度も頷いた。

「そうなんだよ。それに、人込みを通り抜けようとするとその円盤が引っかかって止まることがある。そうしたら、すぐ戻らないと距離が離れすぎて円盤そのものがなくなっちゃうんだ。野外なら使えなくもないけど、人のたくさんいる街の中だと使いにくい感じだね」

「なるほどな。どれぐらいの量が乗るんだ？」

「聞いた話だと五十キロぐらいは大丈夫って話だけど、そっちの検証はできてない」

「五十キロか、ちょっと超えてるが、俺は乗れねぇか？」

オーソンはかなり超えているだろう。装備も入れたら倍ぐらいはありそうである。でも、確かに人を載せるってのは面白いかもしれないとアルは考えた。

「へぇ、試してみよう。じゃあちょっと待ってね」

子を支える。

『運搬《キャリアー》』

アルは一度運搬用の円盤を消し、再度呪文を唱えた。円盤は茶色、形はまるで足のない椅子のようになった。ちゃんと背もたれと肘置きもある。アルは手を添えて運搬《キャリアー》呪文の円盤が形を変えた椅子を支える。

「へぇ、色とか形を変えられるのか」

「ああ、試してみたら変えられた。あんまし複雑なのはだめだけど、結構いろんな形にできるんだ。最初はそっと乗ってみて」

オーソンはアルに差し出された宙に浮く椅子の肘置きに手を乗せると、それを持って引き寄せて座ってみた。だが、その椅子はオーソンが座るとそのまま地面に着いて動かなくなってしまった。

「くくくっ、重すぎるって」

地面に着いた様子を見て思わずアルは笑う。横目でみていたローレインとアイリスも懸命に笑いを堪えていた。

「ちっ、いやいや、人間は乗せれないってことかもしれんぞ」

「あー、なるほどね。その可能性もある。ねぇ、ローレインさん、アイリスさん、お二人のうちどちらか、乗ってみてくれません？」

アルはオーソンの負け惜しみに素直に頷き、二人に尋ねてみた。

「え？　いえ、それは……ちょっと……」

「私乗ってみたい」

母親のローレインが躊躇していると娘のアイリスが元気よく片手を上げた。

「よし、じゃあ、どうぞ」

アルは楽しそうにアイリスに近づくと、運搬《キャリアー》呪文でつくった椅子に片手、そしてもう片方の手を彼女に差し出した。アイリスはその手を取って慎重に椅子に座る。椅子は軽く震えたが、オーソンの時のように地面に着いたりすることはなく、宙にふわりと浮かんだのだった。

「おお、浮かんだ。すごい」

アルは思わずアイリスの手を両手でぎゅっと掴んで叫んだ。アイリスはすこし顔を赤くしてウンウンと頷く。横でオーソンとローレインも驚いていた。

「よーし、アイリスちょっとつかまってなよ」

アルはその場で軽く跳ねたり、狭い中庭の軒下をくるくると一周したりというのを繰り返してみた。アイリスの座った椅子が宙を浮かびながらそれを追いかける。

「きゃー、勝手に動く。楽しいかも？」

椅子の手すりを握りしめながらアイリスは思わず声を上げた。アルとアイリスはしばらくそうやって楽しんでいた。

「揺れも酷くなさそうだし、利用する方法はいろいろあるんじゃねぇか？」

しばらくして、少し羨ましそうにオーソンはアルに尋ねた。

「そうだね。はずれ呪文かもと思ってたけど、意外とそうでもないかもしれないね」

アルはそう言って色々と考えを巡らすのだった。

予想外の結果

さらに土砂降りの雨は続き、金もないアルはその間魔法の練習をして過ごすことになった。そのような日が三日続いた後、ようやく雨は上がったのだった。

アルは朝食もそこそこに出発の準備を始める。その横で大きな荷物を背負って出かけて行こうとしている二人組が居た。アルと同じようにこの宿屋に長期宿泊をしていたマドックとナイジェラであった。

「大きい荷物だね。どこかにお出かけ？」

アルが声をかけると、マドックがアルに近づいてきた。

「よぅ、アル。ようやく晴れたな。ああ、俺たち、パーカーに移ることにしたんだ」

パーカーとは、ここから一旦北の領都にゆき、そこからさらに西に行ったところにある国境都市パーカーのことだろう。歩いて一週間ほどの距離である。そこからはさらに西に行くと隣国であるテンペスト王国があり、パーカー付近は昔からよく小競り合いが起こると聞いたことがあった。

「へぇ、金儲けの話でも？」

「テンペスト王国で大きな戦争が起こったらしくてな。詳しくは行ってみないとわからないが傭兵の仕事が結構あるんだとよ。俺たちは探索とかより荒事のほうが得意だからしばらくそっちで稼ぐつもりだ」

「そうか。傭兵仕事はやばい仕事もあるから気を付けて稼いで来いよ。あんまり報酬が高かったら臭いと思え」

オーソンが足を引きずりながらそう忠告した。

「ありがとよ。気を付けるようにするよ。ナイジェラも居るし用心深くやるさ。じゃあな」

大きな荷物を背負い直すと手を振り、二人はとりあえず渡し場のある町の東に向かって去っていった。アルとオーソンはそれを見送った後、リッピと合流し、オオグチトカゲを狩るべく南に向かったのだった。

「わぁ、こいつはやべぇな」

ホールデン川が見えてきたあたりで、オーソンは思わず声を上げた。四日前にオオグチトカゲを狩りに来た時に比べて水量がかなり増えていたのだ。濁流が音を立てて流れており、アルたちの居る側は水位が上がるという程度ですんでいたが対岸の湿地帯の一部は川底に沈んで川幅は十メートル程広がっていた。

「あーあ、これじゃ狩りはお休み？　せっかくもう一台借りてきたのに……」

リッピは横で泣きそうな顔をしている。前回は儲けがよかったというので今日は妹のピッピに手伝わせてラバの曳く馬車を増やして来ていた。

「こりゃぁ川上でも同じように降ったみてぇだな。今年の雨期はいつもより早く始まっちまったか」

オーソンは腕を組んで思案顔である。水の流れが激しくてこれでは単純に釣りをしようとしても餌がすぐながされてしまいそうであった。

「ちょっと見てみる」

アルはそう言って皆を置いて一人駆けだした。身軽にすこし丘になっているところに生えていた木にするすると上った。

『知覚強化《センソリーブースト》　視覚』

アルは川面をゆっくりと見回した。普段ならオオグチトカゲは目と鼻だけを水面の上に出して獲物を待ち構えているはずであったが、下流に流されて行ってしまったのかもしれない。残ってるとすれば川の流れが緩やかなところか。

「オオグチトカゲは居そうかー?」

待ちきれずにオーソンが声をかけたが、アルはもうちょっと待ってと手で合図をして探し続ける。そしてようやく川が曲がって淀みとなっているところにオオグチトカゲがたくさん集まってじっとしているのを見つけたのだった。

木から素早く下りてきたアルは状況を伝えてオーソンに尋ねた。

「……って感じだね。どうする?　離れたところから端の奴を魔法の矢《マジックミサイル》で狙おうか?」

「そんなに集まってるのか。いや、攻撃すると他のオオグチトカゲまで興奮して襲ってくることがある。やれるとすれば一番端のやつを餌で上手く釣るしかねぇが、川の流れも激しいようだし、狩りは止めるか……」

「ちょっと、待って。一度試させてくれない？」

アルは慌ててそれを止めた。彼としても革鎧代を稼ぐ必要があるのだ。簡単にあきらめきれない。

「何を試すんだ？　釣り竿を長くするか？　でも、そうすると肉を上手に操るのは難しいぞ」

「いや、魔法だよ。幻覚《イリュージョン》呪文で騙《だま》してみる」

半信半疑のオーソンにアルは幻覚《イリュージョン》呪文の効果は視覚だけではなく、聴覚や嗅覚も騙すことができるし、相手が人間以外でも使えるのだと説明した。肉による釣りの餌ではなく、その代わりに幻覚《イリュージョン》呪文で空を飛ぶ肉塊の幻を操りオオグチトカゲをおびき寄せるのであれば、場所などは細かにコントロールが可能である。それなら一匹だけを釣りだすことを試せるのではないかと提案したのだ。

「へぇ、なるほどな。しかし、魔獣を幻覚で騙せるのか」

リッピとピッピは感心しているが、オーソンは不安そうである。

「本当はさ、念動《テレキネシス》呪文が使えたら、実際の餌を動かせるから、幻覚《イリュージョン》呪文でごまかさなくてもよかったんだけどね」

アルは残念そうに言ったが、オーソンは軽く首を振った。

「まぁ、やってみればいいさ。工夫さえすれば同じことができるはずなんだろ。全てはそこからだ」

彼の言葉にアルはにっこりと笑ったのだった。

アルはオオグチトカゲが群れとなって浮かんでいるのが見える辺りまでこっそりと移動して、改めて様子を確認した。数は三十体を優に超えており、それぞれの体長は一メートル以下のものから六メートルを超えているものなどバラバラだ。あまり大きすぎると仕留めきれない可能性もあるが、ある程度の大きさがあるほうが高く売れそうである。昨日の経験からすると体長三～四メートルぐらいのものが良いのだろう。いつもは単体で草陰や岩陰に潜んでいるオオグチトカゲがこのように集まって狩る対象を選ぶことができるというのは貴重な機会である。

群れの真ん中に居るのを釣りだすのは難しいし、呪文で幻覚を出せる距離は限られている。だが、じっと観察していると、狩ることができそうな場所に理想的なサイズの個体は何体か見つけることができた。アルはどこにその個体を誘導するか目星をつけてから一旦オーソンたちの居るところに戻る。

「オーソンさん、手ごろなのが居たよ。三メートルをちょっと超えてるぐらいで良いだろう?」

「どいつにするんだ?」

アルとオーソンはどこにどう誘導してくるか、その間、オーソンはどこに隠れてどう移動するかといった事を詳しく相談した。餌が竿であやつる実物から呪文であやつる幻覚に替わったというだけで、基本的には数日前に狩った時と同じような役割分担である。

「わかった、じゃあそうするよ。リッピとピッピは隠れててね」

アルがそう言うと、リッピはすこし不満そうな顔をした。だが、ちょっと間違うとあの群れが一斉に襲ってくる可能性もあるのだとオーソンが説明すると不承不承ながら仕方ないと納得したのだった。アルはあらかじめ用意していたゴブリンの死骸を最後に仕留める予定の場所に置くと呪文を唱えた。

『知覚強化《センソリーブースト》 望遠』

『幻覚《イリュージョン》 肉塊』

アルの手から一メートルほど先にふわりと目の前の死骸とそっくりの肉塊が現れる。アルはその肉塊から目を離さないようにしながら手を上下に動かす。すると肉塊もそれとおなじように上下に動いた。

「へぇ、本物が宙に浮かんでるみたいだ。不思議だな」

オーソンは思わず感心して声を上げた。どんな肉の臭いがするのかとクンクンと懸命に臭いを嗅いでいる。アルはそれを見てオーソンの鼻先にまで肉塊の幻覚を近づけた。オーソンはおおと驚いた顔をする。ちゃんと臭いもしたらしい。

「よし、じゃあ始めるよ」

アルは再びオオグチトカゲの群れに向かって歩き始めた。そして、そのアルと一緒に肉塊も移動してゆくのだった。リッピとピッピは馬車を連れて姿を隠すべく移動をはじめ、オーソンは肉塊とオオグチトカゲの群れを交互に見て、オオグチトカゲたちが想定と違った動きを取ることはないかずっと監視を続けた。アルのあやつる肉塊の幻覚はそのまま目星をつけたオオグチトカゲが居るところにまでゆっくりと移動していった。

ちらり……。

そのオオグチトカゲは移動してくる肉塊に目を動かした。知覚強化をしているアルだからこそわかった変化であった。そのオオグチトカゲは何か飛んできているものがあると認識している。隣のオオグチトカゲの反応はなかった。

アルは肉塊の幻覚を慎重にオオグチトカゲに近づける。対象のオオグチトカゲはその動きをじっと目で追っている。アルは逆に肉塊をオオグチトカゲからアルの居る方向に移動させる。すると、オオグチトカゲは軽く水を掻き、肉塊を追うようにしてアルの居る方向に移動を始めたのだった。

〝かかった〟

アルは思わず笑みをこぼした。鋭く口笛を吹いて後ろで見ているはずのオーソンに合図をする。すぐにピィッーピッとオーソンからの返事が返ってきた。アルはゆっくりと後ずさりしながら肉塊の幻覚を操り、対象のオオグチトカゲを誘導する。オオグチトカゲの移動速度は少しずつ速くなった。アルの狙い通り動いてきているのは一体だけだった。数日前と同じように岸の上に誘導していく。前回と違い、今回は目論見通り三メートルよりすこし大きい程度の個体であった。肉塊の幻覚に釣られて完全に陸に上がり、そして地面にあらかじめ置かれたゴブリンの死骸に気付くと、そちらに向かって走り始めた。そして死骸にかぶりつく。

『貫突《ディープスラスト》（槍闘技）装甲無効技』

オーソンが背後から近づいて槍でぐさりと一発で止めを刺した。アルはそれを見て思わず歓声を上げる。オーソンはちらりとアルを見て少し得意げににやりと笑う。歓声を聞きつけたのかリッピとピッピの二人も顔を出し、地面に倒れ伏しているオオグチトカゲを見て、やったとかすごいといった声を上げていた。

「さすが、オーソンさんだ」

アルも感心して何度も頷いた。オーソンは少し照れた様子で頭を掻き、そして片足をオオグチトカゲの死骸に乗せると槍を引っこ抜いた。

「いやいや、アルが上手に釣ってくれたおかげだ。いつもの釣りとちがって、餌にかかるのを待つ必要がないから、逆に効率がいいかもしれん。この調子で頑張るぞ」

オーソンの言葉にアルとリッピ、ピッピは頷いた。オオグチトカゲの死骸を馬車に載せる。これぐらいの個体であれば、一台の馬車に三体は載せられそうであった。アルは次の個体を釣るのに、再び群れが見える位置に向かったのだった。

†

「悪いけどね、これ以上の買取はしばらく中止させてほしい」

リッピたちの馬車の獲物の状態を確認しながら、解体屋のコーディはそう言った。馬車の横で待っていたオーソンは苦笑しながら頷く。それも仕方ない事であった。今日、アルたちが獲物を運び込んだのはこれで三回目であったからだ。今回は三メートル前後が四体、二メートル前後が二体、一メートル前後が三体、その前の二回もほぼ同じ量をコーディのところに運び込んでいたのだ。

「こんなに短時間でどうやってこれだけの量を狩ってきたのだね。去年はたしか半月ぐらいオオグチトカゲの猟をしていたはずだけど、これだけの量にはならなかったよ」

コーディは半ばあきれ顔である。

「そいつは言えねぇな。だが、まぁ運も良かったって事だ」

「そりゃあ、そうだろうけど……さすがにこれだけ持ち込まれたら処理が追い付かず腐らせちまう。たくさんあるのは有難いけど、職人の数も限りがある。もし、来年も同じようなことをするのならもうちょっとペース配分を考えてほしい。よろしく頼むよ」

「ああ、わかった」

オーソンは肩をすくめた。今回はたまたま雨が最初に降ったためにこうなっただけだ。来年は元のやり方になるだろう。

「それと、ああ、悪いけどオーソン、君にだけお願いしたいことがあるのだ」

「俺にだけ？」

そう言われて、オーソンは一度怪訝な顔をしたが、すぐに何かを思いついたらしく、ああと呟いた。

「わかった。急ぐのか？」

オーソンは自分の足をちらりと見た。それを見てコーディはわかっているとばかりに頷いた。

「一カ月ぐらいなら余裕がある。頼めるかな」

「ああ、わかった。それならなんとかなるだろう」

とりあえずオーソンには新しい仕事ができたらしい。アルは後で聞いてみるつもりだが、おそらく教えてはくれまい。依頼主からの依頼には秘密を守らなければいけないこともある。コーディに信頼してもらえないのは残念ではあるが、まだ数回しか会ったことのない相手である。仕方ない事であった。

「そういうことだ。アル、しばらくは一人でやってくれ。まぁ、今回の稼ぎはかなりになるだろうからしばらく遊んでるってのもいいかもしれねぇな」

三往復した結果、鎧代の他に、アルにはおおよそ十五金貨ほどの儲けが出ていた。一ヶ月どころか、切り詰めれば半年ぐらいは暮らせるぐらいの金額である。だが、呪文の書を買うには少し足りない金額でもあった。

「わかったよ。とりあえず冒険者ギルドでも覗いてみることにする」

「ああ、それもいいかもしれねぇな」

二人は馬車が空くのを待っているリッピたちにたっぷりと報酬を払うと先にコーディの店を出た。日はすこし傾きかけていたが宿に帰って夕食を食べるには少し早い時間である。これからどうするかと話をしていると、馬車を連れた一団がちょうど帰ってきた。以前もすれちがったことのあるブレアたちである。

「オーソンか、そっちの調子はどうだ?」

今日のブレアはかなり不機嫌であった。連れている連中の何人かは傷を負っていて足を曳きずっているものも居る。彼の荷馬車には一メートルにも満たないサイズでそれもぼろぼろのオオグチトカゲが二体乗っているだけであった。

「ああ、川が増水しててな。全然捕れなかった」

オーソンは残念そうにそう答えた。アルは少し驚いたが、なにか意味があるのかと黙っている。

「へぇ、そうかい。やっぱりそうだよな」

ブレアは何故か納得した様子である。

「じゃあ、またな」

オーソンはそっけなくそういうとさっさとブレアたちの傍を通り過ぎて行く。アルもあわててそれを追いかけ、かなり距離が離れてからどうして嘘をついたのかと尋ねた。

「どう見ても、ありゃぁかなりやられてたからな。うまく釣れなかったんだろう。俺たちが上手くやってるって話をしたら意地になっちまう。怪我人が居たところを見ると複数のオオグチトカゲを引っ張っちまって乱戦になり逃げ出す羽目になったとかじゃねぇかな。そのあたりもちゃんと教えたんだ、まぁ性分なんだろうな。とりあえず人数は減ってなさそうだから誰が死んだとかは無さそうだったから良かった。コーディは誰からオオグチトカゲを買ったとか言わねぇだろうし、ああ言っておいてあいつは残念だったなって心の中で思ってる位が賢いってもんさ」

そう言って、オーソンはにやりと笑う。

「なるほどね。オーソンさんが言うのなら、まぁそれでいいよ」

アルもオーソンの答えに納得して頷いたのだった。

呪文の書の売人

「この辺りで、ララおばばっていう人を知らない？」

解体屋のコーディの店があったのは南三番街であったが、アルはオーソンと別れて、そこから郊外に向かった南四番街まで来ていた。以前カーミラというよくわからない女性に聞いた話ではこの辺りにゴミスクロールと呼ばれる非公式の呪文の書を扱っている人間が居るはずであった。実際に来てみると日干し煉瓦や粗末な木の板と布で作られた家やテントが並ぶ貧民街であった。排水路は整備されてはおらず、道の脇にはところどころでゴミが山積みとなっていてかなりの異臭を放っていた。そして、その一角では、道の脇に品物を並べて売っており、焚火にかけた鍋からは何かよくわからない匂いが漂う市のようなものが開かれていた。アルはそういった連中の一人に声をかけてみたのだ。

「ララおばば？　聞いたことねぇなぁ……何を売ってるやつだ？」

道端のぼろ布の上に、古びた帽子やら傷だらけの杖を並べて売っていた初老の男は首を傾げた。アルが探しているのは呪文の書であるが、魔法使いギルドがうるさいのでおおっぴらに売っているわけはなかった。

「ならいいや、じゃあね」

残念ながら容姿も聞いていないのでそれ以上尋ねようもなかった。アルは並んだ商品を眺めながらどうするか考え、ある可能性に掛けることにした。魔道具なども扱っている可能性である。魔道具というのは、魔石という黒い鉱石からエネルギーを取り出して魔法のような効果をもたらすことのできる道具のことであった。専門の魔法使いが作るという印象があるのだが、元々は呪文の書と同じように遺跡から発掘されたものが原型であったらしい。もちろん、今も古代遺跡から魔道具が発見されることがある。だが、そうやって発掘されたものの中には使い道がわからないものもあり、そういった品物をゴミスクロールと一緒に取り扱っている場合があるという話をアルは聞いたことがあったのだ。そして、それらは魔法感知の呪文によって青白く光って見えるはずであった。

『魔法感知《センスマジック》』
『知覚強化《センソリーブースト》　視覚強化』

アルは反応するものが見つかることを祈るような気持ちで怪しげな商品を売る市をしばらく歩き回った。そして、一メートル四方程度の黒い布を広げた小さな露店で、いくつかのガラクタに見える商品に混じって握りこぶしよりすこし小さいぐらいの大きさでぼんやりと青白く光る黒い球体を見つけたのだった。

「こんにちは」
「あいよ、いらっしゃい」

アルが声をかけたその露店の店主は見たところ四十代ぐらいのふとった女性であった。以前カーミラという怪しい女性に教えてもらったのはララおばばという人であったが、おばばという年ではない。それとはまた別の人だろう。

「あの、これは、何ですか？」

魔法感知呪文《センスマジック》の効果で青白く光って見える黒い球体をアルは触れないように注意しながら指をさした。魔道具には呪われた効果を持つものもあり、それには触れただけで危険なこともある。

「それ？　ああ、それは魔道具だよ。初めて見るのかい？」

女店主は特に気負う事もなく、ごく自然にその黒い球体を手に取ると、アルに差し出して見せた。みたところその黒い球体はゆがみもなく綺麗な真球で表面には二か所縦に切れ目のようなものが入っていた。

「いえ、魔道具なのはわかってます。何の魔道具かなと思って」

「へぇ、わかってるなんてまさか、魔法感知《センスマジック》ができたりするのかい？　とてもそうは見えないけど……」

女店主は驚いた顔をしてアルの顔をじっと見て首を傾げたが、すぐに頷いてにっこりと笑った。

「この魔道具が何かって？　あんたは運がいいよ。これは先週、私の知り合いが地下遺跡からみつけたものだ。まだ効果については調べている途中だからわからないけど、巨大な宝物庫で発見されたものだからね。すごい効果を持っているに決まっている。いまなら十金貨で売ってやろう。どうだい？　もうこんな機会は二度とないよ」

女店主の説明にアルは苦笑いを浮かべて首を振った。本当に十金貨も値打ちがある物をこんな扱いで売っているわけがない。その反応を見て彼女も肩をすくめた。

「わかった、わかった、冗談さ。先週みつかったばかりだとかそういうのは全部嘘だよ。でも、魔道具なのは本当。何の魔道具か調べてみたいっていうのならそうだね、十銀貨で買ってくれないかい？」

それは何の魔道具かわからないということだろうか。ころころと話す内容が変わるのにはどうしたものかと考えながら、アルは話を続けることにした。もしかしたら、この女性も呪文の書を扱っているのかもしれない。

「もし、ゴミスクロールの話ができるのなら、その魔道具についても考えてみようかな」

ゴミスクロールという言葉を出すと女店主はすこし首を傾げた。そしてきょろきょろと周りを見回してから、もう一度アルを見る。そして、手に持った黒い球体を差し出し、もう片方の手で代金をよこせといった雰囲気で突き出す。

情報料として買えということか。もう少し値切ってからにすればよかったかと思いつつ、アルはしぶしぶといった表情で大銀貨を一枚、財布から出して見せる。大銀貨は一枚で銀貨十枚相当である。女店主はその大銀貨をアルの手から毟り取ると、黒い球体をアルに押し付けた。

「それで、どんなゴミスクロールを探しているんだね？」

「僕がまだ覚えていないものならなんでも。ただし状態と値段によるかな」

「へぇ、そりゃぁ景気のいい話だ。魔法の矢《マジックミサイル》呪文は覚えたのかい？」

女店主の問いにアルが頷いて見せた。彼女はホウと感心したような声を上げる。

「魔法の矢《マジックミサイル》呪文は覚えたっていうのなら、じゃあ、解錠《オープンロック》呪文かい？」

こういうところに来て探すのは禁呪と定番は決まっているのだろうか。女店主はそう尋ねたが、アルは再び首を振った。

「それももう覚えたよ。眠り呪文《スリープ》か麻痺呪文《パラライズ》、飛行呪文《フライ》はない？」

今度は女店主がかるく首を振る。

「おすすめできるほど状態が良いのはないね。そうだ、噴射呪文《スプレー》はどうだい？　これなら一金貨にしておくよ。初めての取引だ。お互いこれぐらいがいいんじゃないかね」

噴射呪文《スプレー》は領都の呪文の書の店で話を聞いたことがあった。たしか第二階層の呪文で別に持ったインクを吹き付ける呪文でインクの代わりにレモン果汁を顔に吹き付ければ目つぶしぐらいになるかもしれないと想像したような記憶があった。もちろん、本当にできるかどうかは試してみないとわからない。それほど人気もなく、値段もそれほど高くなかったはずだが、それでも金貨三枚以上はしただろう。それが金貨一枚、品質保証がないとは言え、高いのか安いのか見当もつかない。彼女の口ぶりからして最初は小口の取引から始めようということのように思える。

「わかったよ。ちゃんとサービスしておくれよ」

アルはしばらく考えてから大きく頷いた。金貨を一枚取り出す。女店主はにっこりと笑ってどこからか呪文の書を取り出した。どこから取り出したのかは全く分からなかった。一瞬で彼女の掌の上に急に現れたのである。

「もちろんさ。私も良い取引をたくさんしたいからね。希望の商品も探してみておくけど、どれも人気が高い。あまり期待しないでおくれね」

彼女はアルから金を受け取って呪文の書を手渡した。アルはその場で呪文の書の最初の部分を確認してみる。たしかに噴射呪文《スプレー》であった。すくなくとも全くの詐欺ではなさそうである。

「ああ、よろしく頼むよ。そういえば、お姉さんの名前は？　いつもここで営業してるの？」

「ああ、わたしの名前はララ。場所はこことは限らないけど、魔道具屋のララって聞けば、教えてくれるのも居るだろうよ。私の事をララおばばとかいうふざけたのが居るけど、そいつの真似をするんじゃないよ」

そういうことか。アルはカーミラの色っぽい笑みを思い出した。彼女とこのララとは知り合いに違いない。ふざけ合って遊んでいるのだろうがすくなくとも嘘は言ってなかったらしい。ということは、この呪文の書は期待できるかもしれない。噴射呪文《スプレー》か……。アルは大事そうに背負い袋に呪文の書をしまったのだった。

隊商の護衛仕事

オーソンを見送って数日経った夕方の事だった。その日の仕事を終わらせたアルは冒険者ギルドを訪れて依頼の木の札をじっと眺めていた。稼げてないわけではなかったのだが、呪文の書がすぐに買えそうなほどに大きく稼げるわけでもなく、この都市に来た目的である古代遺跡発見への手がかりも全くない。現状を打破できるようなことはないかと考えていたのだ。

「あんたは、たしかアルとか言ったね。今日はどうしたんだい？」

丁度冒険者ギルドのカウンターには彼が最初にここに来たときにも居たクインタという女性が、アルに話しかけてきた。午前中は混雑している冒険者ギルドであるが、この時間ともなれば訪れる冒険者の数も少ない。

「ああ、いい仕事がないかなぁって」

クインタは怪訝そうな顔をした。彼女の耳には最近活躍している新人として彼の名前が時折聞こえてくることがあった。稼ぎなどについて詳しくは知らないが、仕事に困るほどではないはずだった。

「そこそこ稼いでるんじゃないのかい？」

「んー、オーソンさんに色々と教えてもらって、生活していくぐらいはなんとか……」

アルはそう言いながらも依頼の木の札を眺めている。

「ああ、そうだったのかい。そういえばあいつが最近、若いのと組むようになって元気になったって聞いてたが、お前さんの事だったんだね。そりゃぁよかった。ありがとよ。心配していたのさ。でも、もしそうなら、どうして仕事を探してるんだい？」

クインタはアルの話を聞いて何度か頷いたが途中で首を傾げた。彼女はオーソンの事をよく知っていた。彼は経験豊富な冒険者だ。彼と組んでいる以上、おそらくというか確実に稼げているだろう。

「オーソンさんは別の依頼で数日前から出掛けちゃって、今は僕一人なんですよ。それに僕はこっちに古代遺跡が多く残ってるっていうから来たんです。だから、できるだけいろいろと歩き回りたいんです。なので、そういう仕事がないかなぁって思って」

そこでようやくクインタは納得した。そして彼のおかげでオーソンが元気になっているのならその礼も兼ねて何かいい仕事を紹介してあげようという気になった。

「もしあんたが魔法使いとして働く気があるならいいのが一つあるよ。ここから先の辺境の村を回る隊商の護衛の仕事だ。未開の地を切り開いてできた村を廻るんだ。たしかお前さん、古代遺跡について聞いてたじゃないか。辺境の村の一つは近くに古代遺跡があったはずさ。そういうところを巡りたいんだろ」

アルは目を輝かせて、クインタの居るカウンターに飛びついた。

「そうです、それそれ。そういうのが良かったんです。でも魔法使いとしてですか？　斥候じゃダメ？」

アルは少し思案顔で尋ねた。魔法使いとしてやってゆく自信はまだなかった。

「戦士や斥候は希望者がいっぱいいるからね。ギルドとしてももっと実績がないと紹介できないね。ただし魔法使いはどこも手が足りてない。魔法感知呪文《センスマジック》は使えるんだろ？　それなら見習いとして紹介してあげるよ。他に魔法使いも居るからそれのやり方を見て覚えたらいい。ただし、あまり稼ぎは期待しちゃだめだよ」

見習いと聞いてアルは少し安心した。オーソンや他の人からもお前の魔法はすごいと言われていたものの、きちんとした師匠が居たわけでもなく、それほど自信があるわけでもなかったからである。それも他の魔法使いと一緒の仕事であれば護衛の仕事でどのように振る舞えば良いのか知ることもできそうで、彼としては有難い限りであった。

「もちろんです。よろしくお願いします」

「じゃあ、明日も仕事を終えてからでいいから顔をだせるかい？　それまでに雇ってもらえるか聞いておく。とりあえず一度試しにってことでいいね。長期契約になるかどうかはその後自分で交渉しておくれ」

アルはうんうんと頷いた。初めての魔法使いとしての仕事である。非常に楽しみであった。


翌日の夕刻、仕事を早めに切り上げて冒険者ギルドを訪れたアルに、クインタは北一番街にエリックという魔法使いの屋敷を尋ねるように告げた。クインタの説明では、護衛任務の契約自体は交易ギルドだが、そのエリックというのが今回の仕事でのアルの直接の上役になるらしい。彼が役に立ちそうだと認めないと雇ってくれないという話であった。

彼の屋敷はすぐに見つかった。貴族が住みそうな立派なお屋敷で周囲は塀で囲われており、鉄格子の門のところには門番小屋があってそこには使用人らしい初老の男が座っていた。

「こんにちは。ここはエリック様のお屋敷ですか？」

「ああ、ぞうだ。何が用か？　弟子入りなら受け付けではおられんがら、ざっざど帰《けえ》れ」

その使用人は酷いだみ声であった。言葉のところどころが濁ってしまい酷く聞きづらい。

「あの、アルといいます。冒険者ギルドの紹介で、隊商の護衛についてこちらを訪ねるように言われました」

男はアルをまるで品定めするかのようにじろじろと見た。

「ぞうか、若い男という話だったが、ほんどうに若いな。ぢゃんと魔法は使えるのだろうな。エリッグ様は厳しいお方だ。もし使えぬのに使えると嘘を言っておるのであれば今のうちに尻尾《しっぽ》を巻いて帰《がえ》ったほうが良いぞ」

アルはにっこりと微笑み大丈夫ですと答えた。男はしばらくいぶかしげにアルの様子を見ていたが、仕方ないとばかりにため息をつくと鉄格子を開き、アルを迎え入れたのだった。

アルが玄関で待っていると、奥から男が一人やってきた。年は三十才前後であろうか、高級そうな服を身にまとっている。歩き方も堂々としておりアルはこの人がエリックかと思いお辞儀をした。

「君が冒険者ギルドで紹介のあったアルか。魔法使い見習いと聞いているが、呪文はいくつ使えるのかね」

その男は早足で近づいてきてそう尋ねた。

「アルと言います。光《ライト》呪文、魔法感知《センスマジック》呪文、魔法の矢《マジックミサイル》呪文、あといくつかの呪文が使えます」

「あといくつか、か。便利な言葉だな。まぁ良い、一応魔法使いとしての呪文は十分使えるというのだな」

自分が使える呪文について全てを言わないのは冒険者としては当然だとアルは思っていたが、その男には不満がありそうだった。アルが黙っていると男は言葉を続けた。

「とりあえずその三つについてみせてもらおう。そうだな、ついてきたまえ」

男はアルをつれて中庭に出た。そこでは三人ほどの男女がおり、アルたちが入ってくると一斉に二人を見た。男はその視線を気に留めず、ほぼ真ん中で足を止めた。そして、一方の壁を指さす。

そこには傷だらけの小さな盾が一つぶら下げられていた。

「あれに魔法の矢《マジックミサイル》呪文を撃ってみたまえ」

「あ、はい」

盾までの距離はおよそ五メートル程であった。アルは片手を伸ばす。

『魔法の矢《マジックミサイル》　収束』

魔法を見せるというので、アルはいつもとは違って大きく声を張り呪文を唱えた。彼の掌から光り輝く矢のようなものが飛び出す。それは盾にぶつかるとキィンと甲高い金属音を立てて消えた。

「ん？　今の詠唱《コマンドワード》は何だ？　それに音もちょっと違った気もする……」

男は何か違和感を覚えたのか少し考えた。だが、軽く首を振った。

「まぁ、良い、魔法の矢《マジックミサイル》であることには変わりあるまい。たった一本か、まだまだだが、ちゃんと飛ぶというのは認めてやろう。では次は光《ライト》呪文だ。同じようにあの盾を光らせるのだ」

アルはその呟きを聞いてああと心の中で叫んだ。目標が一つだからと単純に収束オプションを使って一本しか撃たなかったのだが、このエリックとおぼしき男は本数によって熟練度を測ろうとしているようだった。もしこれで不合格になるのなら、再テストを申し出るほうが良いかもしれない。ちらとそういう考えが頭をよぎったが、もう課題は次のものになってしまった。とりあえずは光《ライト》呪文を使ってからにしようと切り替える。

光呪文は熟練度が上がると単純に効果時間が延びる。いつもはオプションをつけて明るさを上げるように調整していたのでデフォルト使用は久しぶりだった。

『光《ライト》』

盾の表面に光が灯った。男は明かりをじっと見る。

「明るさは問題ないな。三時間ぐらいはもつのか？」

アルはその問いに首を傾げた。この呪文を習得したばかりの頃は夜中にかけ直した記憶もあるが、最近は朝になって効果時間の終わりを待たずに自分で消していたので何時間もつのかはわからなかった。

「たぶん朝まで大丈夫でしょう」

自信なさげなアルの答えに男は怪訝そうな顔をした。たしかに夜営などで光《ライト》呪文を使うのであれば効果時間が気になるということなのだろう。ちゃんと測ってくれればよかったとアルは少し後悔した。

「良い。このまま計測しておけばわかる事だ。先ほど夕刻の鐘がなったばかり。レダ！」

男は周りでおそらく呪文を練習していた三人のうち、一人の女性に声をかけた。水色の瞳がすこし冷たい印象がある。銀色の髪をショートカットにしている。アルより少し年上だろうか。

「はい、フィッツ様」

「いつ頃この光が消えたのか記録しておくのだ。それと他の連中に手伝ってもらって例の箱をもってこい」

彼女は男にお辞儀《じぎ》をすると他に中庭に居た二人に声をかけて駆け足で奥の扉に消えていった。男はフィッツと呼ばれているようでエリックとは別人らしい。しばらく待っていると三人は一抱え程ある蓋つきの木箱を運んできた。アルたちの前にその木箱を置くと再びお辞儀をして元のところに戻っていったのだった。

「では、今度は魔法感知《センスマジック》呪文の試験だ。この中から魔道具を見つけ出してくれ」

そういって、フィッツは木箱のふたを開けた。その中には何に使うのかよくわからない木や金属でできた小さなものが雑多に大量に入っていた。物が多いので普通に魔法感知《センスマジック》呪文を使っても陰ができて弱い光しか発しない物は見落としそうだった。

『魔法感知《センスマジック》』

『知覚強化《センソリーブースト》　視覚強化』

アルが箱の中を物色しようとすると、フィッツには乱暴に扱うなと注意をされた。アルはわかりましたと答えつつ、魔法感知に反応する青白い光を発するものをつぎつぎと取り出し始める。十分ほどかけてアルは十三個の形がそれぞれ違う品物を取り出した。

「感知できたのはこれだけですね」

フィッツはその様子を不思議そうに見ていた。そして彼自身も魔法感知《センスマジック》呪文を唱えた後、アルが取り出した品物を確かめ始めた。

「そなた、途中から面倒になって勘《かん》に頼っただろう？　いや……それにしては成功率が良すぎるか。

事前に誰かにどれが魔道具か聞いていた……？」

そう言ってフィッツは周囲を見回した。そして三人の男女を見て何かハッと思いついたようだった。

「見習いの連中に賄賂《わいろ》でも贈ったのか？」

アルは訳が分からずフィッツをじっと見た。そして三人の男女もそれは同様だった。だが、フィッツはかなり怒った様子でその場で大きな声を上げた。

「そうでなければ、百個を超える品物からこんなに早く識別できる訳がない。それに得意げに見せたもののうち、三つは魔道具ではない。なにか符丁《ふちょう》を使ったものの手違いかなにかがあったのだろう。そうでなければこの状況の説明はつくまい。誰だ？　このアルとかいう者に金をもらって魔道具かどうか教えたのは」

「十三個はどれも魔道具だよ。よく見てよ」

アルはフィッツの態度にひるんだ様子もなく思わずそう声を上げた。

「これのどれが魔道具だというのだ？」

フィッツが指さしたものは一見ただの腰に下げる革製の小物入れであった。だがアルから見ればひと際強く青い光を発している魔道具であった。アルとすればどうしてこれが魔道具でないというのかがわからない。しばらく言い争いが続き、館から何人か人が出てきた。

「フィッツ、何を騒いでいるのですか？」

そう声をかけたのは老人と言っても良いほどの年配の男性だった。落ち着いた紺色の上質そうなローブを身に纏っており、身長は百六十ぐらいだろうか。穏やかな表情をしている。

「エリック様、申し訳ありません。この者がどうしてもこれを魔道具だと言い張るのです」

エリック様という事は、彼が今回の依頼に関する責任者ということだろう。彼はその場で魔法感知呪文《センスマジック》を唱え、あらためてフィッツが指さしていた小物入れを見た。そして彼も同じように首を傾げる。

「これが魔道具だとどうして言うのですか？」

エリックはフィッツからそれを受け取り、それを手にもって静かにアルにそう尋ねる。

「証明していいです？　壊れるかもしれないけど解体すれば魔道具かどうかはっきりします」

アルの言葉にフィッツは礼儀をわきまえろと騒いだが、エリックは片手を上げて制して小物入れをアルに渡した。

「見せてくれたまえ」

アルは小物入れを受け取ると、その場に座り込んだ。ウエストポーチから小さなナイフを取り出し、小物入れの背の部分を綴じた糸をほどき始める。

「構造からすると、たぶん、このあたりに……あるはず……」

「一体何をしておるのだ」

フィッツは苛立だしげに呟いたものの、エリックが軽く抑止すると、仕方ないといった様子でアルの様子をじっと見ていた。しばらくして綴じていた糸が解かれて、小物入れのベルトに通すところの硬い革が半分ほど剥がれた。アルがそれを剥くと、その中には呪文の書とよく似た複雑な円と記号と文字がびっしりと描かれた金属らしき板が潜んでいたのだった。

「これは？」

「きちんと師匠についたことがないのでわかりませんが、魔道具のための何か、何かです。何の効果のある魔道具なのかはもう少し調べればわかるかもしれません。とりあえず、どうぞ」

アルはそう言って小物入れをエリックに返した。エリックは興味深げにその金属の板をじっと見た。

「フィッツ、どう思う？　彼が革を剥がした途端、私の目にも青白い光が見えるようになった。それにこれはまさしく魔道回路だ」

「はい、私も急に見えるようになりました。これは一体……」

アルは知らなかったが、魔道回路というのは、魔道具を作る際に使われる魔法のシンボルの組み合わせを特殊な技法を使って記述したものだ。二人はしばらく小物入れに組み込まれているそれをいろいろな角度からじっと見ていたが、確かにすぐにはわからないと判断したようで、別の従者らしき男にこの品物の入手先を調べるように指示した後、アルのほうを向いた。

「フィッツ、彼は？」

「本日冒険者ギルドから見習いとして隊商の護衛の仕事をと推薦を受けた者です。魔法の熟練度を確認しておりました」

「アルと言います」

二人のやり取りを聞いて、アルはあわてて立ち上がると丁寧にお辞儀をした。エリックはそれに対して鷹揚《おうよう》に頷いた。

「そうか、アル君。今の現象は非常に興味深い。頑丈な箱の中に入れた魔道具は外からは魔法感知《センスマジック》呪文を使っても光を探知できぬ場合がある。今の状況はそれに近いもののように思う。だが、その場合、魔道具はその箱から取り出さなければ使うことはできない。だが、君は小物入れの背に縫い込まれた魔道具をそのままの状態で見つけたことになる」

アルは首を傾げ軽く首を振った。エリックのいう事はなんとなくわかるがその原因には心当たりがない。敢えて言えば知覚強化《センソリーブースト》呪文を使ったことぐらいだろうか。とは言え、弟子が何人もいる魔法使いの感知できないものが感知できるほど、効果に差がでるとは思えなかった。

「そうか、そなたもわからぬか。とりあえずこの魔道具について調べてみることにしよう」

「エリック様、彼は他にも、魔力の切れた魔道具も魔法感知《センスマジック》呪文に反応したと言っているのです」

フィッツは首をひねりながら球状のもの二つをエリックに差し出した。アルが魔道具だと分類したがフィッツの魔法感知《センスマジック》呪文には光らなかった残り二つである。エリックは再び魔法感知《センスマジック》呪文を唱え、フィッツが差し出したものの一つを手に取り、しばらく調べた。

「フィッツ、魔力の切れた魔道具についても、魔法感知《センスマジック》呪文には反応しないというのが定説であるし、たしかに私の魔法感知《センスマジック》呪文にも反応はない」

「そうでしょう？　そうなると……」

フィッツは得意げに言葉を続けようとしたが、エリックは首を振った。

「そう頭ごなしに否定をするものではない。この試験はあくまでどれぐらいの能力を持っているのか、それによって、どの役割をこなせるのかを知るためのものだ。人手は足りていないのだし、あとは実際の仕事の中で確認すれば良いのではないか？　冒険者ギルドからの推薦状はあるのだろう？」

「はい、あります。クインタ殿からのもので、それによると信頼度はB（問題なし）となっています」

そう聞いてエリックはにっこりと微笑み、アルのほうを向いた。

「アル君、気を悪くしてくれるな。フィッツは隊商の護衛の仕事に一生懸命なだけなのだ。呪文の熟練度を知ることによって効率的な役割分担をしたいらしいのだよ。それに最近は護衛に潜り込もうとする盗賊の手下なども多くて少しピリピリしている。魔法を使える盗賊などいないと私は思うのだがね」

魔法を使う盗賊は居たような……内心でアルはそう思ったが口には出さずに彼の話に頷いておく。エリックはそこまで言ってフィッツを見た。彼はその視線に軽く頷いた。

「フィッツは君を雇っても良いと判断したようだ。次の護衛の仕事は三日後だ。およそ二週間をかけて隊商は辺境の村々を廻る予定となっているが、巡る順番やルートについては盗賊対策のために秘密となっている。魔法使いの見習いの二週間での報酬は、食事つきで銀貨三十枚。魔法使いの報酬としては安いと思うが正式に雇われるには見習いとして五回以上実績を積むことが必要とされている。あとは襲撃を撃退するような事があった場合に報奨金が出る場合があるし、途中で特別な依頼を行う事もある。どうかね？　受けるかね」

二週間で銀貨三十枚はオーソンと組んでいれば二日ほどで稼げる金額である。最近の稼ぎから考えると安いと思えた。とは言え、彼は出かけているし食事代や宿代が浮くと考えれば決して悪い金額ではないだろう。第一、領都の頃から比べれば格段に良い金額であった。報奨金がでるかもしれないというのも魅力的であった。

「わかりました。是非、お願いします」

アルの答えにエリックは鷹揚に頷く。

「細かい説明はフィッツに聞いておくように。あとは魔法感知呪文《センスマジック》について別途問い合わせをすることがあるやもしれぬ。その時はよろしく頼む」

アルは頷き、頑張りますと元気よく返事を返したのだった。

†

指示された三日後、その日も雨が降ったりやんだりを繰り返しており、道はぬかるんでいる。早朝、アルは指示された通りに南門とよばれるところに着いた。ここは四番環路と南大通りが交差するところであり、都市の南側を守る衛兵の詰め所や魔獣や蛮族の死骸を受け取る処理場などが並んでいる。すでに多くの馬車と商人、その護衛が多く集まっていた。

「やぁ、アルフレッド君、久しぶりだね。そうやって立っていると本当に冒険者が板についているよ」

アルがエリックはどこかと見回していると見知った顔が声をかけてきた。ケーンである。彼はこの辺境都市レスターで内政官の見習いをしているはずだが、早朝にこんなところで何をしているのだろう。

「おはよう、ケーン君、いや、ケーン様と呼ぶべき？」

アルからそう言われて、ケーンは少し考え込んだが残念そうな顔をして首を振った。

「んー、呼ばれてみたいけど、他の人から様って呼ばせてるって噂になったら怒られそうだ。でも、おたがい君をつけて呼ぶのはそろそろ卒業したほうがいいかもしれない。しかたない。ケーンと呼んでいいよ。その代わり、僕もアルフレッドと呼び捨てにさせてもらう」

大人ぶろうとする様子にアルはくすくすと笑った。

「わかったよ。じゃあ、ケーンと呼ばせてもらう。僕の事はアルフレッドじゃなくアルと呼んでほしい」

「わかった、そうしよう。ところで、今日はどうしたんだい？　これから討伐の仕事かい？」

アルはこれからエリックに雇われて隊商の護衛の仕事なのだと説明した。ケーンは驚き自分も同じ隊商だと告げた。アルは知らなかったが、今回護衛する隊商はこの辺境一帯を統治するレスター辺境伯の指示によるものであり、責任者は内政官で彼の上司のホーソン男爵という人らしい。

「今となっては辺境の集落を巡る隊商が主になっている感じだけど、元々の目的は辺境の開拓村の巡視なんだよ。開拓担当の責任者であるホーソン男爵が、内政官や護衛の衛兵隊を連れて開拓村の状況を確認するために三ヶ月に一回のペースで巡回していたのが始まりなのさ。そのうちにいくつかの商店が自分たちの商売の馬車を同行させるようになって今の規模になったらしい。エリック様への護衛依頼も内政局から出てるんだ」

ふぅんとアルは頷いた。本来であれば商人などはより儲かるように独力で馬車を走らせるものだろうに、それほど危険ということだろうか。そんなことを尋ねるとケーンは少し首を傾げながらも頷いた。

「僕も同行するのはこれが初めてだけど、特に夜に蛮族がよく出るんだってさ。襲撃とかもよく受けるし、二、三体で馬車の荷物を盗みに忍び込んでくるのはかなりあったらしい。そのあたりの訴えがあってエリック様たちに護衛依頼を出すようになったんじゃないかな。小規模な隊商だと二、三体のゴブリンでも脅威だからね。あいつらは夜目も利くしさ。魔法使いの人にお願いして野営地全体を明るくすることによってだいぶ被害が減ったっていうよ。あ、新しい馬車が来た。でも内政局のじゃないな」

ケーンは南大通りを進んでくる馬車の一台を指さした。二頭立ての立派な四輪馬車で御者台には御者らしい男の他にたしかレダと呼ばれていた女性が座っていた。馬車はかれら二人がいるところに向かってきているようだった。

「エリック様の馬車だな。じゃあ、ケーン、また後でね」

アルは手を振ってケーンに別れを告げるとエリックの馬車に向かった。

「おはようございます。レダさん」

アルは御者席に座っているレダに元気よく声をかけた。レダは何も言わずに丁寧にお辞儀を返す。

馬車が止まり、エリック、フィッツの他、数日前にレダと一緒に庭に居た男性が二人下りてきた。

アルはエリックたちにも次々とあいさつをする。フィッツが鷹揚に頷き返した。

「時間通りに来たようだな。よろしい。これからエリック様と儂はホーソン男爵様や他の主だった面々と挨拶をしてくる。そなたはレダに見習いの仕事について聞いておくように」

二人は足早に他の馬車のほうに歩いて行った。残されたのはレダとアル、そして男性二人だった。三人ともアルより身長は高く、少し年上に見えた。

「おはようございます、アル。先日の試験で会いましたね。私はレダと言います。エリック様の元で魔法使い見習いのとりまとめをしています。魔法の腕は私より上かもしれませんが、フィッツ様の指示で私が引き続きとりまとめをすることになりました。アルが見習いとして働いている間は私の指示に従う必要があります。私のことは様をつけて呼んでください」

レダの声は少し震えていた。かなり緊張しているように見える。アルとしては金をもらっている以上、もちろん異論はなく素直に頷いた。

「俺はマーカス」「俺はルーカス」

レダの横に立っていた男たちがそろって自分を指さした。兄弟なのだろうかよく似ている。

「俺たちもエリック様の弟子で、アルの先輩だからな。俺たちの指示にも従えよ」

「うん、よろしくね」

アルはにっこりと微笑んで答えた。二人は何か少し不服そうであったものの、アルの雰囲気にそれ以上何も言わなかった。

「では、仕事の分担ですが……」

レダによると見習いは、エリックやフィッツの身の回りの世話以外に、夜の野営地を光呪文《ライト》で明るくしたり、問題のある魔道具などの持ち込みがないか魔法感知呪文《センスマジック》を使って確認したりといった事が仕事らしい。夜は光呪文《ライト》の持続時間が切れることに備えて交代で一人ずつ衛兵隊の巡回に同行する必要が有り、アルが担当するのは一番目らしい。

「わかりました。ちなみにエリック様やフィッツ様の仕事ってどんなものなんですか？」

アルは隊商での魔法使いの仕事がどのようなものか知りたくて尋ねた。

「戦闘になったときの補助が一番大事だと思いますが、他に浮遊眼呪文《フローティングアイ》で定期的に空から警戒したりといった事でしょうか。いままでであればフィッツ様は我々の様子を見ながら夜の見張りにも参加されていましたが、今回は見習いが四人になったということで参加されない予定です」

浮遊眼呪文《フローティングアイ》というのは、眼とよばれる透明な視点だけを飛ばしてそこから見ることのできる呪文のことだ。眼は見つかりにくいので敵のアジトの中をこっそり調べたりするのにも使えるのだが、レダが説明したように、隊商の上空に視点を置いて周囲の状況を確認するのに使うこともできる。たしかに護衛の仕事には便利だろう。アルが納得していると、レダは彼の手荷物は馬車の後ろに積むように指示をした。

「早速ですが、隊商に怪しいものを持ち込んだものは居ないか魔法感知呪文《センスマジック》を使って手分けして見て回ります。もちろん隊商に魔道具全てが持ち込み禁止というわけではありませんが、盗賊たちが隊商の場所を知るために集音の魔道具や、位置特定の魔道具を同行する隊商の馬車に仕込んでいる場合があるのです。もし怪しいものを見つけても、すぐにそこで騒いだりはせずに私に報告してください。時間はおよそ三十分。確認が終わったらここに再度集合です」

レダはそれぞれにどの辺りを中心にと手慣れた様子で指示を出し、ほかの二人も心得た様子で頷いた。だが、彼女も含めて三人の呪文の成功率は低いようで何度かかけ直している。それを横目に見ながらアルは魔法感知呪文《センスマジック》の他に知覚強化呪文《センソリーブースト》も使い指示された辺りの確認を始めたのだった。

一旦は止んでいた雨が再び降り始めた。隊商に参加する馬車、護衛を含めた人数はかなりの数であったが、四人で手分けをすればそれほど時間はかからなかった。アルは念入りに馬車の下を覗き込んだりしてしばらく歩き回ったが、魔法感知呪文《センスマジック》の反応があったのは腕の立ちそうな護衛のベルトポーチの中の何かぐらいであった。護衛の戦士であれば特に問題はないだろう。以前バーバラという護衛の女性が光の魔道具を持っていたことがあった。おそらく同じようなものにちがいない。

途中、ケーンが働いている姿を見かけたが、高そうな服を着て偉そうにしている中年の男性の後ろを小走りに歩いていて声をかけるタイミングはなかった。アルが元の馬車に戻ってくると、レダたちは既に戻っていた。レダは直立不動の姿勢でじっと周囲を観察している。マーカスとルーカスは二人で何か雑談をしてクスクスと笑っている。

「レダ様、今戻りました。特に何もなかったです」

「了解です」

レダは相変わらず口調は硬い。ショートカットにした銀色に近いストレートの髪は雨に濡れてぺたんと張り付いていた。アルは彼女の横に並び、ちょうど彼女が見ていた方角を眺めた。おそらく内政局のものだと思われる紋章のついた馬車、そしてその前に先ほどケーンが一緒に居た中年の男性とエリック、フィッツが何か談笑をしているのが見える。中年の男性はケーンの言っていたホーソン男爵かもしれない。

「レダ様は見習いになって長いの？」

「雑談は止めてください」

アルの問いにレダはそっけなくそう返してきた。アルは肩をすくめて話かけるのをあきらめる。そのまま仕方なく周囲を眺めながらほとんど癖の様になっている魔法の練習をして時間をつぶすことにしたのだった。

しばらくしてエリックとフィッツの二人が戻ってきた。

「隊商については特に異常はありませんでした」

レダがそう報告すると、エリックは軽く頷く。彼らを見ているといつも通りのやり取りという様子であるが、アルからみるとかなりの警戒態勢のように見えた。少なくとも領都付近とは全く違う。それほど辺境は厳しいということなのだろうか。

「例によって隊商についてくる連中は今日も多そうだ。レダ、確認作業は私ではなくアルと行うように。今回の衛兵隊は第六小隊、隊長はジョナス卿だ。君は会ったことがあるだろう。確認結果は私を通さずに直接報告してくれたまえ。マーカスとルーカスは馬車に乗って良い」

ジョナス卿と聞いてレダの表情が少し曇ったが、アル以外には誰も気にした様子はなかった。エリックとフィッツは細かな指示を終えるとローブを翻して馬車に乗り込んでゆく。マーカスとルーカスも同じだ。

「二人が乗ったってことは、僕たちも交代とかで馬車に乗れるのかい？」

残されたアルはレダにそう尋ねた。隊商の護衛なのに馬車に乗っていて大丈夫なのだろうか。

「次の休憩場所からは乗れます。他の衛兵や護衛たちとは違って私たちは魔法使いですから」

「へぇ、そうなんだ」

アルが意外そうにそう呟くと、レダは彼をにらみつけた。

「あなたも魔法使いなのにその様に言うのですか？」

何か悪い事を言っただろうか、彼女の反応にアルは少し焦る。

「魔法使いだけど、今まではずっと斥候として働いてたからね。単に意外だっただけなんだよ」

アルの説明にレダは軽くため息をついて頷いた。

「わかりました。ですが、きちんと誇りをもって、今後は考えて話すようにしてください」

誇り？　アルは少し首を傾げたが、余計に睨みつけられそうなのでこれ以上聞くのは止めておく。

しばらくして、教会の朝一番の鐘が鳴り始めた。

「そろそろ出発になります。隊商が出発した後ろに便乗して護衛を雇わずについてくる盗賊まがいの連中がいます。私とアルはその確認です。十分に注意してください」

盗賊まがいという言葉にアルは少し苦笑を浮かべる。たしかに襲撃を手引きするために盗賊が紛れ込んでいる可能性は否定できないが、街道を歩くのは自由だろうし、一人で旅をする者にとっては大きな隊商に着いていけば安心できるものである。それほど毛嫌いしなくても良いんじゃないかとアルは考えたのだ。

内政局、エリック、そしていくつかの商店の馬車が出発していったあと、すこし間が空いて四、五人の行商人、数台の荷馬車が通り過ぎて行く。アルたちは彼らの邪魔にならないように道の脇で通り過ぎてゆくのをじっと見ていた。彼らはかなり年季の入った服を着て大きな荷物を背負い、荷馬車は一頭か二頭の小型の馬やラバなどが曳く小さなもので、こちらも使い古されており、ところどころに汚いシミがついていた。以前荷運び人のリッピがオオグチトカゲの死骸を乗せて運んでいたのと同じような感じのものである。

今までのところ何もなかった確認作業であったが、最後尾を進む荷馬車に反応があった。荷台に少しの藁の他にアルの魔法感知呪文《センスマジック》に反応する木箱が一つ載っていたのだ。その木箱の幅は一メートル、奥行きと深さは共に六十センチ程あり、蝶番付きの蓋がついているものでかなり使い古されている。箱そのものに何かしらの魔法がかかっているようで全体的に青白く光っていた。荷馬車の主は年配の男性で人のよさそうな笑みを浮かべながらのんびりと御者席に座っていた。

「レダ様、あの最後の荷馬車なんだけど……」

アルはレダに小さな声で囁く。レダもその荷馬車をじっと見たが、何が気になるのかわからないといった様子でアルのほうを振り返った。

「どうかしましたか？　何の変哲《へんてつ》もない荷馬車のようですね。ああ、何も載っていないのが不審《ふしん》なのですか？　ああいう手合いも居るのです。襲ってきた蛮族や魔物を倒した後、護衛は貢献度に従って報奨金はもらえますが死骸はわざわざ処理場までもっていけず、埋葬せざるを得ません。彼らはその死骸に対して幾ばくかの金を払って引き取り、処理場までもっていって稼ぐのですよ」

何も載っていない？　彼女には木箱が見えていないようだった。アルは改めて木箱をじっと見る。よく見ると少し透けているのがわかった。アルは魔法感知呪文《センスマジック》を切る。すると木箱は見えなくなったのだった。ということは、この木箱には隠蔽呪文《コンシール》がかけられているのだろう。あの荷馬車の主は魔法使いなのだろうか。

アルは少し考えこんだ。採用試験でも似たようなことがあった。他の魔法使いの魔法感知呪文《センスマジック》では感知できないにもかかわらず彼だけに感知できるという現象だ。これについては彼もずっと原因を考えていた。

仮説の一つは魔法感知呪文《センスマジック》の熟練度が高く感知することができたというものだった。だが、この熟練度というのは測ることができないし、雇い主であるエリックより魔法の熟練度で優っているというのは考えにくい。仮説のもう一つは知覚強化呪文《センソリーブースト》によって知覚力が上昇し熟練度を補ったというものだった。いままではこれが有力だろうと思っていたのだが、ここでもう一つの仮説に気が付いたのだ。

それは隠蔽呪文《コンシール》の存在であった。彼は隠蔽呪文《コンシール》の習得を終えており、ほぼ問題なく発動できるようになっていた。習得しているがゆえに他人が使った隠蔽呪文《コンシール》の効果を感知できるようになったという可能性はないだろうか。この木箱もそうだが、先日の魔道具についても、糸を解くことによって表面に施されていた隠蔽の魔法陣を壊したのだとしたら、急に見えるようになったというエリックたちの言葉にも容易に説明が付くではないか。だが、これについては厄介な問題だった。

隠蔽呪文《コンシール》は禁呪であるからだ。アルは以前解錠呪文《オープンロック》について習得していると冒険者ギルドに申告した魔法使いの話を聞いたことがあった。彼はそれによって新しい仕事を得られないかと考えたらしいのだが、結局その男は大商人の護衛などの仕事からは干されてしまったという。隠蔽呪文《コンシール》が使えるという説明をすれば同じようなことになりかねない。そのような羽目に陥ることは避けたかった。

単純に木箱にかかった隠蔽呪文《コンシール》の熟練度が低く、アルの魔法感知呪文《センスマジック》の熟練度が高くて見破ることができた可能性も無いわけではない。むしろこの可能性のほうが高そうではあった。だが、自分自身が隠蔽呪文《コンシール》を習得しているおかげで見破ることができたという可能性について気が付いてしまった今となれば安易にそれを見破ったとして騒ぎ立てるのは躊躇われた。

「そうなんだ。そういう商売もあるんですね」

とりあえずレダの説明に納得したように返事をしておく。アルは隠蔽呪文《コンシール》によって隠された木箱の存在については言わないことにした。もちろん、これは何らかの犯罪がらみであるのはほぼ確実であるので放置するわけにもいかない。だが、何を企んでいるかもう少し様子をみてからでも良いだろう。

「特に異常はありませんでしたね。ジョナス卿に報告しなければいけません。彼はおそらく隊商の先頭辺りに居るはずです。急いで追いつくことにしましょう」

「わかりました。レダ様」

アルとレダの二人は隊商の先頭に向けて走り出した。

南門を抜けると、そこは起伏に富んだ湿地帯で、アルにとってはオオグチトカゲ狩りなどをして毎日のように通う見慣れた土地であった。二メートルほどの高さの木々は雨期で芽吹いた緑が非常に鮮やかである。左手に見えるホールデン川は数日前まで続いていた豪雨の影響がまだ続いていて水量は多いままであった。すこし高い所に上って道の先を見ると先ほど見送った隊商の最後尾がある。

「ああ、よかった。それほど離れてない」

アルは呟いてふと横を見た。レダは膝に手をついて肩で息をしていた。まだそれほどの距離は走っていないはずであったが、彼女にはそうではなかったらしい。

「レダ様大丈夫？　呼吸を楽にする呪文、かけていい？」

アルの問いにレダは怪訝そうな顔をしつつも頷いた。

『肉体強化《フィジカルブースト》　体力強化　接触付与』

アルが肩に触れた瞬間、レダは驚いた顔をして彼を見た。

「今のは……、まさか肉体強化《フィジカルブースト》呪文？　そのような貴重な呪文が使えるのですか？」

アルはにっこりと微笑んで頷く。

「筋力じゃなく体力を全体的に少しずつ。それほど強くないから違和感は出ないと思う。どう？少しは楽になったでしょ」

レダは大きなショックを受けたようで顔を強張らせたまま少し頷く。

「がんばって。もうちょっとで追いつくから……」

そういってアルは再び走り始めた。レダは胸にいっぱい空気を吸い込む。おそらく呼吸が楽になったのだろうとアルはすこし安心した。

「はい」

彼女は素直にそう答えて、アルの後ろを走り始めた。今までの硬い口調とはすこし違う反応で、手足の動きも先程までと違って軽やかだった。二人は走って列の最後尾の同行している商人たちの馬車に追いついた。護衛を務める冒険者たちはレダを知っていたようで、二人に片手を上げて挨拶をしてくれた。レダも同じように返事を返しながら嬉しそうな表情を浮かべていた。アルも片手をあげて挨拶を返す。

商人たちの馬車を追い越すと、本隊である内政局及びエリックの馬車、そしてその周囲を守る衛兵隊が居た。衛兵隊を指揮している男は二人居て共に馬に乗っている。

「一番先頭にいるのが隊長のジョナス様。騎士爵だけど、卿って呼ぶと怒られるから注意してください」

レダが指し示したのは隊列の先頭で馬に乗っている男であった。身長は百八十センチぐらいであろう。日に焼けた褐色の身体にはみっしりと肉がついている。黒く染めた革製の鎧兜を身に着けており、顔は兜の面貌《めんぼう》に覆われていて見えなかった。

騎士爵ということは代々世襲を許された貴族ということになる。アルの父のように小さな村の領主であることもあるが、より上の貴族に仕えて俸給をもらう者、いわゆる法服貴族も居て、彼はそれにあたるのかもしれない。騎士爵であれば、本来ジョナス卿と呼ぶべきであるがそれで怒られるというのは何があるのだろう。

「ジョナス様、エリック配下のレダです。後ろをついてくる連中の確認作業をしてまいりました」

レダとアルは彼の近くにまで近づくと声をかけた。ジョナス卿は馬の速度を落さずに面貌を上げた。細い目で馬上のジョナス卿からの距離を保つために速足で歩くレダとアルの姿をしばらく見た。

「後ろの若い男がエリック殿の言っていた新顔か。ふむ……良いだろう。お嬢も少しは真面目にやっているようだ。感心、感心」

揶揄うような口調ではあるが、レダは特に反応しない。このあたりが、ジョナス卿と名前を聞いた時の彼女の表情の理由だろうか。レダは続けて特に異常は見られなかったと報告をした。

「よろしい。エリック殿に了解したと伝えておいてくれ」

アルたち二人は礼をして下がろうとした。その時、ホールデン川の対岸に居た百羽以上の水鳥の群れが急に騒ぎ出し、大きな羽音をたてて飛び上がった。

「何事か?」

ジョナス卿は周囲を見回す。馬車の馬が羽音に驚いて嘶《いなな》いており、御者があわてて停車させている。衛兵たちだけでなく、後ろの隊商の連中も周囲を見回しており、アルも同じように周囲を見回した。雨のせいで視界はあまり良くない。

『知覚強化《センソリーブースト》　視覚強化 望遠』

アルは豆粒ほどの大きさの動いているものを見つけてはそれに焦点を当てて正体を確認してゆく。スズメ、逃げてゆく水鳥……なかなか脅威となりそうなものは見つからない。水鳥は臆病《おくびょう》な鳥だ。些細なものに反応したかもしれない。何度も確認作業を繰り返す。そしてようやく見つけた。

ヒツジクイオオワシ。

翼を広げた幅は五メートルを超え、大好物の羊をその両足で掴んでさらってゆくと言われる鷲の魔獣だ。頭部と羽根の先の羽毛が白く他の部分が茶色なのが特徴的なその姿は非常に力強く、貴族の紋章のデザインに使われることもある。南東の方角、川を越えた先を飛んでおり、徐々にこちらに近づいてきている。

「南東の空にヒツジクイオオワシ。距離は一キロ」

アルはそう叫ぶ。その声が聞こえた数人がその方角をじっと見た。ヒツジクイオオワシはそういっている間にも接近してきておりその姿は肉眼でも捉えることができるようになっていた。

「迎撃はマックとノエル。他は馬を抑えよ」

衛兵隊の隊長ジョナス卿は部下に指示を出す。馬は臆病な動物だ。もしヒツジクイオオワシが降下してくるようなことがあれば暴れる可能性が高く直接の被害よりもそれのほうが危険だと判断したのだろう。彼の指示に従って衛兵隊の大半が馬車に駆け寄った。

ヒツジクイオオワシは速く、五百メートル程まで近づいてきていた。すでに茶色と白の羽根模様はくっきりと見える。まっすぐこちらに向かってきており、隊商の何かを狙っているようだった。羽を広げた長さは七メートル程あり、標準的なものよりかなり大きい個体のようだった。アルは横で棒立ちになっていたレダの手を掴みエリックが乗っているはずの馬車の陰に彼女を誘導し、自分も身体を隠す。

その時にはすでにヒツジクイオオワシは百メートル程の距離であった。そこでクケーッと大きな叫び声を上げた。その声を聞いた馬が騒ぎ出す。衛兵たちの馬はなんとか抑え込んでいたが、後方の商人たちの馬車ではうまく制御ができなかったようで、大きな馬の嘶きと何かがぶつかるような音が起こった。ヒツジクイオオワシがアルたちの居るところをふわりと通り過ぎ、そちらに向きを変えた。

「いまだ、撃てっ」

タイミングを逃さずジョナス卿が叫ぶ。弓を構えていた二人の衛兵が矢を放った。

『魔法の矢《マジックミサイル》』

アルもそれに合わせて魔法の矢《マジックミサイル》呪文を放つ。いつの間にか馬車から外に出ていたエリックとフィッツの手元からもほぼ同時に光り輝く矢が飛び出した。

「クケーッ」

本物の矢と魔法の矢が次々と突き刺さったヒツジクイオオワシは悲鳴にも聞こえる叫び声を上げた。進路を変え上空に逃げようとする。点々と血が地面に飛び散り、アルの居るところにも届いた。ヒツジクイオオワシは上昇している途中にバランスを崩したのか回転を始め、やがて失速しふわりと空中で一瞬止まった。そしてそのまま完全に力を失うと空中を滑空してそのままホールデン川に落下したのだった。

「やった！」「おー」「わー」

賞賛の叫びが後方の商人たちから上がった。一部、せっかくの素材を惜しむ声もあったかもしれない。だが、ホールデン川の中はオオグチトカゲやリザードマンがうようよ居る危険な場所でとても死骸は回収できないだろう。アルは大河を流れてゆく死骸を眺めながら被害があまりでなかった事に大きく安堵のため息をついたのだった。

野営地

襲撃で馬が暴れていた商人たちの馬車は幸いなことに三十分程で落ち着きを取り戻した。それほど深刻な馬車の損傷などはなく隊商はすぐに再出発をすることになった。そして、アルとレダはその間にエリックの馬車に乗り込むことができたのだった。

彼の馬車は大きな屋根付きのもので席は二人ずつ前向きに三列設置されていた。盗賊の弓矢や蛮族の投石といった攻撃に耐えられるように木の板で囲われている。一番後ろはフィッツとエリック、一番前にはマーカスとルーカスが既に座っていたので、レダとアルは二列目に座ることになった。

出発してからは、たびたびエリックとフィッツの二人は呪文を唱えたり、目を瞑ってじっとしていたりを繰り返していた。何をしているのかはよくわからない。きっとおそらくレダが言っていた浮遊眼《フローティングアイ》呪文をつかって上空から周囲に敵が居ないか確認しているに違いないが、それを誰かに伝えたりしないのだろうか。

「念話呪文《テレパシー》です。発見した脅威をジョナス様に伝えています」

唱えている呪文を聞き取れないかと耳を澄ませているアルの様子を見て、レダが小さな声で教えてくれた。

「そうか、すごいね。これが護衛の魔法使いの仕事かぁ」

アルがそう呟くと、レダは自分がすごいと言われたかのように嬉しそうに何度も頷いた。

「移動中に僕たちが何かすることはないの？」

アルの問いにレダは軽く首を振った。

「たまに師匠方にお水をお出ししたりすることでしょうか。でも、されていることを見て憶えることも弟子の大事な仕事です」

アルは頭を掻いた。レダは緊張した様子でエリックやフィッツのすることを見つめている。だがマーカスとルーカスの二人は小さな声で何か雑談をしていた。アルもしばらくはその様子を見ていたが、やがていつもの呪文の練習を再開したのだった。


馬車の移動はそのまま続いた。やがて、もうすぐ日が傾くという頃になって、フィッツがようやくアルたちを見た。二人で交代しながらではあるが、ずっと浮遊眼《フローティングアイ》呪文や念話《テレパシー》呪文をつかっていた彼はかなり疲労困憊《ひろうこんぱい》と言った様子である。

「今日はいつも通り日没までには野営地に着きそうで、朝は日が出る少し前に野営地を出発する予定だそうだ。野営地に居る時間はおよそ十一時間だが。そこから到着後と出発前の一時間は除いて残った九時間は周囲の警戒を衛兵隊と協力して行う。今回はアルが居て我々は六人となるので二人ずつの組を作ることにする。レダとアル組、儂とマーカス組、エリック様とルーカス組だ。三時間ずつの交代としよう」

見習いの皆は頷く。さらにフィッツは説明を続けた。

「警戒作業の他に、アルには野営地の設営にあたり、周囲に光呪文《ライト》を使って極力死角のないように光を灯してもらいたいと思う。以前のテストでの光呪文《ライト》は素晴らしいものだった。あの後なんと翌日の昼過ぎまで灯ったままであった。おそらく光呪文《ライト》の熟練度だけで言うと私すら凌いでいるだろう。いくつぐらい同時に灯すことができる？」

呪文を唱えるのには精神力が必要だ。何度も唱えていると疲労して集中力が下がり、だんだんと失敗をするようになる。アルは以前のテストの後、その反省を踏まえて光呪文の継続時間や行使回数について確認を済ませていた。時間は二十時間、問題なく連続して行使できる回数も二十回ほどで、それを超えると成功率は極端に下がるというのがわかっていた。

「二十か所、二十時間です。それを超えるとかなり成功率が下がります」

フィッツは感嘆するように大きく頷いた。

「すばらしい。それほどか。正規の馬車は我々のものもふくめて十一台、一台に一つと考えても余裕がある。レダは彼が灯す場所を指示せよ。もちろん、マーカスとルーカスも彼に同行し、アルの詠唱をしっかりと見させてもらうように」

アルとレダは頷いた。一番前の列に座ったマーカスがアルの顔を見て感心したように何度も首を振った。

「二十時間はすごいなぁ。本当に見習いかよ。俺なんてせいぜい三つ、それも一時間ぐらいしか持たないよ」

彼の横に座っているルーカスもそうだとばかりに大きく頷く。

「明るくしすぎじゃない？　そうすると効果時間は短くなるからね」

アルがそう言うと、他の五人はそろって怪訝な顔をした。あぁとアルは思わず呟いて苦笑いを浮かべた。魔法使いにこの説明をすると大抵同じような反応なのだ。ここでこの話をするつもりはなかったのにと思いつつ、アルは魔法使いに対するいつもと同じ説明をすることにした。

「これを見比べてください」

アルは光呪文《ライト》を二度唱えた。右手の掌の上はロウソク一本と同じぐらい、左手の掌にはたいまつと同じぐらいの明るさの光である。明るさの違う二つの明かりを見て、五人はそろって驚き大きく目を見開く。ルーカスは思わずアルの腕をとった。交互に顔を近づけてじっと見比べる。

「フィッツ様は、先日のテストのとき、僕の光呪文《ライト》の光を見て、『明るさは問題ないな』って言ってましたよね」

唐突に話を振られて、フィッツは少し言葉に詰まり、一度つばを飲み込むと頷いた。

「そういえば、確かに言ったかもしれぬ……。長年指導をしているとたまに暗い者が居るのだ。しかし、それとこれとに何の関わりが……？」

アルはにっこりと微笑んだ。

「フィッツ様は無意識にせよ気付いておられるはずです。光呪文《ライト》の光の明るさが人によって違うってことに」

そう言われて、フィッツはエリックの顔を見た。そして目を合わせるとお互い軽く頷いた。

「違う……？　そう、そうだな。いや、だが、それと今君がして見せた二つの明るさの違う光呪文《ライト》とに何の関わりがあるというのだ？　それより明るさの違いの説明をしてくれ」

フィッツはアルの意図が読めずに少し苛ついている様子だった。エリックはじっとアルの話に耳を傾けている。レダとマーカス、ルーカスといった見習い連中も少し首をかしげながらお互い顔を見合わせていた。

「順番に説明しますね。光呪文《ライト》の呪文の書の記述を憶えていらっしゃいますか？　一番端に描かれているシンボルは全くの闇、そして、そこに徐々に表れる白くて丸い光り輝くシンボル。そしてそれに照らされ色づくものたち。僕は太陽が昇ってくるところだと思いました。他の魔法使いの方にきいてみたときも同じようなことをおっしゃっていました。みなさんはどうですか？」

そこで一旦アルは言葉を切った。エリックを含めて皆軽く頷いたり、首を傾げたりしている。それを見てアルは言葉を続けた。

「その明るさのイメージ、インスピレーションというべきでしょうか。それがきっと、光呪文《ライト》を使う際の光のイメージなのだと思います。そして、明るさの違いはイメージの違いだと考えました。それで僕は光呪文《ライト》を習得する際にそこを強く意識しました。その結果、そのイメージを意図することで明るさを変えることができるようになったんです。他の呪文にも変えることのできる部分があります。僕はそれをオプションと呼んでいます。光呪文《ライト》のオプションは明るさで、それを変えることによって時間も変えることができるんです」

「そんなバカな……」

フィッツは不思議なものを見るような顔をしてアルを見た。彼は肩をすくめて苦笑を浮かべた。

「実は同じような説明を僕は何度もしています。でも、誰も明るさを変えられた試しがありません。魔法を習った初級学校の先生はそれこそ何回も試してくれたんですが、うまく実現できないんです。なので、それ以上の話は信じてもらうしかないんですけど、僕が使う光呪文《ライト》の場合、その明るさによって効果時間が変わります。それでマーカス様が使う光呪文《ライト》は明るすぎるんじゃないかとおもったんですよ」

「いや、しかし……」

フィッツは何か言おうとしたが、エリックがそれを止めた。

「信じられないことだが、アル君が光呪文《ライト》の明るさを変えることができるというのは事実だ。まず、それを儂たちは認めねばならん。そして、魔法を教える立場である儂らはどうやって明るさを変えることができるのか光呪文《ライト》に向き合う必要がある。明るさによって効果時間が変わるという話の検証はその後で良いだろう。彼のあの魔法感知呪文《センスマジック》に関する疑問点も結局まだ解決していないが、それもこのあたりに原因があるのかもしれぬ」

エリックの話にフィッツはしぶしぶといった様子であったが頷いた。

「アル君、残念ながら光呪文《ライト》については私も完全にイメージとして習得してしまっていて、それの元となった呪文の書の記述については正確には思い出せない。今回の君の指摘したことについてはおそらく呪文の書を見直して、そこからどのようにイメージを構築したのかを思い出す過程が必要だろう。この護衛の仕事が終わってから、しばらくの間、それに協力してくれないか。もちろん報酬は用意しよう」

エリックの言葉にアルは少し考えこんだ。今まで何度か説明もし、実際に試してみた魔法使いも居た。だが、成功したためしがないのだ。だが、ストレートにそう言うと、エリックの能力を疑っていると受け取られかねない。

「他の人が再現してくれるというのは僕もそうしてほしいと思いますし、協力もします。でも……」

そこまで言ってアルは口ごもった。その様子をみてエリックは頷く。

「わかった。成功する可能性は低いと言いたいのだな。そして報酬となるとその金額も計算しにくいと。では違うやり方を考えよう。どちらにしてもこの護衛の仕事が終わってからの話だ。まずは無事に終わらせることにしようではないか。その後、どうするか提案させてもらう。それで良いか？」

アルの他、フィッツやレダたちも頷いた。話している間に太陽は既にシプリー山地から続く西の山々の稜線にかかりつつあった。小高くなった丘はもうすぐ頂上が見えるところまで来ており、おそらく頂上に着けばそこが野営地となるのであろう。見晴らしも良く蛮族や魔獣が近づいてきたらすぐにわかりそうな場所である。

「野営地はもうすぐだな。着いたらすぐに光呪文《ライト》の出番だ。アル、レダの指示に従ってよろしく頼むぞ」

フィッツがそう言い、アルとレダはそれに大きく頷いたのだった。


アルはレダの指示に従って野営地を順番に光呪文《ライト》を使って回った。レダは何度もこの隊商の護衛には同行しているらしく衛兵隊だけでなくほとんどの商人とも顔見知りであり、また、以前に灯した場所などもよく憶えていたので光呪文《ライト》を行使すべき場所を決めるのもスムーズであった。一通り設置して回った二人はエリックの馬車に戻ろうとしたところで、衛兵隊の隊長であるジョナス卿に声をかけられた。

「お嬢、新顔は頑張ってるようじゃないか」

「はい。野営地の光は配置し終えました」

レダは立ち止まり硬い表情でそう返した。アルはその横で軽く膝をつく。相手が騎士爵であればそうするべきだと考えたからだ。この都市に来た時のナレシュへの反応は彼にとって大きな反省材料であった。戦いの途中であればまた違うが、今は野営地で襲撃を受けているわけでもない。だが、アルの反応を見てジョナス卿は険しい顔で首を振った。

「新顔、そういうのはホーソン男爵閣下だけにしろ。ここは辺境、いつ戦場になってもおかしくない」

そう言われてアルは立ちあがった。軽く頭を下げるだけにして、すぐにジョナス卿の顔を見る。

「うん、それで良い。光はあと三か所程設置してもらいたい。今回、魔法使いの人数が増えたのだろう？」

レダはアルの顔を見た。既に設置した場所は十五か所であった。まだ大丈夫。アルは頷いて返す。もちろん、アルほどの効果時間はないもののレダも灯すことができる。

「はい、大丈夫です。どちらでしょうか？」

レダが問うと、ジョナス卿は野営地にしている丘に登ってきたなだらかな道を百メートル程下った辺りを指さした。

「あの辺りで頼む。あそこに明かりがあると、襲撃を見張りやすいのだ。夜中に点け直すときには護衛をだす」

そう聞いて、アルはこの野営地はこの道以外はどこも険しい崖や急な斜面となっているのに気が付いた。

「丘の上で光を使ったら、逆に危険じゃないかなと思っていたのですけど、もしかして……」

アルの問いにジョナス卿は大きく頷いた。

「その通りだ。よく気が付いたな。この辺りはまだまだ蛮族の数は多い。こうやって光をつけておびき寄せて退治しようとしているのだ。だが、このことは商人たちにわざわざ言う必要はないぞ。まぁ警備を抜かれるようなヘマはしないから安心していて良いのだがな」

ジョナス卿は平然とそう答える。非戦闘員である商人を連れているのにそれを囮にして蛮族を狩ろうとしている、辺境を開拓するという事はこういう事か……アルは少しショックを受けながらも頷いた。こういうのを理解してフィッツは明るさや効果時間を聞いていたにちがいない。とりあえず彼に丘の上からの弓の有効射程といった話を聞きながらどの辺りに光があると良いのか確認し、その通りに設置したのだった。一応光は朝までもつというのも説明しておく。

「なかなか飲み込みもいい。ヒツジクイオオワシのときも俺たちより先に見つけたしな。ホーソン男爵閣下に新しい見習いは若いのに優秀だと報告しておこう。お嬢もがんばらねぇと追い抜かれるぞ」

アルはお辞儀をして礼を述べた。横でレダは顔を強張らせている。二人はそのままジョナス卿と別れ、エリックの馬車に向かった。

エリックの馬車に戻ると、夕食が始まっていた。辺境都市の外側では臭いで蛮族を引き寄せないために煮炊きはしないのが常識であったがこの隊商では天幕の下で火が焚かれ、スープが用意されている。干し肉の他に、柔らかい白いパンとドライフルーツまでついていた。

「へぇ、干しブドウだ。甘くておいしいね。パンも柔らかいなぁ」

アルは食事をルーカスから受け取って馬車を背にもたれかかると、すぐに食べ始めた。彼にとって白いパンやドライフルーツは贅沢品であった。中級学校の寮ではたまに出たが、子供の頃は年に一度の祭りのときに食べられたらその年は幸せな年だと言えるぐらいのものであったのでそのイメージが強い。

「魔法使いなのだから、当たり前でしょう」

レダは馬車から下した木の箱に座った。すでに食べ終わっていたマーカス、ルーカスは水筒の水を飲みながらアルの反応を不思議そうにしている。

「うちは、田舎の貧乏貴族だったからね。そうも行かなかったんだよ」

アルはそう言って苦笑いを浮かべる。彼の父は騎士であったが、治める村は山奥で収穫は少なかったのだ。三人は食べながら見習い同士で出身の話などをした。マーカス、ルーカスの二人は似ていると思ったが母親が姉妹で二人はいとこ同士にあたるらしい。父親は三人とも辺境都市レスターで子爵家に仕える準騎士爵ということだった。皆、嫡子ではなく上に兄や姉が居るという点ではアルと同じような身分だった。辺境都市レスターの初級学校を卒業した後、すぐにエリックのところに弟子入りしたのだそうだ。弟子入りしたときには同期にはもっと人数が居たらしいが、そのほとんどが魔法の才能がなく辞めていったらしい。レダが一番年上で弟子入り七年目、マーカスとルーカスは六年目ということだった。

「ということは、僕はレダ様の一つ下、マーカス様、ルーカス様と同じ年かぁ。もうちょっと背が伸びないかなぁ」

アルは三人を見た。皆アルより十センチ以上背が高い。

「まぁ、がんばって沢山食うんだな」

ルーカスがすこし苦笑いしながらアルの肩を叩いた。アルががっかりしたような様子をしていると、黙々と食事を進めていたレダが立ちあがった。

「アル、私たちの見張りの担当は一番最初です。そろそろ行きましょう。ホーソン男爵閣下の馬車の近くが衛兵隊の指令所になっているはずです」

到着後の最初の一時間はそろそろ終わりであることにアルは気が付いた。おしゃべりに夢中になってしまっていたらしい。急いでスープの器を残ったパンで拭うと、それを口に放り込み、先に歩き始めたレダを追う。

「衛兵隊に協力というのは何をするんですか？」

「見張りですね。あとは魔法の矢呪文《マジックミサイル》で援護です。私たちは共に一本なのでそれほど戦力にはならないでしょうが、ゴブリン相手程度であれば十分倒せます」

一本しか飛ばさなかったのは……アルは訂正しかけてまぁ良いかと思い直した。

「わかりました。ちょっとトイレをしてからすぐに追いかけます」

「いそいでくださいね」

アルを置いてレダはさっさと歩き始めた。


レダを見送った後、アルはトイレではなく、野営地の中でも暗くなっている所に足を向けた。それは正規ではなく、隊商とたまたま同じ道を行くという体裁をとっている非正規の隊商連中が夜営をしようとしている場所であった。

彼らの居る場所もアルたちと同じ丘の頂上付近の平地である。だが、隊商の正規参加者ではないため、正規の隊商たちの馬車とは少し離れた場所で自分たちのランタンや焚火だけが頼りの夜営であった。とは言っても普通の夜営はそれが当たり前で、この危険な地域で衛兵隊がこの付近を警備しているというのは、それだけで十分利点があるだろう。

そこに向かったアルの目的は隠蔽呪文《コンシール》によって隠された木箱を馬車に乗せていた男の様子を確認することであった。自分が隠蔽呪文《コンシール》を習得していることが露見することを恐れて報告はしなかったものの、まったく放置していて隊商が危険に晒されるということは避けたかったのだ。

非正規の隊商連中は一ヶ所に集まったりはしておらず、思い思いの場所に馬車を停めていた。アルが気にしていた男の馬車は似たような馬車と二台並んで停まっていて、その近くに朝に御者をしていた男も含めて三人の男が焚き火を囲んでいた。雨除けの屋根だけの天幕を張っている。アルは木陰などを利用して近づいてゆく。霧のような雨のおかげで足音はかき消されており、三十メートル程の距離まで近づくのは容易であった。そこまで近づいたアルは、身を潜めつつ、三人の話している内容が聞こえないかと聴覚を強化したのだった。

『知覚強化《センソリーブースト》　聴覚強化』

とぎれとぎれであるが三人が話している内容が漏れ聞こえてきた。

「……オークレー村は一番最後だな」

「ああ……サボっても……」

「……仕事してるふりをしなきゃ……あの子供……」

「……隠蔽呪文《コンシール》だぞ？　魔法感知《ディテクトマジック》でも……見つかるわけがねぇ」

「……三時間ぐらいしかもたねぇ……」

「……必要だっていう品物もこうやって安全に……」

「……護衛付きでなきゃ……」

「……衛兵隊さまさまだぜ」

「……」

そこまで話したところで男たちは急に笑い出した。アルはあわてて地面に伏せる。話していた内容からするとこの三人の目的は隊商襲撃の手引きではなく、隊商を利用しての密輸のように思えた。襲撃ならもっとタイミングなどを話題にするだろう。名前が出ていたオークレー村は運び先、三時間ぐらいしかもたないというのは隠蔽呪文の効果時間の事に違いない。

もう少し話を聞きたいと思ったが、三人の男たちはそこで話を止めたようで焚火に土をかぶせていた。とりあえず顔を確認しておくかとアルは呪文をかけ直す。

『知覚強化《センソリーブースト》　視覚強化　暗視　望遠』

二人の顔を見てアルは首を傾げた。どこかで見たことのある顔である。領都か、それともこの辺境都市レスターに来てからだっただろうか。しばらくの間首をひねって考えてみたが思い出せない。それより、そろそろ戻らなければいけない時間だ。あの男をどうするか気になるが、今すぐ捕まえなくても大丈夫だろう。アルはそう判断して物陰から静かに離れ、ホーソン男爵の馬車の方向に走りだしたのだった。

アルがホーソン男爵の馬車のところに到着した時には、衛兵隊の面々はすでに行動を開始しており、レダだけが一人、腕を組んでアルを待っていた。

「遅いです。何をしていたんですか？」

「ごめんなさい、レダ様。お腹が痛かったんです。でももう大丈夫です」

アルは頭を掻いてごまかした。レダは仕事だというのに体調管理がなってないとかブツブツ言っていたが、そこは謝っておく。彼女はやっぱり真面目な人らしい。

「衛兵たちは野営地の入口となる坂道の防衛と、野営地内の巡視で二手に別れるそうです。私たちも衛兵たちとは別に巡視をおこないます」

レダの説明にアルは頷いた。野営地の縁に沿って一周となるとおそらく一キロぐらいだろうか。見通しや足場が悪い所もあるのでおそらく一周三十分といったところだ。

「では行きますよ」

そう言って、彼女は光呪文《ライト》を唱えて自分の持つ杖の先端を光らせた。アルは自分に暗視の視覚強化をしてからその後ろをついてゆく。

「思ったより蛮族に遭遇するんだね。昼間は十体ぐらいは退治したでしょ。夜もかなぁ」

「移動中は十二体と遭遇しました。前回、四月の時は十一体でしたので、ほぼ変わりません。この野営地では二十六体の襲撃を受け、私たちの担当する時間帯では九体でした。おそらく同じほどの襲撃があるとおもいます。注意しなさい」

アルはそれほどの襲撃があるということ以上にレダが正確に憶えていることに目を丸くした。三カ月前の護衛の仕事でうけた蛮族の襲撃内容をこれほど憶えていられるものだろうか。

「きちんと記録を作成してエリック様に提出していますし、その度前回のときの記録は見直していますので、数字ぐらいは憶えていますす」

レダの説明にアルは肩をすくめる。前回の話を聞きながら、二人は野営地の一番北の突端辺りに着いた。入口となっている斜面からはほぼ反対側である。アルたちはそこから下を眺めた。

「ちょっと待って、ゴブリンだ。七十メートルほどかな」

知覚強化呪文《センソリーブースト》で視覚を強化しているアルには下の斜面に生えている低い灌木《かんぼく》の陰に動く、身長百二十センチほどのやせたゴブリンの姿がはっきりと見えた。ジョナス卿が指示して増やした明かりがその周囲をうっすらと照らしている。ゴブリン、幼いときに襲われた時の記憶は今も鮮明に残っている。冒険者としての仕事をこなす中で何度も倒した相手だが、未だにその姿を見ると以前の恐怖がよみがえってくる。アルは胸に下げたペンダントをぎゅっと握りしめて大きく深呼吸をし、キッと睨みつける。

「片付けるよ」

「え？」

『魔法の矢《マジックミサイル》　収束　距離伸張』

レダにはぼんやりとしか見えていないようで、横で疑問の声を上げる。だが、アルはそれを気にせずに呪文を唱えた。いつものように複数の矢を一本に集めた詠唱である。彼の手元から青白い魔法の矢が一本、闇を切り裂いて崖下に飛んで行く。プギィと下でゴブリンらしい悲鳴がした。つづいてドサッと音が聞こえる。アルにはゴブリンに魔法の矢《マジックミサイル》が命中し、倒れたのが見えていた。

「まさか、あれがゴブリンだった？　それもあんなに離れて届くのですか？」

　レダは驚きのあまり顔を強張らせる。

「オプションの話、レダ様も聞いていたよね。魔法の矢は熟練度が上がると矢の本数が増えるのは知っていると思うけど、オプションを使うとそれを一本に纏めることができるんだ。二本の矢を一本に纏めて威力を高めるか、或いは飛距離を伸ばすか選べる。威力の強化具合はうまく測れなかったけど、飛距離だと二本を一本にすると一・四倍ぐらい、三本だと一・七倍ぐらい伸びる感じなのは測ってみた。今、僕は九本飛ばすことができるから、それを一本に纏めて距離を伸ばすとおよそ三倍、九十メートルぐらいなら届くよ」

「そんな、まさか……」

　アルはそこまで説明するとにこりと笑った。レダはありえないとばかりに首を振る。

「でも、今見たよね？」

「それは……、でも魔法の矢呪文《マジックミサイル》の射程距離が延びるなんて、すごい事ですよ？　魔法での戦い方が変わります」

「そんな大げさなことじゃないでしょ」

　アルはふふんっと軽く笑ったが、レダは目を見開き、強張った表情で首を振りながら言葉を続ける。

「それに、九本と言いましたか？　熟練度がそんなに高い？　それもありえない」

　魔法の矢というのは攻撃呪文であり、当然訓練にも危険を伴う。彼女もエリックの館で熱心に練習をし、蛮族狩りなどを積極的に行っていたが、まだ一本のままであった。

「ああ、それも同じことだよ。オプションを使えば威力を弱めることもできるんだ。それならどこででも練習ができるでしょ。あんまり続けると頭が痛くなってくるけど、間を空ければまた練習できる。僕はそうやって時間を見つけては練習しているんだよ」

「そんなに簡単に練習が……」

レダはぽかんと口を開けて固まってしまう。

「ほら、レダ様、もうこっちは大丈夫そうだから次に行きましょう」

アルは相変わらずの様子でにっこりと微笑んだ。


レダはアルの魔法の使い方に感嘆し、どのように行ったのか興味津々で何度も聞いてきたが、アルの言うとおりにしてもその再現はできなかった。二人はそのまま巡視を続け、アルは同じように何度もゴブリンやリザードマンをしとめて見せたのだった。このアルの暗闇を見通して放つ魔法の矢《マジックミサイル》呪文は衛兵隊のメンバーから見ても衝撃的であったようで、衛兵隊のメンバーも驚きを隠せなかった。

受け持ちの時間が終了し警備担当交代の報告に来たアルに、衛兵の一人が話しかけた。

「すげぇな。お前たしか三ヶ月ほど前に血まみれ盗賊団を退治したときにバーバラ姐さんと一緒にいた魔法使いだよな？」

「えっ？　どうして知ってるんですか？」

彼はプラシダというらしい。詳しく話を聞くと、バーバラと二人で血まみれ盗賊団の拠点に残る盗賊を片付け、ラスたちを救出したときに、生け捕りにした盗賊たちを引き取りにきた衛兵隊の一員であった。

「お前さんは憶えてないかもしれないが、あのとき、俺はアイヴス小隊長と一緒に居たんだぜ。廃墟の村に向かう途中、バーバラ姐さんがお前さんをべた褒めしてた。本当かよってその時は思ってたが、今日はよくわかったよ。お前さんはすげぇ」

アルは照れて頭を掻く。彼としては特別なことをしたわけでもないのだ。

「あの時はバーバラさんが凄かっただけの話だし、今日も衛兵隊の皆さんが作ったから上手くやれたってだけです。丘の上から油断してる蛮族を攻撃しただけですよ？」

「それだけじゃねぇと思うんだがなぁ……。血まみれ盗賊団を倒した後、どうしてたんだよ。ナレシュ様と同じ学校だったんだよな。てっきり、ナレシュ様の推薦を貰って子爵様に仕え、俺たちの上司とかになるのかなと思ってたんだがなぁ」

「いえいえ、僕なんてとても……」

アルはそう返事をしたが、その時はっと気が付いた。見覚えがあるような気がしていた二人、あの二人組はラスたちと一緒に辺境都市レスターに到着していたときに彼の妻であるローレインたちを監視していた男たちによく似ていたのだ。

「プラシダさん、えっと、あの後血まみれ盗賊団で捕まえられなかった連中ってどうなりました？」

アルはあわてて尋ねた。

「引き取った連中は強制労働で鎖につながれて蛮族の処理場で働かされているはずだが、他に逃げた連中については結局見つからなかったな」

アルは辺境都市レスターに到着してすぐの出来事を彼に説明した。血まみれ盗賊団はラスを生け捕りにして彼の家族に身代金を請求しており、彼の家族を見張っていたらしい連中が居たこと、その連中を追跡してみたら逆に襲われた事、そして、その二人組がこの隊商についてきた連中の中にいる三人組のうちの二人によく似ているという事もだ。

「へぇ、そいつは気になる話だな。だが、これっていう証拠はねぇのか。貴族なら証拠がなくても捕まえることもできるだろうけどよ。俺たちはそういう訳にはいかねぇんだ」

アルは首を振った。明確に証明できるものはない。もちろん隠蔽呪文《コンシール》によって隠された木箱は明確な証拠になりうるかもしれないが、アルとしてはそれの存在を言えない。証拠はないと聞いてプラシダは考え込んだ。

「わかった。盗賊と疑われる男が居るというのはジョナス小隊長に報告しておく。俺ならアルが言ってるのならと信用するが、そこはジョナス小隊長の判断って事になるんで了承しておいてくれ」

アルは頷いた。今まで報告できずにいたことについて少し胸のつかえがとれたような気もした。場合によっては無記名の投書をしなければならないだろうかとまで考えていたのだ。だが、これで衛兵隊も注意するだろうし、アルが監視していたとしても怪しまれないだろう。

「じゃあ、僕は交代してきます」

「ああ、おやすみ」

プラシダに手を振りアルはエリックの馬車に向かう。レダは先に馬車に戻っており、次の当番であるフィッツに引継ぎを始めていたようだった。

「アル、私はフィッツ様ともう少し話がありますので、先に寝ておいてください。馬車の座席を使って構いません」

アルはそう言われて素直に頷いた。きっと彼女なりの詳細な報告をするのだろう。野営での睡眠時間は貴重で、それに付き合う必要はないとレダは判断してくれたにちがいない。彼はさっさと馬車の自分の席につくと背負い袋から毛布をとりだしてくるまる。雨で地面は濡れているので乾いた場所があるだけ有難い。

「彼の魔法はおかしいです……」

外の焚火でレダがフィッツにそんな事を言っていた気もするが、アルは初めての護衛の仕事で疲れており、それを気に留めることなく眠りについたのだった。

木箱《チェスト》の中身

翌朝、出発の準備をしていると、アルのところにケーンが衛兵のプラシダと一緒にやってきた。エリックはケーンに対してお辞儀をしている。こういう力関係なのかとアルは少し考えたが口には出さずにおく。

「おはよう、アルフレッド君……じゃなくてアル。なにか慣れないな」

「おはようございます。ケーン様」

アルがそう返すと、ケーンは首を振った。

「いや、だから、ケーン様っていうのは周りから変な眼で見られるからやめてくれよ。エリック様は僕のような下っ端の内政官見習いに対しても丁寧に話をされ、ケーン殿と呼んで下されるけど、それは他の見習いについても同じだからあまり問題にならない。だけど、君が単独でそういう風に呼ぶと何か裏があるんだろうって変な話になるんだってば。それでさ……」

ケーンは強引に話題を切り替えた。彼は朝の会議でアルが活躍した事、そして盗賊らしい男が混じっているという事の二つの報告があり、この隊商の責任者であるホーソン男爵にアルの話を聞いてくるように言われたらしい。

「ホーソン閣下はちょっと尊大なお方だけどね、内政局のなかではかなり力を持たれてるんだ。そしてナレシュ様とも親しい。僕もナレシュ様の友人として信頼してもらっているんだ」

「うん……」

アルはかるく頷く。辺境都市レスターを治める子爵家の中にナレシュ派とかそういったものがあるのだろうか。ケーンの言い方はアルにはそういう風に聞こえた。ナレシュは子爵家の次男であって嫡男ではなかったはずだ。以前中級学校で話をしていたときは、彼は兄を支えて立派な騎士として働くのだと言っていた。

「君の事をナレシュ様と一緒に中級学校に居たと説明したら、それなら君が言う三人の事についてアルとプラシダ殿に協力して調査させよという話になったんだよ」

悪くはないが、なんとなくやっかいなことになったような気がする。アルはそう感じたものの、三人の調査については彼自身もしようと思っていたことだ。とりあえず頷く。

「わかったよ。えっと、エリック様には？」

「うん、ちゃんとアルにそういう調査を行ってもらうという説明はしておいた。フィッツ様はすこし渋い顔をされていたけどね。とりあえずプラシダ殿と相談してどうしたいかを考えて僕に話をしてほしいんだ。そうしたらエリック様や衛兵隊の隊長のジョナス卿とは僕が調整する。それでいいよね」

アルとしては頷かざるを得なかった。そしてプラシダのほうを向く。彼は拳をにぎって頑張ろうといった感じのジェスチャーをしてみせた。もしかしたら彼はこれを出世のチャンスと考えているのかもしれない。思いがけない展開にアルはちょっと頭が痛くなったのだった。

「じゃあ、とりあえずその男に直接話を聞くか？」

プラシダの身長はおよそ百九十センチ、体格はごつくて、顔もかなり迫力がある。彼にいきなり話しかけられたら普通の人だと震えあがってしまうだろう。だが、相手はたぶん盗賊だ。さすがに素直に自分が何をしようとしているのか白状するとは思えない。アルは軽く首を振った。

「騒ぎになったら隊商の行程に遅れが出ちゃう。ここで声をかけるのは止めましょう」

プラシダはそうなると拙いなと言って素直に頷いた。彼によると、今日は昼過ぎに最初の訪問予定地であるローランドという名の開拓村に到着する予定らしい。ただし、衛兵隊は近くに蛮族の集落ができていたりするとその討伐にかり出されるのだという。

「俺は男爵の指示があるから、討伐には引っ張られないだろうけどな……」

プラシダはそう呟いた。アル自身の仕事もレダに確認しないといけないが、昨日一日移動中に見習いの出番はなかったし、到着後も野営ではないということであればそれほど仕事はないだろう。

アルはどうするのが良いのか考え込んだ。

やはり一番に確認したいのは隠蔽呪文《コンシール》によって隠された木箱だった。いままでの隊商の状況から言っても普通の馬車が開拓村に行くのはかなり危険な道のりであると言えた。だからこそ、この隊商を利用して何かを運んでいるのだろう。

中身は馬車でしか運べないかなり重たいものか嵩張るもの、少なくとも背中に背負っては行けないようなもの、何かはわからないが、それが犯罪に関わるものだとわかれば、三人を拘束ができるにちがいない。

「そのローランドって村ではどういう形の宿泊になるのかわかります？」

アルが尋ねると、プラシダは何度も開拓村を訪れているらしく旅人はかなり少なく宿屋などはないと教えてくれた。ホーソン男爵と魔法使いは村長、副村長の家に泊まるのだという。衛兵隊は駐屯所の前に訓練場があるのでそこを利用する予定で、商店によっては支店があるところもあるらしい。それ以外の大半は村の広場に野営することになるらしかった。

「じゃあ、夕方ぐらいまでは僕一人で調べます。プラシダさん、調査が終わるまではしばらくの間は男に声をかけるのは待ってください。それまでは怪しまれないように普段と同じ仕事をしておいてもらえますか？」

プラシダは残念そうに軽く頷く。その横でケーンは大きく頷いた。意外とケーンもこういった調整ができるらしい。アルはそう思ってすこし見直したのだった。

†

開拓村の一つであるローランド村というのは人口が五百人ほどの大きな村のようであった。周囲に広がる収穫が終わったばかりの農地にはところどころ見張り台が設置されていて、隊商が近づいてゆくと、見張り台からは自警団であろう連中が手を振ってくれた。隊商の先頭に立つ衛兵隊も手を振り返す。

アルはその様子を隊商の行列の最後尾近くを歩きながら眺めていた。

午前中の行程でアルは三人の様子を隠れてずっと確認し、木箱をのせた馬車の御者はバシェル、おそらく血まみれ盗賊団の生き残りである二人はヴァンとヴァーデンという名前で呼び合っていることを突き止めた。この二人はレスターに到着したばかりの時に尾行したアルを待ち伏せて攻撃してきた二人であると確信できたのだった。さらにこの三人以外にこの隊商をついてくる連中の中には仲間がいないであろうことを確認していた。

そして、もう一つ分かったことがある。それはバシェルが一定間隔で木箱に触れているということだった。その間隔はおそらく三時間。立ち聞きした話から隠蔽呪文《コンシール》の効果時間がそうじゃないかと推測していたが、それで間違いないと思われた。アルと比べてかなり時間は短いのだが、習得したばかりの頃の効果時間はこれぐらいだったかもしれない。そして、これによってバシェルが魔法使いであるということもほぼ確定となった。

もうすぐ村に到着するというのがわかって、アルは目立たない程度に足を速め、列の先頭辺りに居るプラシダのところにまで進む。追いついたころには先頭集団は既に土塁と柵で守られた村の建物が並ぶ区画に入っていた。一番目立つ建物は村長の家だろう。村の広場に面したところに地母神イーシュの教会があるのもこの辺境伯領ではよく見られる風景であった。

村に到着したアルはすぐに何人かの信心深い連中にまぎれて教会に入った。中央の女神像に軽い礼拝をした後、一人鐘楼に上る。高さはおよそ十五メートル程だろうか、アルの想像したとおり村の広場が一望できた。

『知覚強化《センソリーブースト》　視覚強化　望遠』

アルは鐘楼の上で身を隠しつつ、開拓村の広場でそれぞれ野営の準備などをしている連中を眺めた。バシェルとヴァン、ヴァーデンの馬車は村の入り口の処理場で積んでいた蛮族の死骸を降ろしたようで、からっぽの状態で丁度広場に入ってくるところであった。

『魔法感知《センスマジック》』

バシェルが乗る馬車の荷台にはまだ青白く光る半透明の木箱が載っていた。午前中に観察した結果から計算すると、あと一時間ほどで隠蔽《コンシール》呪文はかけ直しする必要がある。

アルは迷った。その時間に合わせてプラシダにバシェルを拘束してもらうという手もある。それであれば隠蔽《コンシール》呪文の効果が切れた木箱は姿を現すことになるだろう。だが、中身が何かわからない状況でそれに踏み切るのは確実とは言えない。それに、昨夜は確認できなかったが、夜はバシェルも眠るはずだ。隠蔽呪文《コンシール》の効果が切れているタイミングもあるかもしれない。アルはもうしばらく観察を続けることにした。

三人は、他の連中から少し離れた広場の端に馬車を停めることにしたようだった。道からも遠いあまり人気のない所だが、その分目立たない場所でもある。さらに三人組は木箱が載る馬車を奥に、そしてもう一台の馬車をその手前に停めた。間に天幕を張っており、道からは奥の馬車が見えないだろう。

かなり用心深い行動であるが、逆にアルとすればこの村に居る間、木箱には隠蔽呪文《コンシール》を使わないかもしれないという期待が膨らんだのだった。

しばらくして、バシェル達三人は木箱に近づいた。何をするのだろうとアルが注意深く見ていると不意に木箱は姿を現した。隠蔽呪文《コンシール》を解除したのかもしれない。呪文はもちろん術者が望めば解除することが可能である。

錠がついているようで、バシェルがウエストポーチから取り出した鍵でそれを開ける。そして三人は周囲に注意しながら蓋を開けた。

その中には汚れた大きな麻の袋が一つ入っていた。それも人間の足らしいものがそこから飛び出ている。華奢で濃い紺色の長いスカートが見えることから若い女性のようであった。その足はぴくりとも動かない。死んでいるのかもしれない……。隠蔽呪文《コンシール》は相手の同意がなければ他人には使えない呪文である。それを考えれば死体ということになってしまう……アルはじっとその様子を観察し続けた。

　上からかぶせていた麻の袋を男たちは三人がかりで外すと中身はやはり若い女性であった。麻の袋が外され、その女性の顔を見たときにアルは凍り付いた。アルにはその女性に見覚えがあったのだ。彼女とは中級学校で同じクラスであり、レビ商会の長女のルエラであった。

　アルは胸の水晶のペンダントを握りしめてじっとその様子を見つめた。彼女とはあまり親しいわけではなかったが、全く知らない相手ではない。この三人が殺したのかとアルは激しく動揺した。

　着衣には少し乱れがあったが、脱がせて着せたとかではなく、麻袋を外した事でそうなっただけだろう。レスターで彼女を攫い箱に入れて運んできたということか。死んだことが信じられずにアルは観察を続ける。いや、死んでいないかもしれない？　微かに胸の辺りが上下しているような気がした。肌の色も死体とは思えない。おかしい……アルはさらに知覚強化を切り替えて観察を続けた。


　ルエラは生きている。逃げ出す様子もなくぐったりしているところ見ると、魔法か薬かで意識を奪っているのであろう。アルの結論はそれであった。この状況の相手に対して隠蔽呪文《コンシール》が有効であるというのは極めて意外であったが、おそらく彼女が生きているということに安堵のため息をつく。

　救出をしなければいけない。アルはプラシダに連絡しようと立ち上がりかけて止めた。以前、オークに攫われた女性の話を聞いたことがあった。彼女は救い出されたが、オークに攫われた女性ということで悪い噂がたち、当時婚約していた相手とは別れる羽目になったらしい。女性にとって、

こういった事は醜聞になりかねない。特にルエラはナレシュの婚約者だ。盗賊に攫われたということは噂として独り歩きするかもしれない。

それにバシェルは魔法使いでどのような呪文を習得しているかわからないという懸念点もあった。ルエラを人質にとられるという可能性もある。いきなり襲撃をして救出作業をするよりは何かしらの作戦を立てたほうが良いだろう。果たしてどうするのが良いのか、どこまで話せば良いのか……。そんな事を考えながらアルは三人の様子の観察を続けた。三人はルエラに用意した木の椀から何かを飲ませた後、木箱の中に仰向けに寝かせ、再び蓋を閉めて鍵をかけた。そして、木箱は再び隠蔽《コンシール》呪文がかけられたらしく、見えなくなってしまったのだった。

アルは身を隠していた教会の鐘楼から急いで降りてくると、村長の家に向かった。ケーンと話し合うためだ。隊商の中で誰を信頼してどう動けばいいのかというのはアルにはよくわからない。ルエラの事を話せそうなのは彼しか思いつかなかったのだ。彼自身はかなり忙しそうにしていたが強引に呼び出す。

「ちょっと……今は忙しいんだよ。ホーソン男爵はせっかちだからさ」

「ルエラさんの命と将来がかかってるんだ」

不満を言うケーンにアルは焦った様子で近づき、そう耳元で囁いた。

ケーンはわけがわからないという顔をした。アルは人気のない所にケーンを連れ出し今見てきたことを伝えた。ただし、木箱については、事前に知っていたとは言わず、急に姿を現したと説明した。

「えっ？　そんな……。レビ商会の馬車はこの隊商にも参加してるよ？　連中は何もそんな事は言ってない」

ケーンは信じられないという顔をした。だが、アルが見てきたことに間違いがなさそうだと理解すると彼は周囲を見回した。そしてブツブツと呟きながらどうすべきか考え始めた。

「アル、隠蔽呪文《コンシール》というのは三時間毎にかけ直す必要があるんだよね。解除はできないの？」

アルは首を振った。魔法解除呪文《ディスペルマジック》というものはあるはずだが、アルは習得していない。

「エリック様かフィッツ様ならそれを解除する呪文が使えるかもしれない。でも呪文の熟練度によって解除できるとは限らないはずだ」

そっか、ケーンはまた考え込んだ。そして何度も首をひねって、そのあと大きなため息をついた。

「だめだ、わかんない。僕は内政官であって、衛兵じゃないんだ。とりあえず誰かに相談しよう。ジョナス様がいいと思う。あの人は衛兵隊小隊長としてレスター子爵閣下の信頼は厚い。ちゃんとルエラ嬢の名誉も守ってくれると思うよ」

それだと事情を知る人間が増えてしまうじゃないか。ケーンの言葉にアルは最初躊躇い、何か反論しようとしてはっと気が付いた。もう、アル自身が隠蔽呪文《コンシール》を習得している事が露見する恐れはなくなっているじゃないか。自分ひとりで解決をする必要なんてない。ケーンの判断が正しいだろう。アルは自分を恥じつつ強く頷いた。そして、彼ら二人はその足でローランド村の衛兵隊詰め所に向かった。ジョナス卿は駐屯している衛兵たちと何か話をしていたが、ケーンは急用だといって彼を呼び出した。

「なるほど、話はわかった。あやしいと思って監視してたらおそらく隠蔽呪文《コンシール》で隠された木箱を積んでるのがわかったのだな。それも木箱の中には女性が詰め込まれていたと……」

アルとケーンはジョナス卿に今までの話をした。彼もアルが血まみれ盗賊団の生き残りかもしれない二人組を監視していたというのは知っていたので理解は早かった。

「その女性については配慮が必要です。できるだけ素性や誘拐の事実を知る人は減らしたいです。できればこの三人だけで……」

ケーンの言葉にジョナス卿は最初難しそうな顔をしたが、少し考えて頷いた。

「それが不正に関わることであれば容認はできぬが、女性の名誉というのであれば理解する。だが、私と君たちだけで三人を取り押さえその女性を救出するのは難しい。捕獲作業にはあと数人は必要だろう。木箱を押収した後の中身を確認するのは私と君たちだけということで済ませるのはどうだ」

ケーンは少し考え、アルの顔をちらりと見た。たしかに相手は三人だ。この三人で捕まえるのには無理があるだろう。アルが頷いたのをみて、ジョナス卿は言葉を続けた。

「ところで、その女性は丸二日箱の中で薬漬けだったということになる。薬師かなにかに見せなくて大丈夫か？」

アルとケーンははっとした表情で顔を見合わせた。

「その様子だとそいつは考えてなかったという顔だな。口の堅い治療師を私が手配するので、そこは信用して預けるがいい。その三人組には隠蔽呪文《コンシール》を持った魔法使いがいるというのであればエリック殿の協力が必要だ。ケーン内政官補佐、そなたはその調整をせよ。ホーソン男爵閣下に首を突っ込まれない様に上手にするんだぞ」

ケーンは頷く。その横でアルはいろいろと知らないことを指摘され、自分の力が足りないことを痛感して肩を落とした。

「そんな情けねぇ顔をするな。お前さんたちはまだ若い。できなくて当たり前だ。私は衛兵として何年もこの仕事をしてるんだぞ」

ジョナス卿はアルの頭を撫でた。武器を扱う戦士特有の大きくてごつごつした手である。

「よし、じゃあさっさと片付けるぞ。三十分以内にケーンは調整を済ませ、エリック様をつれてこい。村の広場の端、教会の前で待ち合わせだ。アルはそれまで三人組がどこかに行かないか監視してろ。なにかあったらすぐに知らせるんだ」

「はいっ」

ケーンとアルは元気に返事をしてそれぞれ走り出した。

「こっちはこっちでいろいろと手配だな……。しかし二人ともなかなかやるじゃねぇか」

ジョナス卿は一人呟くと詰め所のほうに足早に向かったのだった。

「隠蔽呪文《コンシール》で隠された木箱を発見したというのは本当ですか？　どうやって？」

アルが地母神の教会の脇に半ば身を隠すようにしながら見張りを続けていると、そこにケーンに連れられたエリックが足早にやってきた。

「隠蔽呪文《コンシール》かどうかははっきりとわかんないけど……」

アルは三人に教会の陰に隠れるように促し、木箱が姿を現した時や、見えなくなった時の状況を説明した。

「なるほど、その様子だと術者が解除したのでしょうね。透明呪文《インビジブル》、隠蔽呪文《コンシール》など、対象を透明にしたり認識できなくしたりする呪文というのはいくつか存在します。これらは魔法感知呪文《センスマジック》で見つけるのは難しい。かなりの熟練度が必要といわれています。魔法感知呪文《センスマジック》というのは全能ではないのですよ。でも対応策がありますよ」

『透明発見《ディテクトインヴィジブル》』

エリックは呪文を唱えた。そして何かを探しているかのように周囲を見回す。やがて、三人組が張っている天幕の向こうをじっと見た。

「たしかに透明化されたものがありますね」

「わかるんですか?」

アルは驚いて尋ねる。

「透明発見《ディテクトインヴィジブル》呪文の効果範囲はおよそ半径五十メートルです。これによって透明呪文《インビジブル》、隠蔽呪文《コンシール》の他、特性として透明化することのできる魔獣などの存在を感知することができます。感知してしまえば魔法解除呪文《ディスペルマジック》の対象にすることが可能になります。とは言え、確実に解除できるわけではないのです。解除の難易度は相手と自分の熟練度に左右されるというのは知っていますよね」

エリックの説明にアルは頷いた。

「存在はわかっているのです。おそらく何度か試みることができれば解除は可能でしょう。術者を含めて相手は三人という話でしたが、そこはジョナス様次第ですね。ああ、噂をすれば来られたようです」

　通りの反対側にジョナス卿とプラシダの姿が見えた。村の中とは思えないほどきっちりと防具に身を固めている。どういう風な戦いになるのだろう。自分は何かできるだろうか。誰も怪我などしなければ良いなとアルは心からそう思ったのだった。


「木箱か否かは判明しておりませんが、少なくとも何か透明化されたものは存在するようです。出発の際、探知はしたのですが、おそらく距離をとっていたのでしょう。狡猾なものです。油断しておりました」

　エリックからの報告を聞いたジョナス卿は頷いた。

「仕方あるまい。私も話を聞いたことがあるだけで実際に対応するのははじめてだ。何かが起こる前に発見できたのは幸いだった。透明発見呪文《ディテクトインヴィジブル》で探知し、魔法解除呪文《ディスペルマジック》で解除する。対処方法はそう聞いているが、エリック殿に願えるか」

　今度はエリックが頷いた。

「可能です。ただし相手の力量次第で解除できない可能性もあります」

「エリック殿にできなければどのようにしても捕まえることはできまい。その時は別の対処を考えねばならぬ。ケーンは腕に自信は？」

ケーンは全くありませんと首を何度も振った。

「ならば、ケーンはここで待機。おそらく薬師の娘が来るはずなので話をしておくがいい。残り四人は捕縛に向かうことにする。アルには頑張ってもらうぞ。抵抗した場合、私は魔法使いに対処するのでプラシダは他の二人を無力化せよ。盗賊ごときにてこずるとは思えぬが油断するな。エリック殿はもし相手が透明化したときの対処を頼む。アルはエリック殿のサポートだ」

「はっ！」

プラシダはかなり気合が入っているようで力強く頷いた。エリック、アルも続けて頷く。がんばれと応援するケーンを教会の脇に残し、四人はそのまま不審な三人が馬車を停めている広場に向かったのだった。

広場そのものの広さは一辺が四十メートル程のひし形となっていた。北西に傾いた斜面に作られたようで北と西側は土でかさ上げされて土塁のように、東と南側は広場に沿って道路となっていた。アルたちが居る教会はその通りの一番南西の端である。完全装備の衛兵隊二人と一緒にエリックとアルが広場に入ってゆくと、それに気付いたらしい村人や馬車を停めている商人たちが何かあったのかと好奇の目で見た。そして四人が向かっている方向を見る。広場の一番奥、北西の隅には、馬車が二台停まっているはずであるが、天幕があり奥の一台は見えない。三人の男がその手前側で焚火の用意などをしていた。

三人の男はアルたちに気が付くと、急いで立ち上がった。何か相談をしている。その様子を見て、ジョナス卿たちは足を速め近づいた。

「何か御用ですか？」

三人の男のうちの一人が先頭に立って近づいてくるジョナス卿に尋ねた。魔法使いで御者のバシェルだ。顔にはにこやかな微笑みを浮かべているが、身体は身構えていた。その左右に立っている盗賊団の生き残りであるヴァン、ヴァーデンの二人もいつでも腰の小剣を抜けるようにしており、警戒している様子がありありと見える。

「衛兵隊のジョナスだ。そなたらの馬車を確認する」

ジョナス卿とプラシダはそれ以上何も言わずにどんどんと馬車に近づいてゆく。ヴァン、ヴァーデンの二人はちょっと待ってください、何のために　といった質問をしながらジョナス卿とプラシダに取りすがるようにして足を止めようとするが、二人は黙って首を振るだけだ。

「だめだ、ヴァン、ヴァーデン、先にあっちを」

そう言ってバシェルは思いつめたような顔をして顎でエリックを指す。そしてジョナス卿たちを見て手を突き出した。

『麻痺《パラライズ》』

ジョナス卿とプラシダは大きく目を見開いて急に動かなくなった。麻痺《パラライズ》呪文とは文字通り相手を麻痺させる呪文だ。効果がはっきりしているので習得しようとする魔法使いは多い。ただし、相手が麻痺する確率は二回に一回程度であるという欠点があった。もちろんこれも熟練度によるのだが、確実性に欠けるので好き嫌いが別れるところである。だが、今回は衛兵隊の二人両方に効果があったらしい。

先手を打たれて、エリックは急いで魔法解除で麻痺を解除しようとする。だが、ヴァンとヴァーデンの二人は麻痺しているジョナス卿たちをすり抜けてアルとエリックに向かって走ってきた。

『閃光《フラッシュ》』

『魔法解除《ディスペルマジック》』

アルがヴァンたちに目くらましをしたのと、エリックがジョナス卿たちにかかった麻痺呪文《パラライズ》を解除したのはほぼ同時であった。怯むヴァンたちであったが、すぐに目をしばたたかせてアルを睨みつけている。効果は薄かったようだ。

「ちっ、こいつは前にも同じことをやったガキじゃねぇか」

「同じ手を二度も食らうかよ」

二人は小剣を片手にそんな事を言いながらアルたちに再び襲い掛かる。アルは後ろに下がりながらなんとか躱す。エリックは移動しながらその合間に魔法を使うというのに慣れていないようで、アルはエリックを庇いつつ背中で押すようにして後ろに下がる。

『盾《シールド》』

エリックが唱えると、アルの前に六角形をした光る盾のようなものが一瞬現れる。それとほぼ同時に一人がアルに切りかかった。躱しきれずにアルの左腕にその小剣が命中しようとしたその瞬間、再び六角形の盾の形をした光が一瞬だけ姿を現し甲高い金属音のようなものを響かせてその小剣を弾いた。

「今ので一回、あと二回ほどなら防ぐはずです」

「ありがとうございます。エリック様。気を付けて……」

アルは懸命に腰のナイフを構えてエリックを庇う。と、襲っていた二人がうぎゃぁと急に悲鳴を上げた。

「すまぬ、大丈夫か？」

ジョナス卿とプラシダであった。ようやく二人は動けるようになったらしい。一気に形勢は逆転し、ジョナス卿たちはヴァンたち二人を簡単に叩きのめした。

「ふぅ……」

アルは大きく息を吐いた。そして慌てて周囲を見回す。

「魔法使いが居ない！」

バシェルと呼ばれていた魔法使いの姿が消えていた。迫ってくるヴァンたちの対処に追われて、アルも彼がどうしていたのか注意を払えていなかった。

「透明化したのか？　エリック殿！」

『透明発見《ディテクトインヴィジブル》』

エリックは即座に呪文を使って周囲を探した。だが、すぐに首を傾げる。

「馬車のところに一つだけです」

その横でアルは目立たない様に魔法感知《センスマジック》呪文をつかうと、馬車を隠している天幕の奥に走っていた。木箱は上からみたときと変わらず青白い半透明の状態で馬車の上に残っていた。それを見て、アルは大きく安堵のため息をついた。これでルエラは救えるだろう。

その時、アルは広場の端に目立たない様に地面に杭が打たれロープが固定されているのに気が付いた。あわてて近づきその先を見る。ロープは土塁の下に伸びていた。五メートル程降りた先にはちょっとした雑木林があり、さらにその先はローランド村の集落が広がっている。

「ジョナス様、エリック様、こっちにロープが！」

アルは大声を上げる。三人が急いでこちらに走ってきた。

『知覚強化《センソリーブースト》　視覚強化　望遠』

アルは広場から集落を見下ろす。二百メートル程離れたところで立っている男の姿が見えた。

「あそこに男が……」

アルは指をさした。だが、男の姿はそのまま青白い半透明の姿に変わった。あの変わり方は隠蔽《コンシール》呪文か透明化《インビジブル》呪文ということだ。

「消えました……」

青白い半透明の姿で見えてはいるものの、それが魔法感知《センスマジック》呪文の熟練度が高いお陰なのか確信がもてないアルはそう呟かざるを得なかった。

アルは青白く光った男が逃げてゆくのを遠目に見ながら何か良い方法はないのかと何度も自問自答した。エリックの透明発見《ディテクトインヴィジブル》呪文の有効範囲は五十メートルしかないらしい。だが距離はそれ以上離れていて、アルの魔法の矢《マジックミサイル》呪文も届かない。あそこにエリックを連れて行くことができれば良いのだが、先ほどの一緒に戦った状況から考えるとエリックが走っても追いつけそうにはない。

「姿を消したのはどの辺りだ？」

アルがじっと見ている横にジョナス卿、プラシダの二人が立ち、同じ方角を見た。

「枝が三本伸びているあの木の辺り……。ここからは二百メートルぐらいです」

アルの話にジョナス卿が顔を顰めた。エリックが首を振る。

「探知範囲の外です」

このままでは逃がしてしまう……。エリックの様子をみながらアルはふと思いついた。エリック様はアイリスほどではないにしろ、オーソンほど体格は良くない。装備も軽そうだ。もしかして……？

「エリック様、この椅子に座ってください」

『運搬《キャリアー》』

アルは自分の前にある、宙に浮かび白く光っている椅子を引き寄せた。以前、アイリスを乗せて遊んだことのある円盤を変形させた椅子である。

「これは？」

「運搬《キャリアー》呪文の円盤を変形させたものです。ちゃんと肘置きがあるのでそこに掴まってください」

アルの勢いに押されてエリックは椅子にすわった。運搬《キャリアー》呪文の椅子は地面につくことなくふわりと宙に浮かんだ。

「エリック様。移動しながらなら無理かもしれませんが、その椅子に座った状態なら、透明発見《ディテクトインヴィジブル》呪文や念話《テレパシー》呪文は可能ではないですか？　もしそうなら、僕は、これでエリック様を運びます」

アルは必死だ。こう話している間にも相手はどんどん逃げているのだ。椅子に座らせられたエリックは戸惑ったままの表情で肘置きを握りしめている。

『透明発見《ディテクトインヴィジブル》』

彼はすこし緊張したような表情で周囲を見回した後、軽く頷いた。

「ああ、大丈夫そうだ。木箱の存在は分かる」

アルは真剣な顔をして頷いた。エリックはこれからどうするつもりなのかわからない様子でアルの顔をじっと見ている。

「ジョナス様。とりあえず追いかけます。でたらめに走っても、五十メートルの範囲内に捕らえることができれば、捕捉できるはず。そうしたらエリック様からジョナス様に念話を」

「わかった、我らはそなたを追いかける。走れっ」

ジョナス卿はようやく納得したような顔をしてそう叫んだ。

「はいっ」

『肉体強化《フィジカルブースト》　走力強化』

アルは五メートルほどの高さのある土塁を一気に駆け下りた。当然だが、エリックの座っている浮かぶ椅子も彼を追って勢いよく下る。

「うひょぉーーーーーーーーーーーーーっ?!」

エリックは必死に椅子の肘置きにしがみついた。アルは魔法使いではあるが、斥候としての能力

も高い。足の速さだけ見れば衛兵隊の連中と遜色なかった。その彼がさらに肉体強化呪文《フィジカルブースト》で強化したのである。彼の走る速度はまるで馬が全力疾走するかのごときであった。

「大丈夫ですか？　見つけたら言ってくださいね」

二百メートルはあっという間だった。男が姿を消した辺りでアルは一旦立ち止まる。後ろのエリックの息は荒い。近づきすぎるといきなり物陰から麻痺呪文《パラライズ》や魔法の矢呪文《マジックミサイル》で攻撃される可能性もある。アルは背後のエリックを木の陰に庇うようにしながら周りを見回す。

「ちょ、ちょっと、事前にどうするのか説明を……」

道はさらに北に伸びていた。だが、アルの視界には青白く光る男の姿が東側にある小麦の刈り取った後のだだっ広い畑の先に見えている。

「盗賊がまっすぐ逃げるとは思えないですね。右か左か……右、行きます」

なんとか理由を付けてアルはその青白く光る男を追う。

「いた、すこし右だ」

しばらくしてエリックがようやく声を上げた。まだ声はすこし上ずっている。透明発見呪文《ディテクトインヴィジブル》に反応があったらしい。アルはちらりと降りてきた方向を眺める。ジョナス卿はようやく土塁をロープで降りたところであった。

「まだ少し距離がありますが、届くようになり次第、ジョナス様に念話を送ります。そのまままっすぐ……」

エリックは必死な様子でアルに指示を出し始めた。もちろんアルは青白く光る姿が見えているので大丈夫なのだが、それをいう訳にも行かない。見えないふりをして、どこですか？　いるんですか？　などとわざと叫びながら、徐々に距離を詰めた。相手はエリックたちが自分の存在がわかっているのか判断できない様子で戸惑いながら広い麦畑を懸命に走っている。そのうちに、ジョナス卿たちが追い付いてきた。それを見計らってアルもバシェルと呼ばれていた魔法使いとの距離を詰める。三十メートルぐらいまでに近づいたところで、エリックが魔法解除呪文《ディスペルマジック》を使う。

バシェルの姿が現れた。その姿を視界内に収めたジョナス卿とプラシダが一気に距離を詰める。バシェルは魔法を唱えようとしたが、その暇もなく、彼らの体当たりで吹き飛ばされ、何もすることができないままその場に沈んだのだった。

「おお、さすがです。助かった」

ふわふわと浮かぶ椅子に座っているエリックが安堵ともとれるような声を上げた。

アル、エリック、ジョナス卿、プラシダの四人がバシェルと呼ばれた魔法使いを縛り上げて広場の北西の隅に戻ってくると、そこではケーンと、三人の衛兵が険悪な雰囲気で向かい合っていた。かれらの間には二人の盗賊らしい男たちが倒れたままになっているし、ケーンの背後には薬師と思われる三十才前後の女性が身を隠すようにしていた。

「ジョナス小隊長。戦闘があったようですが、どういうことなのでしょうか？　ケーン内政官補佐は何も教えてくれないのです」

三人の衛兵はジョナス卿にそう話しかけた。彼は軽く手を左右に振る。

「犯罪の摘発だが、他にまだ共犯者が居る恐れがあり、関わる人間を極力絞っている。協力が必要な場合には改めて声をかけるし、解決したときにも説明しよう。だが、今は何も言わずに一旦戻れ」

ジョナス卿がそう言うと、三人は軽くため息をついた。肩をすくめ、軽く何度も頷きつつ踵を返して衛兵詰め所のある方向に戻ってゆく。その様子を見てケーンは安堵したようにその場に座り込んだ。

「もっとあっさりと片付けるつもりだったが、目立ってしまったな。少し面倒なことになったが、仕方あるまい。エリック殿、木箱にかかっている魔法は解除してもらえるか。中身については先ほど衛兵の三人にも言った通りで犯罪に関わることなので私とケーン、アルのみで確認とする。責任は私が負う」

言外に解除だけで良いとジョナス卿が言うと、エリックは頷いた。奥の馬車に近づいていく。ケーンがそれに続き、最後にアルは外から見えないように自分が倒してしまった天幕を戻してその内側に入る。プラシダは手前の馬車の近くにとどまって、魔法使いに呪文が唱えられないように口枷をはめ、手前の馬車の近くで地面に倒れたままだった二人の盗賊は縛り上げたりし始めた。薬師だと思われる女性もその場に残った。

『魔法解除《ディスペルマジック》』

かかっていた魔法が消え、木箱が姿を現した。エリックはそのまま微笑みを浮かべて挨拶をし、その場を去っていった。ジョナス卿はかれの背中を見送ってから短剣の柄でついていた錠前を殴って壊し、蓋を開けた。そこにはアルが鐘楼の上からみた通り、手足を折り畳まれたルエラが押し込まれていた。顔は青白いがまるで眠っているようだ。ジョナス卿は素早く彼女の首元に手をあてた。

「かなり弱っているがなんとか息はある。アルとケーン、彼女は任せたぞ。ただし、後で事情聴取には応じてもらう。どこに運び込めばいいのかは待っている女性に聞いてくれ」

アルとケーンは頷くとルエラが見えないように毛布で包むと抱え上げる。ほんのりとした温みがまだ生きていることを実感させた。

「私はプラシダと共に色々と調査と後始末をする。ケーン、彼女についてレスターに連絡は済ませているのか？」

ジョナス卿は知っているはずだが彼女の名前を言わず、連絡先もレスターとしか言わない。プラシダや薬師が居るからかもしれない。薬師の名前も聞かないほうがよさそうだとアルは考えた。

「はい、既に第一報の使者は出ています。無事を確認してから第二報の使者を出す予定です」

ケーンは軽く頷きながら答える。

「わかった。ならば明後日の出発までには間に合うだろう。第二報の使者にバンクロフト男爵にも報告が必要だと言うように伝えておくのだ」

バンクロフト男爵というのは、辺境都市レスター及びその近辺の治安を守る衛兵隊の全体を統括する責任者である。ケーンの顔はすこし強張ったがゆっくりと頷く。それを見て、ジョナス卿は天幕を外して二人を外に送り出す。

「プラシダ。三人を縛り上げたら、こっちの調査を手伝え！」

用意してもらった村外れに近い小さな家でルエラが意識を取り戻したのは、その日の夕刻であった。ケーンは内政官としての仕事に戻っていたので、薬師の女性以外にその家に居たのはアルだけであった。

「よかった！」

薬師の女性に呼ばれたアルはベッドに横たわる彼女に急いで駆け寄った。

「あれ？　アルフレッド君？　どうしてここに……？　って、ここは？」

彼女はまだふんわりとした感じで今自分がどこに居るのかよくわかっていない様子であった。意識もまだぼんやりしているようである。

「ここは開拓村のローランドだよ。大丈夫かい？　痛い所はない？」

「！」

はっとした表情で彼女は身体を起こした。シーツがめくれ上がる。彼女は質素な薄いベージュのリネンの服を身に着けていた。おそらく薬師の女性が着替えさせてくれたのだろうが、自分が知らない服を着ているせいだろう。焦った様子で自分の身体を確かめている。

「大丈夫です。私の名誉にかけて誓いますが、心配されるようなことはありませんでした。これは薬湯です。落ち着いて、少しお飲みください」

彼女の不安を察した様子で薬師の女性がそういって声をかけた。ルエラは彼女をじっと見た。

「あなたは誰？　アルフレッド君がどうしてここに居るの？　ローランド村ってどこ⁇」

パニックになりかけているルエラをアルと薬師の女性の二人は懸命になだめた。ルエラは次第に落ち着きを取り戻す。アルはその具合を見ながら、彼女を見つけた経緯やどのように救出したかと言った事を説明したのだった。

「そうだったのね……。アルフレッド君、ありがとう。あなたも……ありがとう」

しばらく考え込んでいたルエラは薬師の女性から木の椀を受け取った。ゆっくりと薬湯を飲む。彼女はにっこりと微笑むと立ち上がった。

「ジョナス様とケーン様に声をかけてきます」

薬師の女性はそう言って部屋を出ていった。アルは彼女が出て行ったことを確かめてルエラのベッドの脇の椅子に腰を下ろした。

「一応、できる限りこの話は知られない様に努力したつもりだから安心してほしい」

ルエラは最初どういうことかわからないという顔をしていたが、すぐに何かに思い至ったようにアルの顔を凝視した。

「えっ？　嘘っ　心配したことは何もなかったって言ったじゃない」

そういって、ルエラは自分で自分の身体を抱くようにした。アルは慌てて首を振る。

「ああ、ごめん、違うんだ。そういう意味じゃない。何もなくても変な噂になると困ると思ってさ。大丈夫かもしれないけど念のために……ね」

そう聞いてルエラは大きく安堵のため息をついた。目を瞑り、ゆっくりと頷く。

「そうね、そういう心配は常にあるわ。本当にありがとう」

アルはにっこりと微笑んだ。そして、ケーンがレビ商会に連絡をしているので、おそらく明後日隊商がこの村を出発するまでには何らかの連絡があるだろうというと大いに安心したような表情を浮かべたのだった。

「いろいろと考えてくれたのね」

ルエラは空になった木の椀をアルに渡すと、疲れたのかぐったりとベッドにもたれた。

「もしよかったら、どうして木箱の中に詰められていたのか、思いだせる範囲でいいから話してくれない？」

「そうね……」

彼女はぽつりぽつりと話を始めた。彼女が襲われたのはアルたちが出発した前日だったらしい。召使の女性を連れて買い物に出た彼女は途中で老婆に道を尋ねられ、請われるままに道案内をして人気の少ない路地に入ってしまったのだという。そこで急に身体がうごかなくなり、焦っていると背後から何か布のようなものをかぶせられ、狭い所に押し込められたのだという。その時点では彼女は犯人の顔は見ていなかったようだった。

それからしばらくの間、狭い所に押し込められて移動したらしい。その後布が解かれたのはおそらく街の外だった。屋外で二人組の男に脅かされ、無理やり、どろっとした妙に甘く舌がピリピリする液体を飲まされたらしい。それ以降はすぐにぼんやりとしてしまいどうなったのかはよくわからなくなったということだった。

「襲われたのは、騎士や名の通った商店の店主が多く住む住宅街だったわ。昼間だというのもあって、私も油断していたのね」

ルエラは悔しそうにつぶやいた。薬を飲ませた二人組の特徴を聞くとヴァンとヴァーデンであったようだ。念のために老婆の特徴も確認しておく。

「無事でよかったよ。あんまり抵抗していたら怪我していたかもしれない」

アルの言葉にルエラは力なく首を振った。

「脅かさないで」

「ん、ごめんなさい。少し休むと良い。この隊商に同行している衛兵隊のジョナス卿が話を聞きたがっていたから、今の話をしておいてもいいかい？」

「うん、お願い。少し眠るわ」

そのままルエラは寝てしまった。少し顔色はよくなったような気がした。しばらくして薬師の女性が帰ってきてジョナス卿は忙しくすぐには来られないと告げられると、彼女にルエラをお願いして部屋を出たのだった。

†

翌早朝、ルエラが保護されている小さな家のソファで寝ていたアルは近づいてくる数人の足音で目を覚ました。足音に警戒したアルであったが、窓の鎧戸の隙間から覗いたその集団の中に見知った顔を見つけて安心する。

「おはようございます。バーバラさん」

彼女は以前血みどろ盗賊団を一緒に追跡したレビ商会に雇われている女性冒険者であった。他に三人居たがそのうち一人にも見覚えがある。おそらく信用してよさそうだ。

「やぁ、アル、ケーン補佐官から連絡を受けて馬を飛ばしてきたよ」

彼女は、先遣隊として夜を徹して辺境を駆けてきたらしい。よく無事で到着できたものだとアルは感心した。

「それぐらいは大したことじゃないさ。で、ルエラ様の事だけど……」

アルはバーバラたちを家の中に迎え入れた。彼女は奥の部屋で寝ているルエラをそっと覗いて安心した様子であった。お互いの情報を交換する。彼女の話によると、ルエラが買い物に行って帰らないというのでレビ商会の内部では大騒ぎになっていたらしい。だが、レスター子爵の次男であるナレシュとの婚約の話もあることから行方不明の事は公にはできなかったという事だった。

「本当にありがとよ。もちろんルエラ様の命が助かっただけでもありがたい話ではあったけどさ。ルエラ様は年頃だ。いろいろあるじゃないか。今の話を聞けば会頭は大きく安堵するだろう」

バーバラは大きく頷いた。アルも面倒な配慮は役に立ったようだと安堵した。

「僕やケーンはルエラさんとは同じクラスだったからね。よかったよ。これからどうするの？」

「ああ、ルエラ様については、治療もできるのを連れてきたし、警護も交代でするから安心してくれていい。私はこれからジョナス卿と話し合うつもりさ。アルたちが捕まえてくれた三人の他にも協力者が居るだろうから。そっちは私たちで処理したいって申し出ることになるだろうね」

さすがレビ商会というところだろう。彼女は自分の事を先遣隊と言っていた。おそらく後からかなりの人数が来るに違いない。ルエラの救助まではしなくても大丈夫だったかもしれないが、任せて魔法使いを逃がした可能性もあったと考えると役に立ったはずだ。

「あの二人は《赤顔の羊》亭の店主を攫って身代金を脅し取ろうとした連中だと思うからしっかりと追及しておいてほしいんだ。それと、これはジョナス卿には言いそびれてたんだけど、三人の目的地はオークレー村だったかもしれない。一番最後だなってしゃべっていたのを聞いたんだ」

一応知っている情報をバーバラには伝えておく。少しは役に立つかもしれない。

「情報ありがとうよ。しっかりと確認をさせてもらうよ。アルはエリック様のところで護衛の仕事で今回は隊商に参加していると聞いたけど間違いない？」

アルは頷く。二人組の話からこのような騒動になったが、彼らを捕まえた今となってはおそらく元の仕事に戻ることになるだろう。ヒツジクイオオワシのような魔獣の襲撃がもう無ければ良いのだが……。

「とりあえず、レビ商会からは非常に助かったという評価書を上げておくよ。護衛の仕事の報酬にも少しは上乗せされるはずさ。それとレスターに着いたら私を訪ねてくると良い。今回の礼もたっぷり貰えるようにレビ会頭には交渉しておいてあげるからね」

ありがたい話だ。本来であれば見習いとして報酬は銀貨三十枚と聞いていたが、もうちょっとももらえるかもしれない。金貨一枚ぐらいになればうれしいなとアルは思ったのだった。

「アル君、お疲れでした。これは報酬です」

ルエラをバーバラたちに託してから十日後の夕刻、隊商は無事に辺境都市レスターに到着した。南門に到着した馬車から下りようとしたアルはエリックから小さな革袋を受け取った。

「ありがとうございます」

アルはエリックから報酬を受け取った。その革袋の中には彼の予想よりはるかに多い金貨五枚が入っていた。

「え？　何か間違いじゃ……？」

アルは思わず尋ねたが、エリックは首を振った。

「大丈夫です。途中で討伐したヒツジクイオオワシやその他の蛮族の討伐報酬などが入っているのです。すこし端数は切り上げましたけどね。君はそれほどの功績を上げたのです」

エリックの言葉にアルは思わず顔が綻ぶ。

「それと、アル君、君は拠点をこの辺境都市レスターからどこか別の場所に変える予定はありますか？」

アルは首をひねりながら特にはないと答えると、エリックはそれならばレダと一緒に魔法の修行をしませんかと尋ねてきた。彼が言うにはアルが言う魔法のオプションについて、具体的にどのように習得方法が違うのか、レダと共に同じ呪文を修行して比較させてくれないかという事であった。

「魔法の習得の際に君はイメージを変えることができるオプションというものを習得できると言いました。君と一緒に同じ呪文をレダに習得してもらおうと思います。もちろん、私やフィッツが習得済みの呪文でお願いしたい。そうすることによって、君の言うオプションについて詳しく比較検証できると思うのです。どうでしょうか？」

アルは頷いた。もしそういうことをするのであればアル自身が他の人とどのように違うのか差がはっきりするかもしれない。それにアルの知らない呪文の書を見せてくれるというのだ。単純にそれだけでも嬉しい。

「それは是非おねがいします」

エリックは、念話《テレパス》呪文、浮遊眼《フローティングアイ》呪文、盾《シールド》呪文のどれかでどうかと尋ねてきた。前者二つは隊商護衛で昼間に使う呪文だし、盾《シールド》呪文は戦闘で役に立つのは今回の盗賊相手の戦いのときに実証済みである。アルは迷った末に、浮遊眼《フローティングアイ》呪文を選択した。

「では、時間のあるときに学習しに来てください。ただし、あまり後回しにしてもらっては困ります。浮遊眼《フローティングアイ》呪文は第三階層の呪文ですから一年あればなんとか習得できるはず。もちろん君はうちの弟子とちがって仕事をしながらでしょうからその倍と考えて私の所に通える期間は二年間とします。なお、私もその間、君の言う魔法のオプションについて検証を行いたいと思います。いろいろと確認させてもらう事もあると思いますが良いですか？」

他の事ならいざしらず、呪文の習得はかなりの時間がかかるものだ。二年という区切りは一般的には短いと言えるだろう。だがアルには十分すぎるほどの期間だと思えた。オプションについても調べてくれるのなら嬉しい話である。わかりましたと元気よく返答した。

「では、レダも新しい呪文の習得の学習です。頑張ってくださいね」

馬車の中の彼女は唇をぎゅっと結び、真剣な顔ではいと答えた。彼女は弟子として、呪文習得でアルに後れを取るわけはいかないという思いでいっぱいに違いない。

「じゃあまたお邪魔します。エリック様、よろしくお願いします」

アルは自分の荷物を馬車から降ろして背負うと、しっかりとお辞儀をして、エリックたちの馬車を見送る。バーバラには到着したら来てほしいと言われていたが、さすがにまだ到着していないだろう。とりあえず帰ろうと考えてふと、魔道具屋のララが露店を開いている場所がそれほど遠くないということに気が付いた。彼女から買った噴射呪文《スプレー》はまだ習得しきれていないが、品質という点では問題なさそうであった。あれから三週間程経っているし、何か新しい呪文の書が入荷しているかもしれない。せっかく報酬が手に入ったし、まだ前回の金貨も残っている。この時間なので開いているかどうかはわからないが、是非あたらしい呪文を手に入れたいものだと考えたのだった。

魔道具屋ララのようにゴミスクロールと呼ばれる非公式の呪文の書を扱っている業者というのは非常に少ない。もちろん、魔法使いギルドが目の敵にしていることもあるが、品質面で安定しないというのもあるらしい。たしかにアル自身も今まで五回試して、うまく習得できたのは二回だけだった。噴射呪文《スプレー》がうまく習得できれば三本目となる予定である。


「こんにちは、ララさん」

魔道具屋のララ。そう尋ねて回ると彼女の露店はすぐに見つかった。今日は南門のすぐ近くに露店を移していたのだ。

「おや、あんたはこの間試しに噴射呪文《スプレー》を買っていった坊主じゃないか。習得し終えたというには早いだろうに、今日はどうしたんだい？」

彼女はアルの事を憶えていたらしい。アルが品質的には大丈夫そうだから、他にも良いものがあれば買いたいと言うとすこし訝しげな顔をした。

「まだ、ひと月も経っていないのに……。まぁ、いいさね。うちの呪文の書なら大丈夫って思ってくれると嬉しいよ。でもまだあんたの言ってた眠り《スリープ》呪文、麻痺《パラライズ》呪文、飛行《フライ》呪文とかは入荷してないよ」

彼女は加速《ヘイスト》呪文、分析《アナライズ》呪文、魔力制御《マジックパワーコントロール》呪文の三つを売ることができると言った。加速《ヘイスト》呪文は八金貨、残り二つはどちらも四金貨だという。加速《ヘイスト》呪文というのは剣を振ったりする速度だけでなく歩行速度が上昇する効果があるのでかなり人気の呪文であった。逆に分析《アナライズ》呪文は物の組成を知るための呪文、魔力制御《マジックパワーコントロール》呪文は魔石への魔力補充を行う呪文であったはずでどちらも戦闘にはあまり役に立たずどちらかと言えば職人などに人気の呪文である。アルは迷った。これがもし確実に習得できるのなら良い感じの値段ではないかと思う。だが、確実に習得できるという保証があるわけではないのだ。それに財布の中には先ほど貰ったものを含めて金貨は二十枚ほどしかない。三つとも購入したら十六金貨、四枚しか手元に残らない事になってしまう。

「別に無理に買わなくていいんだよ。そういえば、あんたは呪文の書を売ろうという気はあるのかい？　ちゃんと修復してくれるのなら高く買うよ」

呪文の書は習得するのに何度も詳細に読み込んだりするので、どうしても汚れたりすることがある。特に要となる呪文の構成図部分については少し汚れたりするだけで、その呪文のインスピレーションを得ることができなくなってしまう。これも中級学校時代に頼み込んで貸してもらった呪文の書で経験済みだった。呪文の書というのは繊細な物なのだ。この時は貸してくれた講師にいろいろと教わり、その分を修復してもらって無事習得できたが、それら呪文の書の汚損については当該の呪文習得者でなければ修復はできないというのもよくわかっていた。

アルは少し困ったような顔をした。手持ちの呪文の書はまだどれも未修復で、もちろんその修復にはかなりの時間がかかるというのは、中級学校で呪文の書を借りた際、返すときに修復作業をさせられたのでよく知っていたからだ。

「どれぐらいで買い取ってくれるんだい？」

魔法使いギルドでも呪文の書の買取は行っているが、その値段は売値のおよそ三十分の一程度が目安である。魔法使いギルドはその値段で買い取って、内部で修復作業を行い検査済の証明書を付けて元の売値で販売するのである。彼らに言わせれば修復作業に時間がかかる上に、問題ないかの確認作業を何重にもおこなっている、その上、呪文の書には保護のために梱包呪文《パッキング》を使っているのでこの価格は妥当らしい。

「そうだね、うちの買取は相場の十分の一ぐらいだね。その代わり、相場の三分の一以下で売ってるんだ。かなり良心的だろう？　ただし修復済だって、私が確認できたものだけだよ」

アルは頷いた。この間買った運搬呪文《キャリアー》でいえば、買った値段は魔法使いギルドの保証付きで十八金貨だった。これが相場通りだとすれば、普通に魔法使いギルドでの買取値は六十銀貨、ララのところでの買取値は一金貨と八十銀貨である。これを彼女は六金貨ぐらいで販売しているということか。それぐらいで売買してもらえればたくさんの呪文を習得できるだろう。ララも儲かるに違いない。そう思って話をしてみたが、ララに言わせれば、商売としてはこれでもかなり苦しいのだという。まずゴミスクロールを買おうとする人間が少ないし、修復済みだという事が信用されないとまだまだ高いという印象を持たれてしまうらしい。アルは迷った。新しい呪文の書が三つ……。これはやっぱり欲しい。最悪、お金に困ったら習得済みの呪文の書を売るということもできる。

「わかったよ。とりあえずララさんが売っている三本の呪文の書については全部買う。でも手持ちは売るのはちょっと考えさせてほしい」

結局、新しい呪文の書という魅力には勝てず、アルはほとんど全財産をはたいて呪文の書を買う事にした。アルは満面の笑みのララから受け取った包みを大事そうに抱えると小走りで久しぶりの《赤顔の羊》亭に急いだのだった。

古代遺跡への手がかり

雨季が始まっておよそ一ヶ月半、気温はかなり上がるようになり、ここ最近ではじっと座っていても汗をかくほどである。朝二番の教会の鐘は鳴ってからしばらく経っており、大抵の店舗はすでに営業を始めているような頃であった。

「おはようございます……」

アルは眠そうな顔をしながら食堂に通じる扉を開けた。テーブルが六つ並んだ店内は閑散としており、厨房の中では宿屋を営むラスの妻、ローレインと娘のアイリスが汚れた食器を洗っていた。

「おはよう」「おはようございます」

二人の声を聞きながらアルは厨房に近づき、傍らに置いてある木の椀に自分でシチューを入れ、カウンターの前の籠に入っている黒パンをひとつ取った。そのまま、そこのカウンター席に座り込む。

「いつも自分でありがとうね」

ローレインは洗い物の手を止めることなくにっこりと笑う。シチューからは甘い香りがしていて食欲を誘っていた。アルは一口食べて大きく頷く。

「今日もおいしいですね。この風味は？」

「メティです。フェネグリークなら知っています？　あれの実です、収穫したのが出回り始めたので使ってみました。いい風味でしょう」

アルは首を傾げた。フェネグリークというのは強壮や胃腸の薬として有名な薬草の一つである。非常に苦かったはずだが、料理に使うとこんなに変わって来るのかと感心した。

「こうやって料理がよりおいしく感じられるのも、アルさんのおかげです」

ローレインはしみじみとそう言った。アルは再び首をかしげる。彼女の説明によると、数日前からアルが油代の節約にと食堂のランプに光呪文《ライト》を使ってくれたおかげで、ランプを使わなくてもよくなり、料理の風味がより感じられるようになったのだという。たしかにランプで使われる獣の油が燃える臭いはかなり生臭い。食堂で使うのでそこそこ良いものをつかってはいたらしいが、それでも全然違うのだということだった。アルは改めて周囲の匂いを嗅ぎ、そう言われればそうだなぁと納得した。

「泊ってる間だけになるけどね。うまい具合に時間が調整できるようになったんだ」

アルは得意そうであった。調整できるようなったというのは習得したばかりの魔力制御《マジックパワーコントロール》呪文が魔道具を使うための魔石に魔力とよばれる力を補充するだけでなく、自分が使った魔法にさらに魔力を込め直すことができることがわかったおかげであった。

例えば、光《ライト》呪文を使う場合、本来のオプションなしでは、熟練度によって効果時間が決まる。そのため、効果時間を知っていれば、それが切れたタイミングを待ってかけ直すことで、ずっと明るさを保つことができるという事になる。アルの場合は明るさを調整することによって効果時間をあらかじめ決めることができたが、もちろんそれは呪文を最初に使うときの話である。

ところが、魔力制御《マジックパワーコントロール》呪文を使えば、自分が行使した呪文限定ではあったが、追加で魔力を込め直すことができ、その際に明るさや効果時間を再度設定することもできるようになったのだった。その結果、魔法が切れるタイミングには左右されず、いつでも魔力をつけ足すこともでき、切れるタイミングに間に合わないということが起こらなくなったのだった。

「ところでアルさん。ここ三週間ほどずっと仕事をせずじっと部屋に籠ってるけど、大丈夫なの？」

洗い物をしていたアイリスが、木のカップに水を入れて持ってきてくれた。う、うん……とアルは先程とは打って変わって苦しい表情になる。新しく手に入れた呪文の書の魅力に勝てず、彼は仕事もせずにずっと習得をしていたのだ。所持金はそろそろ底をつきそうであった。

「そ、そろそろ、仕事に行くよ。バーバラさんも帰ってきてるだろうし、頼んでいた鎧も出来上がってるだろうからね」

「お金が手に入ったからって、遊んでばかりいちゃだめですよ」

カウンターの向こう側からローレインの手が伸びて、アルが食べ終わった木の椀とスプーンを回収していった。魔法の習得は遊びではないが、アルにとっては似たような事である。すこし焦りながら、話題を変えようとアルは自分の前のカウンターテーブルを拭いているアイリスにアルは胸元に下げているペンダントを見せた。

「遊んで……るわけじゃないよ？　呪文を習得したり工夫したりしてるんだ。ねぇ、これ見てよ」

それは直径二センチほどの丸く平べったい青い水晶のようなものであった。銀色の金属製の枠がついており、その水晶と枠との間に首に下げるための麻紐が通っている。

「わぁ、綺麗。あれ、これっていつもアルさんが胸から下げていたものよね。でも、こんな光っていた？」

アイリスは思わず手を止めてじっとその青く透き通った水晶を見た。水晶の中心からほんのりとした光が波のように出ているのが見える。アルは食い入るように見ているアイリスの横顔がすごく近くて少し照れながら、あわててそのペンダントを外してアイリスに渡す。

「これはね、じいちゃんから貰った魔道具なんだ。いままでずっと、魔法感知呪文《センスマジック》には反応はするけど、何に使えるわけでもなく、よくみると、中心にはほんのり光があったぐらいのただの青い透明の石だったんだよ。魔力が切れてるだけなのかと魔石を近づけたこともあったけど、それでも何もおこらなかった。けど、魔力制御呪文《マジックパワーコントロール》を習得して、これで魔力を入れると、こんな風になったんだ。これも呪文の訓練の成果さ」

感心しながらアイリスはそれをランプの光にかざしたり、窓から差し込む明るい太陽の光に透かしたりして見ていた。

「きっと、これはすごい価値があるにちがいないわ」

断言するアイリスにアルはにっこりと微笑んで頷いた。魔道具というと一般的にはすごく便利なものというイメージであるが、古代遺跡を探検した祖父によると使い方のわからないものというのはいっぱいあるらしい。それも含めて夢なのだと祖父は言っていた。今は亡き双子の妹、イングリッドの瞳と同じ色のペンダント。これもその象徴の一つであり、アルはずっとこれをお守りとして胸に下げ、勇気を貰ってきた。それがついに光りだした。きっと何かが変わる。そんな予感をアルは胸に抱いていた。

「とりあえず、今日は遅くなっちゃったけどちょっと出かけてくるよ」

アルはアイリスからペンダントを返してもらうと、勢いよく立ち上がったのだった。

アルがまず向かったのはレビ商会の本店であった。その手前の呪文の書を扱っている店はお金もないので、今日はその前は素通りである。店員に用件を告げると、すぐに奥の応接室らしいところに通された。今日は花ではなく、涼やかな様子で新芽が出た木の枝が飾られている。爽やかな匂いからしてシナモンか何かかと見ていると、すぐに応接室の扉がノックされた。アルがどうぞと返事をすると、扉が勢いよく開かれる。

「ありがとう、アルフレッド君。よく来てくれたわね」

応接室に入ってきたのはルエラとレビ会頭の二人であった。ルエラは青いワンピースを身に着け快活そうな様子である。元気そうでよかったとアルが微笑むとルエラもこぼれるような笑顔を見せた。

「本当に助かったわ。あなたのお陰で酷い目にも遭わなかったし、変な噂が立つこともなかった」

ルエラの言葉にレビ会頭も何度もその通りだとばかりに頷いている。

「しかし、あんな魔法使いが居るとはな。かなり気を付けてはいたのだが……」

レビ会頭の口調はかなり悔しそうであった。もちろん魔法使いギルドではいくつかの魔法は禁呪として流通を規制し、魔法使いを登録制として倫理教育を施すといった対策をしている。だが、その犯罪はなくならない。

その対策の一つである禁呪指定された呪文に手を染めているアルとしては心の中ではすこし後ろめたく感じながら、レビ会頭の言葉に困った問題ですねといった相槌を打つしかなかった。

「もし、聞いてよければ、あの後、残った一味の連中は……」

アルが尋ねると、レビ会頭は首を振った。一応、オークレー村に居た一味は揃ってつかまえることができたものの、彼の話ではまだまだ裏があって完全に解決したとは言えないらしかった。バーバラはまだその調査を行っているらしい。ルエラにもしばらく護衛の人間を付けることになっているそうだ。

「今回の君への礼としてこれを用意した。ルエラに聞くと、君には呪文の書が一番の礼だろうというのでね。呪文の書を扱っている店に今は何が人気か尋ねてみるとこれだと言ってくれたのだ。君の気に入ると良いのだが……」

いろいろと話をした後、最後にレビ会頭はそういって立派な木の箱を取り出して、アルに差し出した。その箱の表書きに、魔法の竜巻《マジックトルネード》と書かれている。指定した箇所を中心として球状の範囲内に存在する相手全てに魔法による攻撃が行える呪文である。複数の対象を一気に攻撃できる派手な呪文で非常に人気のあるものだ。数カ月前にたしか三十五金貨で売っていたはずであった。

「もちろん未習得ですし嬉しいです。しかし、こんな高価なものを……」

アルは受け取るのをすこし躊躇ったが、レビ会頭は半ば無理やりその木の箱をアルに持たせる。

「それぐらい助かったということだ。これからもルエラやナレシュ様の力となってほしい。一応ケーン君にもこれ程ではないがちゃんと礼をしているので遠慮することはないよ。それとあと、バーバラ君が後で君に聞きたいことがあるそうだ。それにも協力してやってほしい」

アルはそう説得されその木の箱を受け取った。最近は呪文の書を続けざまに入手できてうれしい限りである。だが、そろそろ仕事を再開する必要もあり少しペースは落とす必要がありそうだった。

何度も礼を言ってアルは応接室を出たのだった。


バーバラが居たのは本店の裏手にある詰め所であった。彼女の他に数人腕の立ちそうな男女が居る。治安を守る衛兵隊は居るとは言っても、このような備えは必要なのだろう。

「来てもらって悪かったね。一度話を聞きに行こうとは思っていたけど、時間がなくてさ」

アルが訪ねると、小さな部屋に通された。店舗の応接室のような立派な物ではないが、真ん中にはソファとテーブルがあり、テーブルの上の籠には果物が乗っていた。バーバラは向かい合うソファの片方をアルに勧め、自分はもう反対側にどかりと座った。彼女はかなり疲れている様子であった。アルは勧められるままにソファに座る。その様子をみて、バーバラは前の籠からアプリコットをひとつ取ってアルに渡す。

「お茶を入れてくれるようなのは居なくてさ。まぁ、これでも食べなよ。甘くておいしいよ」

そう言いながら彼女も一つ取って皮ごとかじる。アルも勧められるままに一口食べた。甘酸っぱい味が口の中に広がり、久しぶりの味におもわず頬がゆるむ。あっという間に一つ食べてしまい、残った種をどうしようかと考えていると、バーバラはすこし言いにくそうに口を開く。

「悪いけど、ちょっと確認したいことがあるのさ。前に血みどろ盗賊団のアジトに行った時の話だけどね……」

二人でアジトを調査したのは四カ月ほど前だ。そこで討伐の他、探索などをしていたのはほとんどがバーバラであり、彼自身は彼女に魔法で支援をしただけで、他は今彼が世話になっている宿の主人であるラスやタリーの面倒を見たぐらいしか記憶にない。

「自由にしていいって渡した呪文の書があっただろ？　あの呪文の書ってさ……」

そこまで言って彼女はアルの顔をじっと見た。隠蔽《コンシール》の呪文の書の事か。アルは思わず目を逸らしてしまった。

「やっぱり、そうか。もしかしたらと思ったけどね……。大丈夫さ、人が来ないようには言ってある。悪いけどさ、返してもらえないかい。あれからまだ四ヶ月しか経ってないから、習得できてないだろうけどさ。それはそれでよかったと思うよ。私が考えなしにあんたに渡しちまっただけだから、お前さんには悪いようにしない。そうだね、もし、返してくれたら呪文の書は次の盗賊のアジトの探索で見つかったことにしようじゃないか。そうすりゃ、この呪文の書に関わった者の中にお前さんの名前は出てこなくなる」

彼女はまだアルが隠蔽《コンシール》呪文を習得していないと思っているようだった。一般的に言えば、隠蔽《コンシール》呪文は第三階層の呪文であり、習得には一年かかるというのが常識だろう。それならば返したことにしてしまうか、それとも……。アルが考え込んでいると、彼女はその様子をみて言葉を続けた。

「もちろんタダでとは言わないさ。代わりにあの魔法使いから押収した他の呪文の書か、或いは以前に押収したものでもいい。何か他のやつを回そう。それで手を打たないかい？　あれが行方不明のままだと、今後もずっと隠蔽《コンシール》呪文の存在を恐れないといけなくなる。ちゃんと呪文の書が見つかって魔法使いギルドに回収されたという形にしないと今回の事件は完結させられない。頼むよ」

アルはしばらく下を向いて考えた後、すこし諦めたような表情で顔を上げた。ここは話に乗るべきだろう。他はリスクが高すぎる。アルはそう判断してわかったと答えた。バーバラは少し嬉しそうに軽く頷いた。

「ありがと。助かるよ。ほんと。透明発見《ディテクトインヴィジブル》呪文だっけ？　あれが使える魔法使いがほんと少なくてね。このレスターでも二人しか見つからない。いくつか警備用の魔道具は設置しているものの、これからの警備体制の話とか困ってたのさ」

彼女の口ぶりからすると、隠蔽呪文《コンシール》の対応策なども検討されていたようだ。変にとぼけていたら、後で見つかって不味い事になっていたかもしれない。アルは心の中で胸をなでおろした。

呪文の書は夕方にアルの泊っている宿屋にバーバラが取りに来ることになった。詰め所に保管されていた押収物の呪文の書を見せてもらい、物品探索呪文《ロケイトオブジェクト》という呪文の書を代わりに貰うことにする。これは事前に登録した物品が存在する方向と距離がわかるという呪文であった。少し騙したような形になり心苦しい気もするが、それについてはまた何か手助けできることがあったら協力することで許してもらおうと考えたアルであった。

次にアルが訪れたのはデニスの鎧工房であった。南門に近く、解体屋のコーディの工房ともそれほど離れていない。入口には金属鎧の一式が飾られていてやたらと目立っていた。アルはオーソンの勧めもあって以前オオグチトカゲを狩った際に状態の良い皮から革鎧を作るのを依頼していたのだ。ひと月ほどかかるという話であったが、頼んでからその期間は過ぎてしまっている。とっくに完成しているだろう。

「こんにちは。アルです。デニスさんいらっしゃいますか？」

入口でアルがそう呼びかけると、出てきたのは若い男だった。若いと言っても、アルよりは年上の二十代前半といったところだろうか。

「いえ、師匠は出かけていますす。なにかご用事でしょうか？」

アルはひと月ちょっと前に解体屋のコーディのところで鎧を注文した者だと説明すると、ああ、と思い当たったらしくその若い男は頷いたものの、すぐに少し困ったような顔をした。

「申し訳ないのですが、師匠が帰ってくるのを待っていただくわけにはいきませんか？」

彼の話によると、アルの革鎧の注文はコーディの店で行われていたので、受け渡し相手であるアルの顔を知るものがデニス以外今の店にはおらず、また、デニスが引き渡し証のようなものを作っていないので、急にやってきたアルに高価な鎧を引き渡して良いのかどうか判断できないのだという。代金を頂くのであれば問題ありませんでしたし、前触れなど頂ければなんとか方法があったかもしれませんが……と申し訳なさそうにその男は付け加えた。

金貨十枚以上の価値のある革鎧だ。慎重なのは理解できたが、何度も来るのは面倒である。

「コーディさんのところに一緒に行って、僕がアルだと証明してもらうというのはどうですか？」

アルの提案に、男は頷いた。それなら大丈夫らしい。早速アルはその男とコーディの店に向かうことにした。彼女は店に居てアルがデニスに革鎧を依頼した本人であるという確認を問題なくとることができたのだった。

「デニスは相変わらずだね……腕はいいのに気に入った仕事しかしない。店は弟子たちに任せっきりで、報酬は交渉してもその受け取りについては無頓着。そろそろ弟子にも見放されて店もつぶれるんじゃないか」

コーディの言葉にアルと一緒に来た弟子だという若い男は苦笑を浮かべる。彼によると一応馴染みの客の鎧のメンテナンスなどでなんとかやっていけているが、ぎりぎりという話だった。たしかに店に客の姿はなかったので、本当かもしれない。

「そういえば、オーソンがまだ帰ってこないのだけど、君は何か知っている？」

とりあえず革鎧は受け取れそうだなどとアルが考えていると、コーディが急に尋ねてきた。たしか彼は彼女の仕事で一カ月ほど留守にするといって出かけたきり戻ってきてはいない。だが、それほど危険な道中だという話は聞いていないのであまり心配はしていなかった。正直にそう答えると、コーディはすこし考えこんだ。しばらく一緒に仕事をした感じでいうと、オーソンがそこまで遅くなるというのは確かに変かもしれない。

「悪いけど、アル君、急ぎで仕事を頼まれてくれないかな？　オーソンに頼んだのと同じ仕事なのだけどね」

仕事で出かけた先でオーソンは何かトラブルに巻き込まれてしまっているのかもしれない。ちょうど所持金も尽きそうなところでもあったし、消息も気になる。アルにとっては都合のいい話だった。夕方バーバラには約束をしてしまっているが、場合によってはこちらから届けに行くことも可能だろう。革鎧は後で受け取ることにして、アルはコーディの方を向いた。

「わかりました。くわしく聞かせてもらえます？」

クラレンス村

十日後の夕刻、アルはクラレンス村というところに来ていた。ここは、レスター辺境都市から北東にあるミルトンの街、そこから北西にあるオーティスの街を経由してさらに西に来たところである。

オーティスの街までは自身の生まれであるチャニング村から領都レインに行く際にも経由したこともあって特に問題なく、アルは三日ほどで到着できた。だが、そこからこのクラレンス村へはあまり旅人などもおらず、尋ねながらの道行きとなり、到着するのにはさらに一週間程を要したのだった。

この辺りはまだ西側にナッシュ山脈の険しい山々が連なっており、クラレンス村の近くを通る道からは山々を縫うようにして細い道が隣国テンペスト王国へと続いているらしい。だが、テンペスト王国との交易はここより北側、ナッシュ山脈が途切れた平坦な道や領都レインにつながる川を利用していることが多く、こちらの道はほとんど利用されていないということだった。それでも、近くの山頂付近には警備のための立派な城塞が建てられていて、騎士団の一部はそちらに常駐しているということだった。

オーソンがコーディから受けた仕事はここの近くにある洞窟で採掘できるアルナイトという鉱石

を採ってきてほしいというものであった。アルナイトというのは薄いピンクの乳白色の水晶に似た鉱石で水晶ほど高価なものではない。だが、コーディはそれを仕事に使うという話だった。それも色や濁り具合によって効果に違いがありここで採れたものでないとダメなのだという。この、彼女にとって特別なアルナイトが採掘できる洞窟というのは秘密にしておきたいらしく、オーソンだけに依頼したのはそういった理由があったらしい。

その洞窟がどれぐらい険しいのかわからないが、それでも六週間もかかる依頼だとはアルには思えなかった。きっと何かトラブルがあったに違いない。わずか数カ月とはいえ、一緒に仕事をした仲であり、いろいろと教えてもらった恩もあった。無事でいてほしい。そんなことを考えながらアルは洞窟が近いという村の入り口に近づいていった。

「こんちは。暑いね」

この季節、海沿いのレスターに比べてこの辺りはかなり暑く、ぼっと立っているだけでも汗が止まらない程であった。アルはできるだけにこやかな顔をして門の所に居た少年に声をかけた。アルよりは少し年下に見えたが身長は彼と同じぐらいであった。茶色で伸びた髪はぼさぼさでお下がりであろう汚れた紺色の服はだぶついている。腰に剣を下げているところを見ると門番見習いだろうか。

「お前誰？」

「アルっていう斥候職。人を探してる」

少年は黙って片手を出してきた。情報料が欲しいという事だろうか。アルは軽く首を振った。

「ちゃんとした情報があるならね」

「なんだと？　生意気だぞ」

少年は剣の柄に手をやった。接近戦を苦手にしているアルでも簡単にあしらえそうな程度の動きであった。苦笑いを浮かべつつアルは軽く首を振る。その様子を見て何かイラついたのか少年はいきなり剣を抜こうとした。

「おいおい、ガビー、やめろ」

横にあった建物の中から声がした。慌てた様子で一人の男が出てくる。銀色の髪は短く刈られ、二十代前半だろうか。かなり引き締まった身体をしている。

「ごめんよ、お客人。ここに人が来るのは珍しいものでね」

「なっ、オーティスじゃこうやって」

彼は喋ろうとする少年の頭を抑えつけて黙らせる。オーティスの街で自分が言われたことでも真似しているのだろうか。

「きちんと言い聞かせるから許してやってほしい。私はこの村の自警団でエセルという。ところで……」

アルはエセルと名乗る自警団の若者に自分の名前やオーソンという男を探している事を話した。

彼はすぐに思い当たったらしい。

「ああ、その男なら確かに来たよ。もうかなり経つなぁ。傷を受けた脚の療養で奥の泉を使いたいと言っていた。まだ居るかな？」

「奥の泉？」

彼は、ここから半日ほど登った山の奥に熱い湯の湧く泉、いわゆる温泉があり、それを奥の泉と言っているのだと教えてくれた。たまに療養目的でその湯を飲んだり、怪我をした部位を温めたりするのに訪れる者が居るのだという。とは言っても宿泊施設などがあるわけではなく、奥の泉の近くにある洞窟で食料を持ち込んで長期滞在するらしい。もちろんナッシュ山脈の中なので蛮族や魔獣も出る可能性があり、そのあたりは自己責任だという話だったが、それほど恐ろしいものがでるわけでないらしい。なんだ、大急ぎで来たのにそういう事か？　アルは少し拍子抜けをした気分で軽くため息をつく。

「もし、奥の泉に行くのなら、今からじゃ危険だろうな。かなり道は険しいよ」

アルは少し考えて彼の言葉に頷いた。村で泊まれる場所があるかと聞くと、宿屋などはないが、ガビーの家にはたしか空き部屋があったので交渉すれば泊めてくれるのではないかと言ってくれた。エセルに頭を抑えつけられたままの少年は嫌そうな顔をした。そのガビーというのは彼の事だろう。

「ガビーのところは何人家族だ？」

「八人だよ。それがどうした？」

ガビーは噛みつくように答える。アルも家族がたくさん居て、幼いころにはいつもお腹を空かせていたものだ。

「エセルさん、この辺りの狩猟権や狩りの獲物とかって教えてもらって良いですか？　僕は狩りには結構自信あるので、暗くなるまでにできれば何かお土産になるものを探してこようかと思うんです」

「へぇ、日暮れまでには二時間もないよ。知らない土地だろうにすごい自信だね」

森によっては狩猟権を貴族が持っていて、冒険者が狩りをしてはいけない場所などもある。父が村の領主をしていたアルにとってはそういった事は当然の配慮であった。エセルはアルの余裕ある様子に少し驚きながらもいろいろと説明をしてくれた。すぐ近くの森は村が狩猟権を持っていて料金を払う必要があるらしいが、ナッシュ山脈のほうは道が険しくうるさい事は言われないらしい。逆に畑を荒らす鹿を減らしてくれると嬉しいと要望されてしまった。

「鹿かぁ……。わかりました。できればそれで。ガビー君、ちゃんとお土産を持っていくから泊めてくれないかって、家の人にお願いしておいてもらえないかな？」

「弓も持ってねぇのに鹿なんて無理だろう。まぁ、兎ぐらいなら獲れるかもしれねぇな。獲物なしなら家の中には入れねぇぞ。村の広場で野宿だからな」

ガビーの言葉にもアルは自信ありげに頷いた。どこからがナッシュ山脈という扱いになるのかをエセルに確認すると、背負い袋を担ぎ直し、そちらに向かって走り出したのだった。

†

教えられたナッシュ山脈の一番端辺りに着いたアルは一度立ち止まって周囲を見回した。周囲は荒れ地に近く、土がむき出しの斜面に木々がところどころに生えているという感じである。かろうじて獣道レベルのルートはありそうだが、それも人間が簡単に登れるようなものではなかった。要望された鹿はもちろん動物の姿は全く見えない。

アルはひとまず道具や着替えなどが入っている背負い袋は邪魔にならないように運搬呪文《キャリアー》で作った円盤に載せる。そしてさらに隠蔽呪文《コンシール》をかけた。最近気が付いたのだが、これによってかさばる背負い袋が生む細かい音や匂いまでも遮断でき、また移動の際に木の枝に引っかかったりするのも防いでくれるようなのだ。隠蔽呪文《コンシール》は疑問があっても誰にも聞けず、使い方は自分で一つずつ試してゆくしかないというのが厄介なところであった。

次に彼はまだほとんど傷がない真新しい革鎧の固定用のベルトを確かめた。オーソン探索に出かける直前に入手したが、まだ少し違和感があるのだ。

それは、今まで使っていた全身を固めた革で覆うタイプとはかなり違って、首筋や胸や腹などの重要部位はもちろんだが、肩や上腕部といった身体を守るためによく使う部位には鈍く黒光りするオオグチトカゲの背のごつごつとした固い部分が使われているからであった。

おそらく十全に使うことができればかなり良い鎧なのだろうが、鎧を使って行う防御術についてアルはあまり得意ではなかった。もちろん着心地は素晴らしいし、ほとんど音も立たないので良いものなのはわかるのだが、なんとなくしっくりきていないという感じは残っていてこの点についてはまたオーソンに相談しようと思っていた。

とりあえず準備を終えて身軽になったアルは次に知覚強化呪文《センソリーブースト》で嗅覚を強化し、風向きを意識しながら改めて周囲を調べ始めた。夏のむせ返るような草のかおりに紛れていろいろな臭いがした。次に多いのはもちろん昆虫の類。そういった中に地鼠、うさぎ、そしてもちろん鹿の臭いもあった。畑の害獣として意識されているぐらいであるからこの辺りも通っているはずである。かすかに狼、ゴブリンやオークなどの蛮族の臭いもしたが、それはかなり遠くだった。

痕跡を辿って鹿の臭いを追う。一番近い鹿はまだ若い雄のようであった。この時期の雄は秋の繁殖期に備えて脂がよく乗っているだろう。肩の辺りの肉をあぶって食べるとおいしそうだとアルは考えた。その鹿は起伏に富んだ斜面を木々の間を抜けて移動していた。普通の人間であれば移動するのも難しいような地形であったが、アルは肉体強化《フィジカルブースト》呪文を使って脚力を強化し、軽く跳ねるように追跡を続ける。

二十分程したところで、ようやくアルは木の芽を食べている姿を捉えることができた。その鹿は体長二メートル、体重は百五十キロ程、かなりの大物だ。先の尖った角も五十センチはある。まだ季節的に好戦的ではないはずだが、油断するわけにはいかない。

五十メートルぐらい離れているにもかかわらず鹿もすぐアルに気付いたようでじっと見つめてきた。視線が合う。アルも思わず息を止めじっと見返した。およそ三秒……次の瞬間、鹿は跳ねた。

『魔法の矢《マジックミサイル》　収束　距離伸張』

それを待っていたアルの右手から光り輝く矢のようなものが飛ぶ。幼いころから狩りを手伝っていたアルは鹿の行動パターンがある程度読めていた。魔法の矢《マジックミサイル》呪文の矢はうまく鹿の首に深々と突き刺さる。

「やったっ！」

思わずアルは声を出した。首の傷から血を流しながらよろよろと逃げてゆく鹿に近づく。後ろからがっと角を掴むと腰のナイフを抜き、迷うことなく首の太い血管を切り裂いた。鹿の身体はビクビクと震え、血が一気にあふれ出してきた。心臓が動いているうちに血抜きをするのが一番楽なのである。アルはあわてて隠蔽呪文《コンシール》と運搬呪文《キャリアー》を一旦解除して載せていた背負い袋を横に置くと、改めて運搬呪文《キャリアー》を使い、鹿の死骸をその上に載せ、傷口を下にするようにした。重量的にはかなりなものであるが、運搬呪文《キャリアー》の熟練度はエリックを運ぶのに使った時からさらに上がっており、なんとか載せることができた。

空を見上げると日が沈むにはまだ少し時間が有りそうだった。アルはあらためて水を探す。暑い季節なので血抜きだけではなく、他の処理も早めにしたほうが良いだろう。幸い、近くに川を見つけることができた。幅は三メートル、深さが一メートルほどあってそこそこの水量である。

川岸まで移動したアルは手慣れた様子で運搬呪文《キャリアー》の円盤ごと鹿の死骸を流水に漬けた。そのまま冷やしながら内臓処理、皮剥ぎ、さらに解体まで終わらせる。そうやってアルは日が暮れるまでに狩りだけでなく解体作業までを終えたのだった。

†

「すげぇ、すげぇよっ。なんだよ、この肉を乗せてるトレーみたいなの、宙に浮かんでるぞ」

疑わし気にしていたガビーはアルが運搬呪文《キャリアー》の円盤に解体済みの鹿肉を山積みにして帰ってくると目を丸くして大騒ぎをした。魔法が使えるのだと説明すると、最初に会った頃とは完全に態度を変え、まるで拝まんばかりの態度になった。鹿一頭分の肉ともなると、ガビー一家だけでは余らせてしまうだろう。エセルも出迎えてくれたので、泊まらせてくれる礼に一部手元に残して残りの部位も全部村の人々に分けてもらえるようにしたいがどうしたら良いのかと相談する。初めての狩場で鹿を狩ってきたアルに驚いていた彼であったが、それならばと、村長の家に案内してくれたのだった。

先に鹿肉をどこに置けば良いかと尋ねると村長の家の調理場らしいところに案内された。その頃には村の中で噂になっていたようで十人近くの女性が待ち構えていた。

「こんにちは。斥候職のアルです。エセルさんには話をしたんですが、知り合いを探してこの村に来ました」

女性たちの傍らに立っていた村長は四十代前半の少し小太りの男だった。濃い茶色の髪は短めに刈りこまれ、上機嫌そうにニコニコとしていた。

「ああ、話は聞いた。足をひきずった男は確かにひと月ほど前にこの村に来ていたようだ。今はどうしているのかはわからんが、降りてきていないらしいからまだ奥の泉に居るのだろう。今日はガビーのところに泊まると聞いている。明日はあいつに案内させよう」

村長に詳しく聞くと、その奥の泉の近くには洞窟もあるらしい。涼しくて快適なので、ベッドを並べて宿泊所のように使っているのだという。オーソンがコーディに言っていた洞窟というのはそれの事かもしれない。結局のところ、アルナイトはオーソンが彼女に売り込んだ話らしく、その場所は行ってみないとわからないのだった。

「テンペスト王国の中で騒ぎが起こっていると耳にしたのですけど、この辺りでは何かありました？」

アルが気にしていたのはマドックたちが隣国で大きな戦争が起こったと言っていた話だった。国境都市パーカーに儲け仕事があると彼らは出かけて行ったが、ここも国境に近い。

「ああ、この辺りでは大丈夫だ。二月ほど前だったかな。たしかにそういう話があって、警戒せよという通達がきていた。儂も不安になって城塞に詳細を聞きに行ったよ。山を越えた向こう、隣国のテンペスト王国では、王家と代々宰相を務めるプレンティス侯爵家の間で争いになっているという話だった。いろいろな噂が飛び交っていてどちらが正しいのかはよくわからないらしい。北の国境都市パーカーでは避難してきた連中が多くて大変らしいが、こちらは今のところ平和なモノじゃ。道が険しくよほど山道に慣れてないと越えてくるのは無理だからな。どちらにしてもこちらの国境で戦争ということにはならないだろうという話だ」

村長が言う城塞とはこの村からも見えた近くの山頂付近に見えたものだろう。オーソンが戦いに巻き込まれたのではないかとも心配していたのだが、そういうのは無さそうだ。ということは、結局温泉治療が長引いているのか。オーソンの性格からしてそれで約束から遅れるというのはなさそうな気もする。だが、いろいろと考えても仕方ない。明日の朝は早めに出発しようと心に決めた。

「情報ありがとうございます。じゃあ一晩お世話になります」

アルはお辞儀をして立ち上がる。調理場では女性たちが受け取った鹿肉を分配し終えたようで、こちらも嬉しそうなガビーとその母親らしい人物が肉の塊が乗った板を抱えて待っていた。

「アル様。ありがとうございます。頂いた肉で今日はごちそうです」

「ありがとな、アル様」

ガビーは急にアルに様をつけて呼び出した。調子のいい様子にすこし苦笑いを浮かべる。だが、ガビーの言葉に、初級学校の頃、家族に狩りの獲物を持ち帰ったときの事を少し思い出し、懐かしく感じたのだった。

亀裂の先

「なぁ、アル様、魔法使ってみせておくれよ」

家族八人との賑やかな食卓で鹿肉たっぷりの夕食を堪能したアルはガビーにせがまれて何度も光《ライト》呪文を使って見せた。彼はその光を飽きることなくじっと見つめ、アルが呪文を使い光が灯るたびにホウと感嘆の声を上げた。

「すごいなぁ。アル様はどうやって魔法を習得したんだ？」

「うちは爺ちゃんが魔法使いだったからね。爺ちゃんに習ったんだよ」

アルは軽くそう説明した。魔法を習得しようとしたきっかけは自分自身、そして双子の妹であるイングリッドがゴブリンに襲われた事からだ。だが、この辺りは辺境伯領ではあるが、すでに蛮族の姿はほとんどないらしい。あまりその脅威を話しても通じないだろう。

「いいなぁ……」

ガビーは羨ましそうに呟いた。だが、魔法使いになるためには、当然専門の知識が必要である。例えば呪文の書は古代文明文字で書かれているのでまずその読み書きができないと話にならない。他にも魔法使いのみが知るような知識が数多くあり、これらを習得するためには家庭教師を雇う、中級学校で学ぶ、或いはレダたちのように魔法使いに弟子入りするといった方法があるが、どれも普通に生まれたものにはなかなか難しいものであった。

家庭教師を雇うにはもちろん財力と伝手が必要であるし、中級学校に行くにも地元の有力者の推薦が必要となる。弟子入りする場合には、数年間、下手をすると十年を超える期間下働きをする覚悟が必要となる。アルのように肉親に呪文を直接習う場合もあるが、それも十人中九人までは大人になっても呪文が使えない。魔法の習得というのは本人に強い意志、そして素養が必要なのだ。もちろん、魔法使いになれば強大な力を得ることができ、社会的にも敬意を払われる存在となるので夢見る者は多い。だが、実際に呪文を習得するまでにはかなりの時間がかかる。祖父は五年かかったと言っていたが、アルの場合は普通の文字を憶えるところから始まったので、実際に一番初歩の呪文である光《ライト》呪文が使えたのは勉強を始めた六年後、九才の時であった。三才から強い意志を持って魔法を勉強し続け、九才で呪文が使えるなんてと周囲から見ればそれは信じられないような稀有な事であったらしいが、アルとしては六年もかかったという気持であった。

アルは、最近ぼんやりと光を放つようになった魔道具のペンダントを胸元から取り出した。これはその時祖父がくれた用途不明の魔道具であった。その事件そのものは十年以上昔の話である。だが、いまだにこの青い水晶のような魔道具をみると双子の妹イングリッドの瞳を思い出す。彼女はじっとアルのことをこれと同じ色の瞳でじっと見つめてくれたものだった。

横でガビーがそのペンダントは何だろうという顔をしてじっと眺めていた。祖父の話ではこの枠の付いた魔道具らしきものは女神の像に飾られていたらしい。今から考えれば祖父の話はどこまで本当だったかはわからないが、アルは魔法に憧れるガビーに祖父から聞いた冒険の話をゆっくりと語り始めた。

†

翌日朝早く、アルは道案内を引き受けてくれたガビーと共に奥の泉と呼ばれる湯治場に向けて出発した。道といったものはろくになく、昨日鹿を狩ったのとよく似たような起伏に富んだ地形が続き、案内がなければとてもわからなかっただろう。途中ところどころで湯気が上がり、いたるところから卵が腐ったような臭いもする。ガビーに聞くと、奥の泉の中心は湧いた湯が溜まって小さいながらも澄んだ池のようになっているし、近くの川の中にも湯が湧いていて、そこでものんびりと身体を温めることができるのだという。

途中、地面からドドドド、ゴゴゴゴといったような音が聞こえ、地面がかすかに揺れているように感じたこともあったのだが、ガビーによるとこの辺りは昔からよくそういう音が鳴るのだという話であった。地震も頻繁にあり、ついひと月ほど前にも二、三回大きく揺れたことがあったらしい。アルは今までそういった現象に出会った事もなく、地震というのも話で聞いたことがあっただけだ。彼は不安に駆られながら山の斜面を進んだのだった。

昼少し前になって、アルたちは奥の泉と呼ばれる所に到着した。ガビーの言う通り、湯気の上がる小さな池のようなものがあり、その周りには屋根付きの炊事場やちょっとした広場などもある。だが、そこでガビーはすぐ近くの山肌を見て驚いた顔をして指をさした。

「崩れてる！」

村長が言っていた洞窟があった場所は山崩れかなにかで、その入口があったであろう所には大きな岩が転がっていた。アルとガビーは急いで近づき調べてみる。入口を塞ぐ岩と岩との間に小さな隙間があった。辛うじてガビーやアルが四つん這いになって通り抜けられそうである。

「ちょっと中に入ってみる。ガビーは外で待ってて」

アルは背負い袋を鉤《かぎ》型に小さくした運搬呪文《キャリアー》の円盤に引っかけ、夜目が利くように自分に唱える。

「気をつけて」

「ああ、大丈夫。この辺りだとゴブリンぐらいは出るかもしれない。ガビーも油断しないようにして。万が一昼過ぎて僕がもどってこないようだったら、迷わずに村にもどって村長に相談してほしい」

「わかった」

アルはガビーが不安にならないようににっこりと笑って手を振る。そして真剣な顔に戻るとその穴に潜っていったのだった。

洞窟の入り口の崩れた部分というのは二メートル程だけで、小柄なアルが四つん這いで通り抜けると、そこから先の洞窟は残っていた。明かりはなかったがそこは魔法で知覚を強化すれば問題ない。中は静まり返っていて見える範囲には誰もいなかった。壁にはところどころ棚のようなものや、カーテンのようなもので区切られてベッドとして利用されていたのではないかとおもわれる所もあり、そこにオーソンのものと思われる背負い袋が放り出されたままになっていた。

「ガビー、崩れてるのは入り口だけで中は大丈夫そうだ。オーソンの荷物が残ってた。だけど姿は無い。これからまず洞窟の奥を調べてみようと思うけど時間がかかるかもしれない」

アルは崩れたところを一旦戻って、外で待っていたガビーと相談した。彼が言うには洞窟の奥は曲がりくねっていて一番奥までは百メートル程あるということだった。だが、アルが呼びかけたところでは何の返事もなかった。もしかしたら洞窟が崩れた時にオーソンはここに荷物を置いて別のどこかに出かけていた可能性もある。そう考えると、調査には時間がかかりそうである。

そして、ガビーの話ではこのあたりはゴブリンなどの蛮族が出ることがあるという。アルも自分だけなら大丈夫だが、ガビーの身の安全までは保障できない。とりあえずこの洞窟がわかったのだから十分だろう。ガビーには先に村に帰ってもらう事にした。

去ってゆくガビーを見送った後、アルは再び洞窟に戻った。反応はなかったが、最悪のケースも想定しないといけない。先にこちらを確認しておくべきだろう。進んでゆくと、すぐに地面にいくつか白い小石が散らばっているのに気が付く。一見ただの石ではあったが、よくみると、それはアルナイトのかけらだった。入口からは二十メートルぐらいは進んできているはずだ。オーソンもよくこんなところにあるものを見つけれたものである。

そこからさらに進むとまず天井の大きな亀裂が目についた。急いで近づくと洞窟の一部の床が完全に崩れ、大きな穴が開いていた。

こんな穴が以前からあるのならガビーは事前に教えてくれていただろう。地震で地割れが発生したということだろうか。オーソンはここに落ちたのかもしれない。下を覗き込んでみると、深さは十メートルほど、底には瓦礫の山のようになっていた。そこには何かしらの空間が開いているようである。アルは縄を岩に固定すると裂け目の下に降りて行くことにしたのだった。

垂れた一本のロープを頼りに、アルは洞窟にできた裂け目を慎重に下り始めた。支える足場となる壁があるのは途中までで、二メートル程の穴を抜けると、急に空間が広がっていた。アルは腰にロープを回した状態で下を覗き込む。

そこは一辺十メートル程の部屋になっていた。部屋の壁は滑らかで明らかに人の手によって作られたものだ。アルが居る天井近くの位置から床までも同じく十メートルほどあるだろう。そして、そこに身長三メートルほどの巨大な人形が二体居た。胴体は黒くつやのある石で、頭部に整った鼻だけの白い高価な陶磁器のようなお面だけがついており、宙に浮いたように見えて不気味である。その人形は右手に持った黒く光る杖状の物の先をアルに向けていた。

アルは何か悪い予感のようなものがして、手に持ったロープを緩める。身体は一気に五メートルほど落下した。それとほぼ同時に人形の持つものの先から青白い光がそれぞれ放たれ、先ほどまでアルが居た辺りで交錯し、天井で派手な火花を散らしたのだった。

棒の先から放たれたのは魔法の矢《マジックミサイル》のようなものだろうか。アルはロープを緩め、ほとんど自由落下のような形で地面に着いた。上から覗いた時には見えなかったが、着地した辺り、積み重なっている瓦礫の横にはオーソンのものと思われるつるはしが転がっていた。一面に落下してきた小石や砂がちらばっていた。出入口は二つあって、片方は扉があって閉まっている。

アルは開いているほうの出入口に向かって走った。人形のようなものがどうして攻撃してくるのか、ここがどこなのかは全くわからないが調べている暇はなかった。出入口の大きさより人形のほうが大きい。部屋を出れば助かるかもしれない。

二体の人形からは再び青白い光が放たれたが、懸命に走るアルには当たらなかった。出入口の中に飛び込む。その先は五メートルほど先ですぐに上がる階段となっていた。アルは速度を緩めることなく階段を駆け上る。再び青白い光が床に当たって火花を散らす。階段を上り切ったアルは床に倒れ込んだ。

ふぅと大きなため息をついたアルは周囲を見回した。アルがいるところは神殿か或いは城のような石造りの建物の廊下だと思われた。階段を上がったこの場所は廊下のようで、道はさらに先に伸びていて突き当りに扉があった。床も天井も継ぎ目のない滑らかなクリーム色の石材で作られていた。表面はきれいに磨かれてつるつるでさらに露に濡れていた。天井近くには透かし彫りのような装飾が施されている。

耳を澄ませても何の音も聞こえてこず、青白い光がもう飛んでこないところを見ると、一旦は逃げ切ったようだった。アルは音を立てないようにしながらゆっくりと立ち上がる。ここはもしかして古代遺跡だろうか？　先程襲ってきた人形は遺跡を守るゴーレムかもしれない。彼は思わず微笑みを浮かべてしまった。ずっと夢にまで見たものである。周囲をきょろきょろと見回す。祖父が訪れたという古代遺跡というのはこのようなものだったのだろうか。

しばらく壁や床に頬ずりしそうな距離で見ていたアルだったが、はっと我に返った。先ほどの部屋には見覚えのあるつるはしが転がっていた。ということはここにはオーソンが居るのかもしれない。いや、あの距離を落ちたとすれば無事ではいられないはずなのだが……。

戻るとあの人形に攻撃されるだろう。まずは突き当りの扉を当たるしかない。アルは心を決めて廊下の突き当りに近づいてゆく。罠などはなさそうに見える。扉に見えたものは石に透かし彫りが施された立派なものである。だが取手などはなさそうだった。

首を傾げながらあと三メートルほどの距離にまで近づいたとき、急にその石扉のような板が横にずれた。

あわててアルは二、三歩下がって身構える。だが、そこに見えたのは壁に明かりがついた一辺六メートル程の真四角の空間であった。壁は同じようにクリーム色で、中央には石棺《せっかん》とおもわれるものと祭壇、そして、その前に銀色で綺麗に磨かれた水筒のようなものを持ち、両手両足を伸ばして横たわっているオーソンの姿があった。

アルはあわててオーソンに近寄る。息はあった。かなり痩せてはいるものの顔色はかなり良かった。何故か酒の臭いがする。

「オーソン、オーソン」

アルは彼の頬を叩く。オーソンはゆっくりと目を開けた。

「ん？　アル？　……そんなわけはないな。幻か？　やばい、もうだめか……」

オーソンの口ぶりは呂律が回っておらず、まるで酔っ払いのようであった。

「ちょっと、オーソン。どういうこと？　大丈夫？　しっかりしてよ」

あわてて駆け寄ったアルがしつこくオーソンに話しかけると、オーソンは瞑っていた目をゆっくりと開けた。

「すごいリアルだな。まるで本物だ。いよいよ幻が酷くなってきたか……」

オーソンはそう呟いてぼんやりとアルを見た。何度も話しかけられオーソンはようやく現実だと気付いたようだった。驚愕に目を見開く。

「まさか？　本当にアルか⁇　助けに来てくれたのか？」

オーソンは感極まった様子でゆっくりと身体を起こすとアルに手を差し伸べた。かなりふらふらである。アルはその手を取った。熱でもあるのだろうか、かなりあたたかい。一体どうしたのかと尋ねると、彼は右手に持った金属製の水筒のようなものをみせた。

「この魔道具のおかげと言えるのかな……。祭壇の上にあった、酒がいくらでも出る水筒だ」

オーソンはアルナイトと呼ばれる水晶を採掘している途中、地震に襲われたらしい。足元が急に崩れてアルがロープで降りてきた部屋に落下してしまったということだった。ゴーレムが襲ってきたのでその攻撃を後退しながら防ぎ、なんとかこの部屋まで逃げ込んで来た。そこでこの水筒を見つけたのだという。

「まさか、酒だけでひと月？」

「ひと月？　もうそれだけ経ったのか？　そうだな、そうなる……あのゴーレムには全然敵わねぇし、逃げ道もみつからない。鞄や水筒は入口のところに置いたままだった。これを飲むしかなかったのさ」

オーソンは苦笑いを浮かべ、立ち上がろうとしたが、ふらふらするだけで立ち上がることはできなかった。酒だけでひと月とはよく生きていられたものだ。

「ちっ、酔っぱらっちまってダメだ」

「とりあえず、水と……あとは、これを食べられる？　ゆっくりと噛んでね。他に何か見つけたことはある？」

アルは腰の水筒、続けて引き寄せた背負い袋の中から取り出した干しブドウをオーソンに手渡す。彼は水をごくごくと飲んで、おおきく息を吐く。そして干しブドウを二、三粒口に放り込むとゆっくりと味わいながら噛み締め始めた。

「ぁあ、うまい」

オーソンはそう呟くと天井をぼんやりと見つめた。それが精いっぱいなのだろう。アルはオーソンを部屋の壁にもたれかけさせると、周囲を調べ始めた。石棺の前にある祭壇の上には銀色に鈍く輝く空のゴブレットが載っているだけだ。

『魔法感知《センスマジック》』

反応して青白く光るものがないかと改めて見回す。近づくと開閉する扉とオーソンが持っていた酒の出る水筒には反応があるが、それ以外には反応はなかった。ぼんやりとしたままのオーソンの持ち物も声をかけて念のために見せてもらった。ベルトポーチの中に微かに光るものが二つあった。魔道具らしいが、すでに魔力を失っているようだ。ぼーっとしているオーソンに尋ねると、光《ライト》の魔道具と落下抑制《フォーリングコントロール》の魔道具で、共に元からオーソンの手持ちのものだと答えてくれた。

落下抑制《フォーリングコントロール》の魔道具というのは、崖から落ちた時にもまるで羽毛のようにゆっくり落ちることができるという効果があるもので、これのおかげで地震の時に落下しても助かったということだった。

『知覚強化《センソリーブースト》　視覚強化』

アルは部屋の隅々、祭壇の裏側、天井、そして階段の手前の廊下も改めて調べて回った。隠し扉の一つでもないかと考えたのだ。だが、それも何も見つけることはできなかった。

「まいったな。どこかに抜け道がないかと思ったんだけど、なんにもない。仕方ない……。オーソン……」

アルはすぅすぅと寝息を立てているオーソンの顔をしばらくじっと見て、首を振った。

「オーソンが相手でも話すのはやっぱり怖いな。その前に一度、自分だけで試すか……」

アルは独りでそう呟くと、部屋の外に出た。扉が再び自動で閉まるのを確認すると、降りる階段の手前まで進む。

『隠蔽《コンシール》』

アルの姿はすぅと消えた。いくらオーソンとは言ってもまだこの呪文を習得したという秘密を明かすのには勇気が必要で、それには踏ん切りがつかなかった。アルは自分の手が透明になって消えたのを確認してからゆっくりと階段を下り、最初の裂け目につながる部屋のすぐ外にまで到着した。中を覗き込む。それと同時に部屋のほぼ中央に居たゴーレムらしい人形がアルがいる方を向いた。

こちらを向いた？　アルは背筋がぞっとした。もしかして隠蔽《コンシール》呪文が効いてないのかもしれない。自分の掌を確認するが、やはり透明のままだ。だが、ゴーレムは右手に持つ杖をアルの居る方向に向けた。アルはあわてて立っていた場所から飛び退く。いままで居たところに青白い光が通過し、壁に当たってまた火花を上げた。明らかにゴーレムはアルに向かって魔法を放ってきた。アルはぱっと背中を向けると再び一気に階段を駆け上がった。最初の時と同じように床に飛び込むとほぼ同時に天井に青白い光がぶつかり火花が飛んだ。

古代遺跡の番兵といえばゴーレムというイメージをアルは持っていたのだが、そのゴーレムには隠蔽《コンシール》呪文が効かないらしい。なんとか無事に逃げ込んだアルはぐったりとして床に倒れたまま腕に顔を埋めた。

「ゴーレムに使えなかったら意味ないよ……。禁呪の規制は思ったより厳しいし……、使い方とか誰にも聞けなくて自分で調べるしかないから、うまく使えてるかどうかもわからない。憶えないほうが良かったかも」

思わず彼はそう呟いたのだった。

しばらく顔を伏せていたアルだったが、石の床の冷たさが染みてきて頭を上げた。ショックは強かったが、どうしようもない。とりあえず脱出が優先である。

他に調べていないところはないかとアルは首をひねった。そして、最後に棺の中を見ていない事に気が付いたのだった。

ここはどう考えても古代の王か英雄の墓だろう。ゴーレムがおり、アルたちが地震でできた亀裂から入ってきた部屋は石棺がある部屋を護る直前の部屋で、閉まっていたもう一つの扉が正規の出入口のはずだ。石棺の中には副葬品などが入っているかもしれない。そして、それが脱出の手助けになるかもしれないのだ。

ただし、古代の王や英雄の石棺を開けたときに呪いがかかるという伝説もアルは聞いたことがあった。だが、これ以外には脱出する術がない。調べてみるしかないだろう。

アルは運命の女神ルウドに幸運を願いながら石棺に近づいた。石棺の蓋の石は長さおよそ三・五メートル、幅一・五メートル、厚みは三十センチほどだろうか。持ち上げるのは到底無理だが、溝などがない一枚物のようで横にずらすことはできそうだった。肉体強化呪文《フィジカルブースト》で腕力を強化し、慎重に押す。

ずずっと音がして石棺の蓋が動いた。石棺そのものに厚みがあり、三十センチほどずらしてようやく中が見え始める。そこにはまるで生きているような高齢の男性の遺体があった。穏やかな笑みを浮かべており、服装はトーガとよばれる古代劇などでもよく見られるものと同じであった。色は褪せた灰色であったが、ところどころに施された刺繍には鈍い金色が残っていた。

蓋の石をずらし、ある程度中がみえるようになった。アルは何度も運命の女神ルウドの名を唱えながら、遺体を動かし中を探る。残念ながら、これだという物はない。唯一魔法感知呪文《センスマジック》に反応したものがあり、それは遺体が手に持っていた直径三センチほどの丸く平べったい青い水晶のようなものであった。よく見ると、アルがペンダントにしているものに比べて一回りほど大きいものの、形は非常によく似ていた。

アルは自分のペンダントを取り出し、見比べた。新しく見つけたほうは水晶の中の光はぼんやりと灯ってはいるが、今のアルのものほどではない。もう少し比べてみようとアルは首からそのペンダントを外して横に並べてみる。すると、急に新しく見つけたほうの中の水晶が光を増した。それと同時にまるで神の啓示かなにかのように、落ち着いた男性の声がアルの耳に響いた。

「感謝するぞ……若者よ」

アシスタント

オーソンの悪戯かとアルはあわてて、近くで壁にもたれて座っている彼を見た。だが彼は目を瞑ったままであった。オーソンではないとするとどこから聞こえたのかと周りを見回していると再び声がした。

〝私はテンペストのアシスタントだ〟

「テンペスト？　アシスタント？」

アルにとっては、何かわからない言葉が並んだ。警戒しながら会話を続ける。とりあえず話しかけてきているのは遺体が手に持っていた水晶らしかった。テンペストと聞いて、アルは隣国であるテンペスト王国を思い出したが、話を聞くとそうではなく、目の前の遺体の男の名前であり、アシスタントというのはその彼が生きていた頃に補助などをする、まるで知性のある水晶に宿る人格のことを言うらしい。

〝これは水晶ではないし、この形だけとも限らぬのだがな〟

首を傾げているアルに、アシスタントはそう付け足した。この呟きは不思議な事にアルにしか聞こえていないらしい。触れている者の耳辺りの骨に何かを伝導しているのだと彼は説明してくれた。耳には骨がないのにとさらに疑問が浮かぶが聞き始めると限りがなさそうである。

「とりあえず、細かいことは後でね。そのアシスタントさんは、ここで何をしていたの？　もしかして遺体を守っていた？」

どんどん細かくなる説明に倦んだアルが尋ねた。彼の口調からすると怒っているというわけではなさそうだが、状況はよくわからない。

〝私が遺体を守っていたのはその通りだ。本来であれば、遺体の尊厳を損なうような行為について非難すべきだが、そなたの様子には敬意が感じられた。それに、私自身の魔力はほぼ尽きており、守る事はおろかこうやって話すことすらできない状況であった。テンペスト様はすでに亡くなられ、

その五感を使うことはできないが、そなたのアシスタントが私に魔力を提供してくれたおかげでこのように話すことができている〞

彼がペンダントにしている青い水晶も実はアシスタント・デバイスとよばれるものであったらしい。どうして彼と同じように喋らないのかと尋ねると、おそらくアルの五感を通じて周囲の事は理解しているはずだが、まだ何も知らない赤ん坊のような状態であるので、人間と話す事すらまだできないのだと教えてくれた。

「僕たちはここに紛れ込んでしまっただけなんだよ。帰ろうとしても途中にゴーレムが居て邪魔をしてくる。なんとか見逃してくれない？」

また話が逸れてゆきそうだとアルは慌てて口をはさむ。

〝私としてはこのままずっと静かにテンペスト様との時間をすごしたいだけだ。この墓については余人には秘密にしてほしい。それが守れるならばそなたのアシスタントに免じて帰してやろう〞

このアシスタントだと名乗った彼はどれぐらいの年月をここで過ごしていたのだろう。アルは頷いた。

〝そなたのアシスタントは私から知識を受け取って急速に学習をしている。もうすぐそなたと話すことができるようになるだろう。今までそなたの想いを受け取りゆっくりと成長をしてきたようだ。そなたが悪い人間ではないというのは、彼女から魔力をわけてもらったときに十分に理解できた。うらやましいな。私も同じようにテンペスト様と過ごした日々があった〞

アルはオーソンをちらりと見た。彼は力なく眠っていた。話を聞きたくもあるが、それより早く脱出してゆっくり寝かせ、栄養のあるものを食べさせてやりたいと焦るような気持ちが強い。

「悪いけど早く脱出させてほしい。僕たちを魔法で簡単に麓の村まで送ってくれたりしない？」

アルの願いにアシスタントは無理だと即答した。彼はこの墓所を管理するためにいくつかの権限を与えられているだけで魔法を使う事はできないらしい。このように話しかけているのは魔法ではないのかと尋ねると、これはすこしちがうのだという。

〝アシスタントが魔法を使えるようにという研究は進んでいたはずだが、その前に私はこの墓に入ったのでな。結果は知らぬ。逆にそなたが持つアシスタントが何故こんなに幼いのか、いや、その前にそなたの口ぶりではアシスタントの存在すらよく知らないという風であった。どうしてなのだ？〟

そう尋ねられても彼もわからない話であった。中級学校で歴史の授業はあったが、それはアルの出身であるシルヴェスター王家が建国される少し前、二百年ほど昔からの事しか聞いたことがなかった。そしてそのアシスタントにシルヴェスター王国や隣国のテンペスト王国を知っているかと尋ねたが彼は全く知らなかった。彼の主であるテンペストという男は偉大な魔法使いではあったが、国王や貴族のようなものではなかったという。とりあえずお互いが知る歴史にはかなりの隔たりがあるようだった。

〝ふむ、とりあえず、そなたの持つアシスタント・デバイスに宿るアシスタントにこの墓所の守護者であるゴーレムからは攻撃されないような符丁を与えることにしよう。そうすれば、そのアシスタント・デバイスを身につけていれば攻撃されることは無いだろう。守護の部屋の天井から帰ると良い。あと、テンペスト王国については少し気になるな。わが主と同じ名を持つ国家とは……。もし何かわかれば誰にも知られぬように伝えに来てほしい。頼めるか？〟

アルは頷き、運搬呪文《キャリアー》の円盤を変形させた椅子にオーソンを座らせた。ほとんど寝ているような状況なのでずり落ちないように枠もつける。

〝なかなか良い工夫だな〟

魔法使いテンペストのアシスタントは素直にそう言った。アルは嬉しそうに微笑んだ。

「では帰ります。えっと、テンペストさんのアシスタントさん」

〝ああ、私にも一応名前がある。マラキというのだ。ではな〟

アルは改めて水晶を遺体に持たせ直し、石棺の蓋を戻すと立ち上がった。名前を教えてくれたということは、親近感を持ってくれたという事だろうか。彼はいろいろと知っていそうだ。また話を聞きたいが、今はオーソンが心配だ。また時間ができた時にはまたこっそり戻ってこよう。その時、アルはそう思ったのだった。

†

アルが洞窟の中の裂け目をロープに伝って上がってゆくと、洞窟の中にほんのりと何か肉の焦げたような臭いが漂っていた。誰かいるのかとそっと覗き込む。洞窟の中には誰もおらず、その臭いはアルが入ってきた崩れた石の隙間からのものだった。

ガビーと別れたのは昼前で、今はまだ夕方にはなっていないぐらいの時間である。彼が戻ってくるにはまだ早いだろう。それとも帰るように言ったアルの言葉に従わなかったのかもしれない。

アルは崩れた石の隙間から外の様子を伺った。かちゃかちゃと金属がこすれる音と話し声がする。洞窟の外には長逗留をする人間のための簡単な炊事場のようなものが設けられていたが、その辺りに人が居るようだった。それも声からすると二人、共に若い女性のように思われた。

「ありがとう、ジョアンナ。でもいいわ、食欲がないの。お白湯だけもらえる？」

「姫、申し訳ありません。でも何か食べないと……」

アルは首を傾げた。姫？　どこの姫だろう？　それともあだ名だろうか。少なくとも盗賊などではなさそうなのは確かでアルは胸をなでおろした。ゆっくりと隙間から抜け出し、運搬呪文《キャリアー》の円盤を変形させた椅子に意識なくぐったりとしているオーソンも隙間から引っ張り出すと、岩陰から炊事場を覗き込んだ。

そこには乱暴に短く切ったのであろう茶色の髪で戦場からにげだしてきたと思われる汚れて破損だらけの金属鎧を身につけた二十代前半であろうと思われる騎士らしい女性と、元は素敵なドレスだったのだろうと思われるぼろ布を身にまとったアルより少し年下ぐらいの少女が居た。汚れてくすんだ金色の髪はじゃまにならないようにだろうか後ろで束ねられている。騎士らしい女性がジョアンナ、少女が姫だろうか。調理場の台の上には何か焼こうとしてうまくできなかったのであろう炭の塊が転がっていた。彼女たちは炊事場に置かれていたカップで水を飲みながら、怪我をしたりしていないかなどと話し合っていた。

アルはしばらくの間物陰に隠れたまま様子を見ていたが、二人が盗賊といった危険な人間の類である可能性はかなり低そうだった。かなり険しい道であるはずだが、この湯治場をさらに進みナッシュ山脈を越えるとテンペスト王国に続いているはずだ。彼女たちはそこから避難してきたのだろう。ここの炊事場でまずオーソンの食事を調理したいと考えていたアルは少し迷ったものの、声をかけることにした。

「こんにちは」

アルの声に女性二人は飛び上がりそうなほど驚き、あわてて座っていた椅子から立ち上がった。ジョアンナは背後に少女をかばい、腰の剣の柄に手をかける。アルは物陰から出て、距離を置いたまま、敵意がない事を示すように両手を上げる。

「大丈夫、盗賊とかじゃないよ。僕は冒険者のアル」

ジョアンナはじっとアルを見たままだ。アルは声をかけたのは失敗だったかと考えつつ、軽く微笑みを浮かべてじっと待った。

「ジョアンナ……悪い人ではなさそうです」

彼女の影に隠れていた少女が小さな声で呟く。ジョアンナはちらりと少女を見、軽く頷いた。

「悪かった。私はテンペスト王国騎士団……いや、あー、クウェンネル男爵家に仕える騎士でジョアンナという。こちらは、姫……いや、お嬢様のパトリシア様だ。えっと……反乱……いや、戦いに巻き込まれて、一緒に逃げてきたのだ。ここの施設はそなたのものだろうか？」

ジョアンナの説明はかなりたどたどしいものであったが、アルはそこに触れずにいることにした。事情を聞くことによって何か問題に巻き込まれそうな危険を感じたのだ。貴族同士の争いなどに巻

き込まれるのは避けたかった。

「ここは麓にあるクラレンス村が所有している湯治場だよ。友人が地震でそこの洞窟の奥に閉じ込められてね。今ようやく救出してきたんだ。ほら、すぐそこに倒れているのがその友人さ。しばらくまともなものが食べられずにかなり弱っててさ。食事を作ってやりたいから炊事場を使わせてもらっていいかな？」

「そ、そうか。もちろん良いとも……」

オーソンの状態からするとすぐに固形物は受け付けないに違いない。炊事場のすぐ横にはテントを張ったり、簡易な食事をとれるようなスペースがあったので、アルはそこに毛布を敷いてオーソンを寝かせ、二人の女性の代わりに炊事場に入った。手慣れた様子で手持ちの薬草などを使ったスープの用意を始める。鍋が煮え始めると良いにおいが漂いだす。彼と入れ替わりに炊事場から出たジョアンナたち二人はすこし手持無沙汰な様子でテーブルに座っていたが、スープの用意がすすむとちらちらとアルを見てなにか小声で相談し始めた。そしてジョアンナがなにか意を決した風にアルに近寄ってくる。

「すまぬが、私たちにも食事を分けてもらえないだろうか？」

その前の様子から少し気になっていたアルだったが、その率直な申し出に少し驚いた。高い身分の者であれば、強引によこせと言われるのではないかと内心思っていたのだ。

「いいですよ。肉も食べます？」

「良いのか？」

ジョアンナは顔を綻《ほころ》ばせた。

「戻ったら肉を焼きますので、それまでこのスープと硬いですけどよかったら……」

そういって、アルは自分の背負い袋から黒パンを取り出した。何日か前から入ったままのパンなので、もちろんカチカチだが、彼女たちは嬉しそうにそれを受け取る。

「これを友人に飲ませるので、焼くのは少しだけ待っててね」

嬉しそうに顔を見合わせる二人を置いて、寝かせていたオーソンの背に運搬呪文《キャリアー》で作った椅子をあてがって座らせると、匙で冷ましながらゆっくりと飲ませた。運搬呪文《キャリアー》で作った椅子はこのように位置を簡単に動かすことができるので非常に楽だ。オーソンの酔いは少し醒めてきたようで、意識は徐々にはっきりしてきたようだが、まだ状況はよくわかっていないようだ。

「大丈夫なのか？」

ジョアンナは心配そうに尋ねた。

「はい。実はあちらに洞窟があったんですが、そこの入口が地震で塞がれ、閉じ込められていたんです。水も食料もなくて……ですが、エールの樽が無事だったので、ひと月、エールだけで凌いでいたみたいなんですよ」

「ひと月もエールだけで……それでその様子なのですね」

軽めのワインとエールであれば、大きな違いはないだろう。墓室の事はまだ秘密にしておく必要がある。調べられたら嘘であることはすぐに見破られてしまうが、そのような事にはならないだろう。

「そうなんです。さて、じゃあ肉、焼きますね」

オーソンが寝息を立てて穏やかな表情で眠ってしまったのを見て、アルは彼を寝かせて炊事場に戻った。


「さぁ、どうぞ」

パンとスープは食べたはずだがあまり足しにはなっていなかったようで、肉を焼いている間、彼女たちは何度も生唾を飲み込み我慢していた。しばらくの間、ろくなモノを食べていなかったにちがいない。

「ありがとう。豊穣の女神イーシュと、アル殿に感謝を……」

祈りを捧げ、最初は遠慮がちだった二人であったが、途中から夢中になって食べ始めた。アルが覗いている時にパトリシアは食欲がないといっていたが、それは食事を用意していたジョアンナへの気遣いだったのだろう。

「パンはもうないですけど、肉ならまだあります。食べますか？」

空っぽになった皿をじっと見ている少女にアルは軽く微笑んだ。鹿肉はかなり貰って来たのでまだ余裕はある。だが、少女は嬉しそうに少し目を見開き、少し考えた様子だったが、唇を噛みしめると首を振った。

「こんなにして頂いて申し訳ないのですが、お渡しできるお礼がないのです……」

急にパトリシアはぽろぽろと涙をこぼし始めた。袖で涙をぬぐう。

「ああ、ご、ごめんなさい……」

少女は俯いてしまった。アルは黙ったまま残っていた肉を出してくるとナイフで薄く切って軽く塩を振り、火であぶり始めた。この辺りには鹿はかなり居そうだ。全部食べてしまってもすぐ補充はきくだろう。

「おなかが空いてると、弱気になっちゃうよ。追加どうぞ」

木の皿に焼けた肉をそれぞれ何枚かずつ載せ、二人の前に出す。巻き込まれたくはなかったが、放っておくこともできなかった。おそらく砦に行けば避難民として保護をしてくれない訳ではないと思うが、服装からしても何か特別な理由があるのだろう。それに金もないというならろくな対応もしてもらえまい。見捨てる事はできないな。アルは心を決めた。

「えっと、僕には双子の妹が居たんだ。小さいときに死んじゃったんだけどね。ずっと仲良くしていた。だから、目の前に居る、弱っている年下の女の子を放置することはとてもできない。大したことはできないかもしれないけど、よかったら話を聞かせてくれないか？」

アルの言葉に二人は少し黙り、顔を見合わせた。そして、パトリシアはゆっくりと頷きそして口を開いた。

「私の父は、リチャード、テンペスト国王の弟でした」

躊躇いがちに始まった少女の一言を聞いてアルはあわててその場に跪《ひざまず》こうとした。だが、それを彼女は止める。

「お願いです。そのまま最後まで聞いてください……」

慣れない様子で詰まりながらも話をしてくれた内容によると彼女は隣国テンペスト王の弟リチャードと、テンペスト王国に仕えるセネット伯爵の長女セリーナの間に生まれた娘だということだった。国王からすると姪ということになる。セネット伯爵というのは国境都市パーカーを越えたすぐ向こう側に領地を持ち、レイン辺境伯とずっと緊張関係にある相手でもあった。

テンペスト王国の中で数代前から王家より宰相を務めるプレンティス侯爵家のほうが力を持ちはじめ、特にここ数年は侯爵家当主が公然と王家批判を行い不穏な雰囲気となっていたのだという。身の危険を感じた彼女の母親のセリーナはその頃からセネット伯爵家の領地にパトリシアを連れて戻っていたらしい。

半年ほど前のことだった。王都から離れた位置にあるセネット伯爵家に驚愕の事件の報が届いた。テンペスト王国の王都で政変が起こり、現王が廃され、プレンティス侯爵が国王の座に就いたというのだ。それとほぼ同時に前王家の血を引く者たちは皆、捕まえられ処刑されたらしい。パトリシアの父である王弟リチャードももちろん例外ではなかったという。

しばらくして、セネット伯爵領にテンペスト王国の騎士団がいきなり攻め寄せてきた。セリーナとパトリシアを引き渡すようにという交渉が行われて伯爵が拒否したのだという話もあったが、セネット伯爵家の騎士団長はジョアンナに、元より国王派であった伯爵領は問答無用で攻め滅ぼすつもりなのだと愚痴を言っていたので真実は交渉などなかったかもしれない。

セネット伯爵領はいきなり戦乱に巻き込まれ、パトリシアと彼女の護衛とされていたジョアンナはろくに荷物を持ち出すこともできず、辛うじてナッシュ山脈を越えてレイン辺境伯爵領に逃げ込んで来たのだということだった。アルは最初、そんな装備でナッシュ山脈を越えてきたという事に半信半疑であったが、ジョアンナが自分は肉体強化《フィジカルブースト》呪文が使える騎士であり、大半をパトリシアを背負ってきたのだと説明したので、それならばと信じる事にしたのだった。

「私はセネット伯爵家にとっては疫病神のようなものだったのに、私はただ怖くて……家族の言葉に甘えて逃げだしてきてしまいました。途中で犠牲になってしまった人たちのことを何度も聞きました。私が逃げ出さずに処刑されていればおじい様や叔父様は助かったかもしれない……」

「そんなことはありません。姫様は頑張ってここまで来られた。姫様は残された希望なのです」

再び涙を流し始めたパトリシアを騎士のジョアンナが慰める。

「だから、私には王家の人間として敬われる資格などありません……。私に跪こうとしないでほしい……」

王家の姫として扱おうとするとパトリシアは感情が高ぶってしまうようで、アルとしてもどうすればいいのかわからなかった。聞いた話から想像するにかなり過酷な経験だったのだろう。

「えっと、この国で頼れるような人は？」

この口調で良いのか不安に感じつつも、アルは尋ねた。すると、パトリシアの母親、セリーナの同母妹であるタラがレイン辺境伯爵家との友好の絆として配下のレスター子爵家に嫁いでいるのだという。彼女なら私達を保護してくれるのではないかという話だった。

「もしかして、レスター子爵家のタラ様って……子供がいたりする？」

「たしか、ナレシュ様という方がいらっしゃると思います」

パトリシアはナレシュの従妹ということか。アルが想像するに彼女はかなり難しい立場だと思えた。テンペスト王国では新しく即位した新王が旧王家の血を引く者を根絶やしにしようとしているのだろう。血眼になって探しているに違いない。レスター子爵家が彼女を保護するかどうかも怪しいかもしれない。だが、ここまで聞いてしまったアルとしては、彼女を見捨てるという選択肢をとることが難しくなってしまった。どちらにせよそれ以降について判断をするのはアルではない。

「僕は中級学校でナレシュ様とは同じクラスだったんだよ。なんとか辺境都市レスターまで連れて行けるように考えよう。だけど、僕ができるのはそこまでかな。あとはタラ様次第になる。それでいい？」

アルの話を聞いて、パトリシアは驚き、そしてこれはテンペスト様の導きですと言ってまた泣き出した。テンペスト様という言葉にひっかかりを憶えたアルが彼女に聞くと、テンペスト王国の建国王はゴーレム使いとして有名だったテンペストという魔法使いの血を引く子孫だったのだという。彼女はそこまで言って、懐から枠の付いた青白い水晶を出した。テンペストのアシスタントを名乗ったものとそっくりである。極めて見覚えのある形にアルも驚く。

「それは？」

「我が王家に伝わる魔道具です。昔はこの魔道具にはテンペスト様の魂が宿り、王に助言をしてくれたこともあったのだとか。今では助言をしてくださることもなく、何の力もありませんが、その話が大好きだった私が王都を辞するときにテンペスト王家の者の証として伯父上がくださったのです。実はそのテンペスト様の墓がこの辺りにあるという伝承があり、奇跡を祈って私たちは国境都市パーカーを目指さずに、湖の南側であるこちらのルートを選んだのです」

見せてもらって良いかと尋ねると、パトリシアはアル様がずっとお持ちくださいと渡してきた。王家の証を自分が持っていて良いのか自信がないし、礼として渡せる唯一のものだともいう。アルが受け取るのは色々とまずい気もしたが、この話はマラキに伝えるべきで、それにはこれを見せたほうが良いだろう。その時にこの水晶は重要なカギになるかもしれない。

「わかったよ。一旦預かる。もし返してほしいと思ったらいつでも言ってほしい。とりあえずそれを食べてしまうと良い。あと、ここには僕たちが居て気を遣うだろうから、暗くならないうちに近くの川に行ってみても良いかもしれない。ここは湯治場でね、聞いた話では川の中にも湯が沸くんだってさ。そういうのも好きな人がいるらしくて、うまくせき止めて湯溜まりをつくればのんびりとできるらしいよ。ああ、でも服か……」

湯治場を勧めようと話し始めたものの、途中でアルはいろいろと気が付いて後悔する羽目になった。

「いや、しばらくの間、身体を拭うことすらできていなかった。ゆっくりと湯が使えるというのであれば、それだけでもありがたい」

雰囲気を察してジョアンナが言葉をはさむ。少し様子を見てアルは言葉を続けた。

「二人とオーソン、ああ、これはそこで寝ている人のことだけど、この三人の体調が大丈夫なら明日の朝から麓の村まで行きたいと思う。さっき見てくれていたかもしれないけど、僕は魔法を使って彼一人なら運ぶことができるし、ジョアンナさんがパトリシア様……さんを運んでくれるのなら昼ぐらいには着くと思う。でも、その服装じゃ村に入ると騒ぎになってしまうから、二人は村の外で待ってもらって、僕とオーソンだけで村に入って道中の食糧や着替えなど必要なものを調達してくるのが良いと思う。そうしたら明日の夜には普通の宿屋に泊まれる」

ガビーと一緒に移動したときには片道四時間ほどかかった。パトリシアがどれぐらいの速度で移動できるか不安だが、朝早く出れば昼頃には着けるだろう。村や町に立ち寄ることができるのか、避けなければいけないのかは、村で得られる情報次第になるだろう。

「ああ、助かりました。テンペスト様、ありがとうございます。ジョアンナもありがとう。アル様、きっとタラ様がたくさん礼をしてくださるはずです。よろしくお願いします」

パトリシアはジョアンナに抱きつく。ジョアンナは彼女の肩を何度も撫でてよかったですねと慰めたのだった。

†

食事を済ませた後、身体をきれいにしてくると川に向かった二人を見送ったアルは、寝ていたオーソンの横を抜けて大急ぎでマラキの居る石棺の安置部屋に戻った。慎重に石棺の蓋を開けると、マラキのアシスタント・デバイスに触れる。

〝どうした？　すぐ戻ってきたのだな。しかしそのアシスタント・デバイスは……。それが何かわかって持ってきたのか？〟

パトリシアから預かったアシスタント・デバイスを横に置くと、マラキの声は少し緊張で震えているようだった。今までの落ち着いた話し方とは少し変わっている。アルはパトリシアから聞いた内容をマラキに伝えた。

〝そうか、なるほどな。テンペスト様としてそのアシスタントが助言をおこなったのだな。ふむ、今はもう完全に魔力が切れてしまっているようだ。そのままでは魔力を補っても新しいアシスタントとして生まれ変わることになり、元には戻らぬだろう〟

完全に魔力が切れた状態で単純に魔力を付与すると、新しいアシスタントになる？　もしかしたらアルが持っているものも同じようなことだったのかもしれない。わからないことが多すぎる。とりあえずは今の話だ。

「テンペストの関係者だとは思うけど、このアシスタント・デバイスは？」

〝ああ、テンペスト様の御伴侶のアシスタントが宿っていたものだ。そうか、ならばこのアシスタントを復旧すればテンペスト王国の成り立ち、そしてアシスタントがなぜ使われなくなったのかがわかるかもしれぬ。とは言っても、初期化ではなく復旧となると私もしたことがない。うまくできるかどうかもわからぬし、時間がかかるだろう。預かっても良いか？〟

アルは少し考えて首を振った。

「それは預かりものだからね。勝手な事はできないよ。それにいつ返さないといけないかわからないしね」

私には王家の資格がないと泣いていたパトリシアのことを考えるとアルは勝手なことはできなか

った。マラキは少し残念そうに本当に良いのかと念を押してきたが、仕方ないだろう。

〝しかし、知らぬ間にわが主の子孫が国を築いていたとは。奇なることよ。そして、テンペスト様の血統が途絶えるやもしれぬと聞くと、おそらくわが主も嘆くだろう。その娘に何かしらの助力をしてやることはできぬか？　例えば処刑されそうになったとすれば救ってやるとか……〟

「それは……」

そんなことをすれば、アル自身も逃亡しなければいけなくなる。そんな事はできない。

〝もし、逃亡先が必要なら、わが主の研究塔を使うが良い。おそらくまだ使えるだろう〟

「研究塔？　まだ使える⁇」

絶対に無理だと答えようとしたアルだったが、マラキの言葉を聞いて思わず問い返した。古代にゴーレム使いとして有名だった魔法使いの研究塔……アルが祖父から聞いてずっと憧れていた古代遺跡、それも活動を停止していない生きた古代遺跡が残っているというだろうのか。

〝考えてみよ。その酒の出る水筒からはちゃんと酒が出ただろう。それがまだ使える証拠だ〟

マラキによると、何もないところから水は作れても酒を造れるわけがないらしい。当然の事だと言われても、アルとしてはそうですかとしか言いようがなかった。水筒から出る酒は別の所、すなわち研究塔で葡萄を栽培し、収穫、破砕、発酵、圧搾、貯蔵、熟成という工程を経て作られ、それが魔法によって水筒に満たされるような仕組みになっているらしい。そんなことができるのかとアルは不思議に思ったが、そこがテンペストがゴーレム使いとして天才だった証だとマラキは自慢げに答えたのだった。

そして、酒が出ているということは、それらの工程を行う部分というのは時を経ても尚活動を止めていないということであり、なので研究塔はまだ使えるはずだというのがマラキの話だった。

「それはどこに……、どうやって行けば？」

〝そなたは魔法使いなのだろう？　時間がかかるだろうが飛行呪文《フライ》を使えばなんとかなるだろう。一度着けば研究塔には予備の転移用の魔道具があったはずだから、以降はそれを使えば良い。そうすればテンペスト様の血統を継ぐ娘もそこに容易に逃がすことができるだろう。わが主の作られたものだから問題はないと思うが、万が一のこともある。先に行って娘がきちんと生活できるか確認はしておいたほうが良いかもしれぬな〟

転移の魔道具が残っていれば他にも様々なものが残っているのかもしれない。飛行呪文《フライ》はまだ入手していないが、それさえ覚えれば行けるところにその古代遺跡はあるのか……。

「わかった。努力してみる。だから、その研究塔の場所を教えてくれない？」

古代遺跡の誘惑に勝てず、アルはそう答えてしまったのだった。

〝良いだろう。だが、空には道しるべとなるようなものはないし、座標を言ってもそなたには理解できぬであろう。そろそろそなたのアシスタントも会話をする準備ができているのではないか？

彼女に位置を伝えておくので聞きながら飛ぶと良い〟

「もう会話できるの？　それなら、うん、お願いするよ」

〝すこし待つが良い。促してみよう〟

しばらく間が空く。アルは自分の胸から下がる青白い水晶をじっと見つめた。中の光がゆっくりと渦を巻くようにゆるやかに回転していたが、やがてその光は中心に至り、輝きは強くなった。そして、たどたどしい口調の幼い女の子の声が耳に響いた。

〝アリュ……？〟

舌足らずのこの声……この呼び方？

思わず声が出る。

「えっ？」

〝ねぇ、アリュ……？〟

アルの頭の中に一人の幼い少女の姿が浮かんできた。金髪の幼い少女……。手をつないで……雨の晴れ間にでかけた森、やさしい笑顔……。ちょっと待って、……まさか？　アルは大きく目を見開く。

「グリィ？」

アシスタントの声は幼い時に失った双子の妹、イングリッドの声と全く同じだった。ゴブリンを見て逃げようとアルを誘ったときのイングリッドの声と重なる。アルはあの時、何をしたら良いのかわからず立ち尽くしてしまっていた。あのとき、きちんと決断をして走り始めていたら、ミアが必死に稼ごうとした時間は無駄にならず、ゴブリンには捕まらずに済んだかもしれないと、何度も繰り返し後悔したあの時。イングリッドから聞いた最後の言葉。

〝そのデバイスをそなたは握りしめ想いを込めてきたのだろう。アシスタントはずっとその温かい思いに包まれていたと言っていた。私はこういう例は聞いたことがなかったが、長い間そういう行為が続いた結果、そのデバイスには新しいアシスタントが生まれたようだ。普通であれば最初から私のように完成した人格として生まれるのだ。魔力が極端に少ない状態が長く続いたため、機能を制限したのかとも思われるが……〟

今までなら細かなところまで説明をするマラキが珍しく歯切れの悪い説明をした。

「もしかして、イングリッドの魂がここに？」

人が死んだときに強い恨みなどがあれば、その場所や物に宿ることがあるとアルは聞いたことがあった。人に害を及ぼすような場合はアンデッドとして滅ぼされる存在になるが、稀に家を守ったりすることもあるという。

〝そのデバイスは私よりも後の時代に作られたもののようでわからない部分が多いのだ。ただし、私から知識を受け取る《ダウンロード》こともできた。つまりアシスタントであるはずだ〟

「グリィ？　グリィじゃないの？」

アルは胸元からペンダントを取り出し、両手で持つと祈る様にじっと見た。青白く光る水晶。その中心ではゆらゆらと光が揺らめいている。古代に作られた魔道具、アシスタント・デバイス。

〝私は……わからない。きちんと憶えているのは十三日前、私をじっと握りしめてなにか呪文を使ってくれた時……その時に私は生まれ変わり、世界にかかっていた霧のようなものが晴れた気がする。それまでの記憶は曖昧なの。暗い時、明るい時、いろんな時がとぎれとぎれ。でもいつも一緒なのはじっとアリュが私を握ってくれていたこと。ずっと温かい気持ちだった〟

声は記憶にあるものとそっくりだったが、話し方は三才とは思えない。とは言え、当時のイングリッドがどのような話し方だったのかまではっきりとした記憶はなく、今の話し方とどう違うというのか明確に指摘することはできなかった。

アルはぎゅっと唇を結ぶと考え込んだ。目を瞑り、かるく天を仰ぐ。そしてしばらくして口を開く。

「……僕はすごく混乱してる。何か騙されているんじゃないかという疑い、もしかしてグリィは死んでいなかったんじゃないかという微かな、いや、愚かな？　希望、でも、それ以上にグリィの声を聞けて嬉しい」

そこでアルは一度言葉を切り、深呼吸をした。ペンダントのアシスタント・デバイスの中の光はゆらゆらと瞬いていた。

「僕はこのペンダントを大事に思ってる。爺ちゃんにもらってから、ずっと肌身離さずに持ってた。心が苦しいときはこのペンダントをじっと握ってた。だからその結果としてグリィがこうやって話しかけてきてくれたんだって事なんだよね。アシスタントなのか、本人の魂が宿ったのか、気になるけど、今はそれも全部含めて君を受け入れたい。ありがとう、そしてよろしくね。グリィ」

ペンダントのアシスタント・デバイスの光は一層強くなった。

〝こちらこそよろしくね、アリュ〟

イングリッドにマラキから聞いたテンペストの研究塔の位置を聞くと、それは距離だけでも飛行呪文で丸二日飛ぶぐらい離れており、さらに高い空の上に浮かんでいるのだという。飛行呪文を手に入れるだけで行けるか、アルは少し不安になった。だが、そこに行けば確実に古代遺跡があるという話であった。

「マラキさん、とりあえずテンペストさんの子孫だという姫は彼女の叔母さんだという人の所に連れて行くようにするよ。あとは彼女が生き延びられるように頑張ってみる」

そこまで言って、アルはオーソンを納得させないといけないことを思い出した。さばけた彼の事だ。どうせ好きにしろと言ってくれるとは思うのだが……。

〝うむ、よろしく頼むぞ。イングリッドも幸せにな〟

アルは再びマラキをテンペストの棺の中に戻したのだった。

†

アルが裂け目から戻ってくると、日はすでにとっぷりと沈んでいた。炊事場の近くではパトリシアとジョアンナが焚火をして肩を寄せ合ってアルが渡した毛布にくるまっている。オーソンもその横で寝息を立てていた。パトリシアはすっかり眠っているようであったが、ジョアンナはアルにすぐ気付いて目を開けた。

「ごめん、起こしちゃったね」

アルはできるだけ小さな声で申し訳なさそうに言った。

「いや、大丈夫だ。すまぬ。姫はもう寝てしまった」

ジョアンナはパトリシアの毛布を直しながら同じく小さな声で答える。

〝こんばんは……って言っても聞こえないね〟

グリィがアルにしか聞こえない声でそう囁いた。そうか、グリィ、グリィは周りが見えているのか。たしか、マラキの話ではアルの五感を通じて周囲の状況を理解しているという話だった。ということはアルが見たり聞いたりしている事を同じように感じ取っているということか。おそらく先ほどと同じように喋れば、グリィと会話はできるだろうが、そんなことをすればジョアンナは不思議そうな顔をするに違いない。グリィの事を説明しようかどうしようか迷ったが、まだジョアンナにそれを話して良いと判断できるほど彼女の事は知らない。とりあえず相槌を打つ感覚で自分の膝を指でトントンと叩く。これでグリィに何か通じるだろうか。

〝うん、返事はしなくてもいいよ。十三日前からずっとそうだったんだもの。マラキ様のおかげでこうやって話せるようになっただけでも嬉しいの。ねぇ、ジョアンナさんが不思議そうな顔をしてみているわ〟

十三日というのは、魔力制御《マジックパワーコントロール》呪文を使って、このアシスタント・デバイスがほんのりと光り出した時の事だろうか。再び考えにのめり込みそうになったアルはあわてて彼女を見た。グリィの言う通りだ。グリィの話が気になって呆けてしまっていたようだ。

「ああ、ごめんなさい。ちょっとぼっとしていました」

あわててアルは自分の頭を掻きながらそう言う。

「気にせずとも良い。改めて礼を言いたかった。アル殿、本当にありがとう。私だけで見知らぬ土地でどのようにしてタラ様のところにパトリシア様を連れて行けば良いのか、本当に不安だった。そなたのような者に会えて助かった」

アルは少し安堵を感じつつ軽く頷いた。

「ああいう話し方をして実は少し心配をしていたんです。僕からすると、お二人とも雲の上の存在です。パトリシア様から指示されたとは言え、あのような接し方はジョアンナ様からすれば不快な事ではなかったでしょうか」

アルの言葉にジョアンナは首を振った。

「大丈夫だ。逆に私たち二人は身分を隠して移動しなければならない身なのだ。かしこまった態度をとっていれば不審に思われよう。もっと砕けた様子で全く構わない。ただ、タラ様のところに到着してからは彼女がどのように考えられるのかわからぬので、配慮してもらう必要がでてくると思う」

もちろん、それはそうだろう。だが、辺境都市レスターに到着するまでは普段通りで良いのであれば少しは気が楽だ。

「わかりました。では、そのようにさせていただきます。見張りは僕がしておくので、ジョアンナ様も寝てもらっても大丈夫ですよ」

アルの話にジョアンナは微笑む。

「わかった。そなたの言葉に甘えて少し休ませてもらうとしよう」

彼女はそう言って目を瞑った。余程疲れていたのだろうか、すぐに寝息が聞こえてくる。アルは立ちあがると、少し離れたところにまで移動した。

〝アリュもお疲れ様〜〟

早速グリィからの声が耳元で聞こえてくる。

「ねぇ、グリィ、僕をどうしてアルじゃなくアリュって呼ぶの？」

〝アリュはアリュよ……ずっと昔から……〟

グリィはそう返してきた。祖父からこの魔道具であるアシスタント・デバイスを貰ってから、アルがずっとお守りのように思ってきたように、彼女はずっとアルの事を見てきたのかもしれない。

「さっきみたいに、すぐに返事できない時は多いと思う。許してね」

〝うん、それはわかってる。さっきみたいにトントンって返事してくれたら、嬉しいな〟

アルは頷いた。

〝それもわかるよ。視界がすこしゆれたもん〟

グリィの言葉はすこし自慢げであった。

「どこまでグリィはわかるの？」

〝そうね、アルが見ている事、聞いている事、触ったもの、食べた味、嗅いだ匂い、全部わかる。私、アリュのアシスタントだもん〟

「僕が目を閉じてると周りは見えない？」

〝そうね、それは見ることができないわ。でも、アリュがじっと何かを見ているときに見える範囲の端に映るモノとかを見ておくことはできる〟

「そっか……わかった」

もし、そうだとすると不意打ちを受ける可能性はかなり減る事になる。耳も目も二つあるに近いということだ。

〝そうだ、私たちで何か合図を決めない？　アルは返事ができない時があるでしょ？〟

もちろん、そうなる。アルは頷いた。

〝さっきみたいにトントンって叩いたらはい、指で左右に擦ったらいいえでどうかしら？〟

「それはいいね。とりあえず、肯定はトントン、否定は横に擦るだね。わかったよ」

アルは頷いた。

〝あとね、私はアリュと違って寝る事がないの。だから、もし今寝てしまっても、耳をそばだてたり、臭いを嗅ぐことはできるわ。だから、ある程度の異変なら気付いて起こしてあげることができる。そして、忘れる事はほとんどないわ。過去の音声や映像は全部記憶している。どう？　少しは助かるでしょう？〟

「なるほどね。たしかにそれはすごいかも……」

アルはグリィのできる事を想像しながら、素直にすごいなと思ったのだった。

†

翌朝、アルたちは朝早くに残った鹿肉と集めた野草、袋の底に残った豆で作ったスープで腹ごしらえをすませると、麓のクラレンス村に移動することにした。心配していたオーソンもふらつきながらであったが、歩くことができるようになっていたのだ。

そして、彼の体重が減ったおかげか、身につけていた鎧などの装具を外せばパトリシアと二人で運搬呪文《キャリアー》の円盤の椅子に座ることができるのがわかったのも良かった。縦に椅子を二つ並べるような形に円盤の形を変えて二人にはそれに座ってもらえれば、実際に歩くのはアルとジョアンナだけで済むのだ。オーソンが外した装具の他、採取していたアルナイトなどはアルが肉体強化呪文《フィジカルブースト》を使って筋力を強化して背負うことにする。身体より大きな荷物を背負うことになるが、なんとか運ぶことはできるだろう。

「アル様、本当に大丈夫ですか？」

前の椅子に座ったパトリシアは巨大な荷物越しにアルを覗き込む。ジョアンナに髪を編み直してもらったパトリシアの顔は暗いままであったが、昨日夜に温泉を利用してさっぱりとしており、くすんだ金色の髪は綺麗なプラチナブロンドになっていた。目鼻立ちが整っていることもあって、かなり目を惹きそうであったので、スカーフをかぶって顔は隠してもらっている。

「大丈夫だよ。パトリシアさん。でも、後ろはあまり見えないかもだから、オーソン、後方の警戒はお願いします」

アルは首だけ動かしてオーソンに声をかける。身体ごと向きを変えると、運搬呪文《キャリアー》の円盤の椅子は同時にアルの背面に移動してしまうのだ。まるで腰のベルトに固定したのと同じような感じであった。もちろん、アルが触れれば、その椅子の位置は操作できるのだが……。

「あの……アル様は私からすると年上です。タラ叔母様のところに着くまででもいいのです。少しだけでも王家の事を忘れていたい。パトリシアさん、ではなく、できれば、パトリシアと呼んでいただけませんか？」

パトリシアはすこし思いつめた様子でそう申し出た。アルは隣で軽く準備運動をしているジョアンナの顔をちらりと見る。ジョアンナも女騎士だというのは目立つので破損の激しい鎧は外し、湯治場に残されていた男性農夫の上着をかぶり、腰の剣にはぼろ布を巻いた服装であったが、ばっさりと切った髪もあいまって、妙に艶めかしい感じがした。町を歩くと、さぞ女性にモテるだろうといった風情である。その彼女はパトリシアの申し出にはすこし苦い顔をしていたが、しかたないとばかりにゆっくりと頷いた。

〝彼女もここに来るまで辛い目に遭ってたんだし、そして、自分の立場も理解しているみたいよ。すこしぐらい我儘を聞いてあげても良いんじゃない？〟

グリィも賛成の様子だ。

「わかったよ。パトリシア。じゃあ出発するよ」

「はい」

そう答えたパトリシアの声はすこし明るかった。

†

湯治場から麓のクラレンス村を経由し、しばらくの道のりは順調に進んだ。もちろん彼女たちと話した通り、クラレンス村には入ったのはアルとオーソンだけであった。オーソンが無事だったことに礼を言い、湯治場の横の洞窟は中も崩れているので危険だと説明しておく。一応、テンペストの墓に通じる亀裂はカモフラージュしてわからないようにして来たが、念のためだ。そして、当面の食糧やオーソンの荷物が無くなったと言い訳して、予備の着替えや毛布なども無事入手することができた。

だが、街道に人が増えてくると、困った事に気が付いた。アルの運搬呪文《キャリアー》はかなり人の目を引くのだ。最初は肉体強化呪文《フィジカルブースト》を使って歩く速度を上げ、他の人の脇を急いで通り過ぎるようにしていたが、それが何回もとなると不安になってくる。

「まだ昼過ぎだな……。なぁ、アル。このペースなら明るいうちにオーティスまで行っちまえそうだが、どうする？　あまり目立っちゃダメなんだろう」

アルの運搬呪文《キャリアー》で作られた浮かぶ椅子の後ろ側の席に座るオーソンは思案顔でそう呟いた。最初彼は二人の素性に驚き、同行することについて畏れ多いとかどう喋ったらいいのか困るとか言って黙っていたが、途中からは少しずつ話をするようになっていた。と言っても、話かける相手はアルばかりである。パトリシアは大きな馬車しか慣れていないだろうが、二人の所持金を考えてもそんなのは入手できない。せいぜいラバと荷馬車程度だろう。だが、そうなるとかなり揺れるのを覚悟しなければいけない。とはいえ、いくら開墾が進んだ地域だとは言え、街道を外れての移動は蛮族や魔獣との遭遇の可能性が高い。

「そうだね。できれば途中どこかで荷馬車でも手に入れるしかないかな。それか街道を外れて二人で走るかだね」

アルは歩きながら、顔だけすこし振り返ってそう答えた。すぐ後ろには、オーソンとアルの間の浮かぶ椅子に行儀よく座っているパトリシアが居て、にっこりと微笑む彼女と目が合った。アルはすこし焦った様子ですぐ前を向いて頭を掻いた。

「そういや、今回の話はコーディに聞いてくれたのか？」

そんなアルの様子にオーソンはすこしにやにやと笑いながら尋ねた。

「心配してたよ。アルナイトもできれば早く頼むって感じだった」

自分の鎧の受け取りに絡んで聞いただけではあるが、わざわざ調査してきてほしいと言うぐらいだ。間違いではないだろう。なんとなくニュアンスは感じ取ったのか、オーソンは軽く微笑むと頷いた。

「じゃあ、まぁそれほど大急ぎでなくても良いだろ。もちろん二人を探してるやつがいるかもしれないから、早いに越したことはないだろうが。注目を避けるためにラバと荷馬車だな。二人に荷馬車に乗ったことがあるか聞いてくれよ」

オーソンはすぐ前の席にパトリシアが座っているにもかかわらず、アルにそう言う。アルの実家は騎士であり、礼儀作法も一応習っていたのだが、オーソンは今まで話したことがあったとしても騎士爵までであった。王家の姫に話しかけるのにはどうにも難しいらしい。

「そんなに気にされずとも、普通にお話し下さい。その荷馬車というのがどれほど揺れるかは存じませんが、アル様と一緒なのですから、どのような乗り物でも大丈夫です」

パトリシアが後ろに座るオーソンに振り返り、軽く微笑む。オーソンは何か畏れ多いとでも言いたげな表情でハ、ハイと慌てて応えた。

「そうだ！　荷馬車なら、僕が御者席に座って、その後ろの荷台にすわっているように見せかけることができる。そうすれば運搬呪文《キャリアー》で二人並んで座ってもらっても、目立たないかもしれない」

「そりゃぁ良いな。それに、その方法だと、尻《ケツ》が痛くならずに済みそうだ」

尻《ケツ》と聞いて、パトリシアはすこし赤くなり、すぐ横を歩くジョアンナの方を見た。ジョアンナはすこし苦笑いを浮かべてかるく頷く。

「あ、申し訳ごじゃ……ございません」

オーソンが少し噛んだ。

「気にされる事はない。オーソン殿。姫はずっと王城や伯爵家の城の中で暮らしてこられたのでね。あまり庶民の会話に慣れていない。だが、これからはそう言ってもおられぬ。逆にもっと砕けて喋ってもらったほうが良いのではないかと思う」

ジョアンナの言葉にパトリシアも頷いた。

「そうですね。ケ、尻《ケツ》が痛いのは私も嫌です」

そういったパトリシアの顔は真っ赤だ。

「ひ、姫様、そこまでは言っておりません。姫はそういう言い方に聞き慣れておくというだけで良いのです」

ジョアンナは慌てて彼女を制した。

〝あは、このお姫様、面白い〟

国を失った姫として、彼女の状況はかなり厳しいというのはアルも気付いていたが、彼女は彼女なりに必死なのかもしれない。

「アル様、お、お忘れください」

パトリシアはかなり恥ずかしかったのか、少し涙目だ。

四人はそういったやり取りをしながら、辺境都市レスターを目指したのだった。

†

五日ほど経った夕刻、アルたち一行は、ミルトンの街を過ぎ、ようやく渡し場のある町に着いた。翌日、渡し舟で向こう岸にわたれば、辺境都市レスターまではすぐに到着できる距離である。

部屋で食事をすませたパトリシアとジョアンナが、アルたちの部屋にやってきた。ジョアンナは胸の辺りに手をあて、アルたちに騎士の礼をした。

「ようやく、明日はレスターに到着だな。この数日、本当に助かった。アル殿、オーソン殿、改めて礼を言う」

椅子に座っていたアルはゆっくりと立ち上がって礼を返した。

「いろいろとご不便をおかけしましたけど、なんとか無事到着できそうです。ここまでくれば大丈夫でしょう。えっと、お座りください」

アルがそう返して席を勧める。本来であれば、年上のオーソンが言うべき言葉であろうが、彼はこういったやり取りにはいまだ慣れておらず、慌てて立ち上がり、アルを見ながら礼を返すのが精一杯の状況であった。

「堅苦しい挨拶をして済まぬ。もうすぐタラ子爵夫人とお会いするのだと考えるとな。気持ちが切り替わってしまった」

ジョアンナの言葉に、アルは頷いた。彼女も二十代前半だ。まだ若く、この状況に緊張しているのだろう。そういえば、パトリシアはタラ叔母様と呼んでいたが、彼女の叔母であるタラはレスター子爵の第一夫人であるので、親族にあたるパトリシアはそれで良くても、ジョアンナやアルはタラ子爵夫人と呼ぶのが正しい。彼女がそう呼ぶのを聞いて、アルも危うくタラ様と言いそうだった自分に気が付いた。中級学校では学生同士ということもあり、かなりそのあたりは緩かったのだ。

「もうすぐ到着……ですね」

気が付くと、ジョアンナの横に居たパトリシアは少し悲しそうな顔をしている。ようやく親戚であるタラ子爵夫人のところに着くのだ。もちろん彼女は難しい立場であり、これからいろいろな試練があるだろうが、とりあえずは素敵な料理を食べ、白いシーツの敷かれた温かいベッドで眠る生活に戻れるのだ。どうしてこのような表情なのか、アルにはよくわからなかった。

「どうやって、タラ様と連絡を取るんだ？」

オーソンがアルに向かって尋ねる。

パトリシアの叔母であり、レスター子爵の第一夫人であるタラに一般の人間が直接連絡をとれるはずもない。だが、パトリシアが身分を明かすのは隣国テンペストで政変を起こした新王の耳に入る恐れがあって極力避けたいところである。

「うん、もうそろそろナレシュ様も前期の授業を終えて帰ってくる頃だと思うんだ。だからケーンを通じてナレシュ様に連絡を取ろうと思う」

アルと中級学校で同じクラスだったナレシュは上級学校に通っている。上級学校は中級学校と同じく前後期制で、春と秋にそれぞれひと月ほどの長期休みがある。これは故郷が遠く、普段寮生活を送っている生徒が帰郷できるようにという配慮からであった。中級学校では八月末の試験が終われば休みであった。それなら帰ってきているかもしれないとアルは考えたのだった。

「ケーンっていうのは……、ああ、あの頼りなさそうなやつか」

アルは何度か《赤顔の羊》亭の食堂でケーンと一緒に食事をしたことがあった。オーソンはそれを憶えていたらしい。

「あはは、まぁ、そう言わないでやってよ。父親は内政官だし、本人も見習いとして政務館で仕事をしているんだよ。だから連絡できると思う。無理そうなら、あとはレビ会頭にお願いするしかないかな」

「成程な。じゃあ、明日、アルにそれをお願いするとして、パトリシア様たちはどうする?」

この五日間ですこしは話しかける事ができるようになったオーソンの言葉に、パトリシアははっとしてアルを見た。

「明日、朝一番の渡し舟で一緒に川を渡って、僕は一足先にレスターに行くよ。そして、いろいろと段取りをつけてくる。その間に、オーソンは、パトリシア、ジョアンナさんと一緒にゆっくりでいいから《赤顔の羊》亭に向かってほしい」

「ということは、《赤顔の羊》亭にも先に話はしておいてくれるのか?」

「そうだね。連絡がとれたとしてもすぐにタラ子爵夫人が対応してくれるのかどうかはわからない。

それまでしばらく待つことになるかもしれない。そういうのを考えると、知らない宿屋より、《赤顔の羊》亭に行ったほうが安心だと思うんだ」

アルの言葉にオーソンは頷いた。

「もしかして、明日、タラ叔母様が迎えに来てくださったら、この旅は今日で終わりということでしょうか？」

そう話すパトリシアの表情は非常に硬い。

「そうですね。タラ子爵夫人の所までお連れするというのが……」

アルはそこまで言って、パトリシアの頬に涙が伝っているのに気が付いた。アルが話すのを止めたことで気が付いたのか、パトリシアは慌てて自分の頬を拭い、俯いてしまった。

「姫様……」

ジョアンナが彼女の肩を抱く。

「ごめんなさい。わかっていたのです」

パトリシアの言葉は震えていた。

「えっと、もしかして、パトリシアってタラ子爵夫人に面識は？」

アルの質問に、ジョアンナは首を振る。そうか、てっきりよく知っている相手を頼って来ているような認識で居たが、全く知らない相手であったのか。国を追われ、全く知らない親戚を頼っての逃避行。かなり心細い旅をしてきたのだ。

「大丈夫です。アル様。テンペスト様のお導きであなた様のような優しい方にお会いできました。

そのおかげでタラ叔母様にももうすぐお会いできます。ご心配をかけて申し訳ありません」

パトリシアはアルから見ても明らかに無理をした様子で微笑んだ。

「アル殿、お願いがあるのだが……」

その様子を見、ジョアンナがアルに話しかけた。だが、その思いつめた様子のジョアンナにアルは微笑みかけた。向こうに着いても心の支えになってほしいというのだろう。こんなパトリシアを放っておくのは心苦しい。

〝私からもお願いするわ。姫様の力になってあげてほしい。それに、マラキ様も、テンペストの血縁である彼女を守ってあげてほしいっておっしゃっていたじゃない〟

グリィの声がする。彼女の言うとおりだ。陰ながら見守るというのは彼との約束だった。それを守り、飛行呪文を手に入れて古代遺跡の探検をする。これは譲れない。

「うん、わかってる。つらい状況なのはわかったよ。でも僕はただの冒険者でしかない。タラ子爵夫人のお許しがあれば、何なりと協力するよ」

アルの言いたいことはわかったらしい。ジョアンナは頷く。その言葉にパトリシアはほっとしたような微笑みを浮かべた。

「一度、話してみる。よろしく頼む」

そろそろ日が沈むという頃、アルはパトリシア、ジョアンナの二人と共に辺境都市レスターにあるレビ商会の応接室にいた。

アルは話し合った通り、パトリシアたちより一足先に辺境都市レスターに入り、政務館に立ち寄ってケーンにナレシュへの伝言を頼んだ。その時の話ではナレシュは数日前に辺境都市レスターに到着したばかりらしく、連絡がとれるまで数日かかるという話であった。だが、なんと一時間もしないうちにアル宛てにパトリシアとジョアンナを連れてすぐにレビ商会に来てほしいというナレシュからの使者がきたのだった。それも、くれぐれも目立たないように配慮してほしいという注意書きが添えられていた。

アルは指示通りにしてアルがパトリシア、ジョアンナの二人と共に待っていると、そこにナレシュと共と一緒に三十代と思われる女性が二人の侍女を連れて入ってきた。その女性の顔立ちはナレシュとよく似ている。

「ああ、あなたがパトリシア様ね。見てすぐわかったわ。セリーナお姉さまにそっくり……」

その女性はパトリシアの顔を見るなり、そう言って彼女に歩み寄った。

「私はタラよ。あなたのお母様の妹。さぞ大変だったでしょう。もう安心していいわ」

「タラ叔母様……」

彼女がパトリシアの母親であるセリーナの妹であり、レスター子爵の第一配偶者、ナレシュの母、タラ子爵夫人ということだろう。パトリシアはじっと彼女の顔を見つめ、ぽろぽろと涙をこぼし始めた。彼女はすばやくパトリシアに近づくと華奢な身体をぎゅっと抱きしめる。パトリシアはタラ子爵夫人にぎゅっと抱き着き、耐えられなくなったのだろう大きな声を上げて泣きじゃくり始めた。タラ子爵夫人はその彼女の頭を撫で、さぞ大変だったでしょうと慰めたのだった。

彼女たちの横でアルもナレシュと久しぶりの再会に握手を交わす。学生の頃はさほど接点のない二人であったのだが、アルは彼と会うと領都で過ごした学生時代の事を懐かしく思い出す。それはまだナレシュも同じであるようだった。

「アル君、改めて礼を言うよ。パトリシア様を無事連れてきてくれて本当にありがとう。こっそり来てくれという伝言には戸惑ったかもしれないが、事情があってね。テンペスト王国での事は彼女から聞いているだろうか」

ナレシュの問いにアルは素直に頷いた。彼女の素性などを聞いていなければここに連れてこられる筈もない。知っている事は今更隠せないだろう。

「連絡を受けて、すぐに父に確認したのだが、パトリシア様について、既に父と辺境伯閣下との間でも話をしていたようでね。もし保護できた場合、テンペスト王国を刺激しないようにすぐには公表しないと決まっていたらしい。でも安心してくれていい。僕から言っても彼女は大事な従妹だ。存在を秘密にするからといって粗末な扱いはしない」

アルは軽く頷いた。

「ルエラの時もそうだったし、その前、僕を助けてくれた時も礼すらろくに言えていなかった。君には助けてもらってばかりだ。君と中級学校で同じクラスで学べて僕は幸運だった。そういえばケーンからあれは受け取ってくれたかな」

あれというのは、肉体強化《フィジカルブースト》の呪文の書の事だろう。十五才で魔法の才能はないと諦めたのは何故かというのをアルは知りたかったが、それを尋ねるのは今ではないだろう。アルはもちろん受け取った、非常に役に立つもので助かっているとにこやかに礼を言った。

「肉体強化呪文《フィジカルブースト》が使える騎士というのは花形だからな。できれば僕がなりたかったのだが、素質がなかったのは仕方ない」

その言葉には悔しさが滲んでいたが、アルはナレシュ自身が戦いの先頭に立つのではなく、指揮のほうで頑張れって事だよと励ました。それに、まだ十五才で素質がないと判断するのは早すぎるとも言った。二人はしばらく話をしていたが、パトリシアが少し落ちついた様子となったのを見て、アルは部屋を辞することにした。日が沈んで暗くなり始めている時刻である。ナレシュと子爵の第一夫人であるタラ子爵夫人も領主館に戻らないといけないだろう。

「じゃあ、ナレシュ様、まだまだ話は尽きないけど、僕は帰るね。タラ子爵夫人、お会いできて光栄でした。パトリシア様、ジョアンナ様、無事叔母様にお会いできてよかったです。お身体にお気をつけてお過ごしください」

アルがそう挨拶をすると、パトリシアはまた目に涙を浮かべていた。すこし切り出し方を失敗したかもしれない。アルはすこし心が痛んだ。

「タラ子爵夫人、お願いがあります」

ジョアンナが声を上げた。パトリシアの様子に気を取られていたタラ子爵夫人とナレシュは彼女の顔に視線を移した。

「今回、アル様にはかなり骨を折っていただき、姫様も非常に彼を頼りにしていらっしゃいます。このレスターですこし落ち着くまでの間、お話相手として呼んでいただくことはできませんでしょうか？」

ジョアンナの言葉に、タラ子爵夫人は驚いた様子で目を大きく見開いた。

「アラ！　アラ！　アラ！　アラ！　それはどういう事かしら。パトリシア様はまだ十三才だと聞いていたけれど、もしかして？　ナレシュの話だと彼は前途有望な青年だと聞いていたけれど……」

「えっ？　い、いえ違います。決してそのような事は」

ジョアンナはタラ子爵夫人が想像したことに思い至ったらしい。懸命にそれを否定する。

「なら、どういうこと？」

「それは……」

ジョアンナはちらりとパトリシアを見てすこし言いにくそうにする。タラ子爵夫人はすこし考えた様子である。

「わかったわ。このことは私が預かりましょう。ジョアンナ様、後で詳しいお話を聞かせて下さる？」ジョアンナはその言葉に頷いた。

「では、アル君、今回は本当にお疲れ様。礼は改めてレビ会頭経由で話をさせて頂くようにするから楽しみに待っていてくださいな」

「はい。ありがとうございます。では、改めて失礼します」

アルは丁寧にお辞儀をして部屋を辞したのだった。

終章

「アル、ありがとな。これは礼だ、コーディは助かったって言ってたぜ」

《赤顔の羊》亭に戻ってみると、アルナイトの納品に行っていたオーソンが既に帰ってきており、珍しく厨房から出てきているこの宿の主、ラスと二人で一階の食堂で杯を傾けていた。テーブルに肉料理が山積みなところをみると、生還を祝ってのちょっとした祝賀会なのだろう。

「ほんと、よかったよ。起き上がれないオーソンを見たときはどうなる事かと思ったけどね」

アルもそんなことを言いながらいそいそとテーブルに座る。店の中はかなり客でいっぱいだ。ラスの息子のタリーは厨房の中で懸命に料理をしているし、ラスの妻のローレインは、娘のアイリスと共に酒や料理を運んだり、注文を聞いたりして忙しそうに動き回っていた。

オーソンから受け取った革の小袋の中には金貨が五枚入っていた。アルは金額の多さに驚き、慌てて返そうとする。

「うけとってくれ。コーディから受け取った報酬に少しだが俺の気持ちを乗せさせてもらった。それと念のために言っとくが、あの女の子の件で何かもらえるって話になったとしても俺は要らねぇからな。実際、なんにもしてねぇんだ」

何度かやり取りしたが、オーソンの気持ちは変わらないようだった。アルはありがとうと言ってそれを服の内側の隠しポケットに仕舞ったのだった。

「それにしても、今日は店の中は明るいな。ランプの油でも変えたのか？　客もすげぇ増えてるじゃねぇか」

オーソンはカップを片手に周囲を見回す。

「実はアルさんがな、ランプの代わりに光呪文《ライト》を使ってくれているのさ。油が臭くないって、客からの評判も上々でよ。ここ数日はランプに戻していたが、それでもずっとこんな感じさ」

「今夜は月が細いからな、暗ければ余計明るさが目立つだろう。なるほどな」

「アルさん、タリーとも話していたんだがな。こうやって店を明るくしてもらえると、客が増えて店も儲かる。少しぐらい礼をしないといけないと思うんだ」

そう聞いて、アルは少し首を傾げた。光呪文《ライト》を使うことは構わないが、今回のように長期の依頼があればしばらく出かけることもあるのだ。あまりあてにされても困る。その様子を見てラスは首を振る。

「そんなに大したものじゃない。狭い食堂だから気楽に考えてもらったらいいのさ。とりあえず、こうやって明るくしてもらった日は、アルさんの宿代、食事代は無料ってことにしようと思う。その分ぐらいは十分に儲けさせてもらっているからな」

「わぁ、いいの？」

宿代、食事代が無料！　泊っている間の話で良いならすごく有難い話だ。アルは笑顔を浮かべて頷く。

「こっちも助かっているんだ。今日はオーソンが無事帰ってきたし、とてもいい日だ。二人とも、是非、長くこの《赤顔の羊》亭を利用してくれ。ローレイン、乾杯だ。いいワインを持ってきてくれ」

ラスは喜び、大きな声でそう言った。

パトリシアの事は少し気になるが、きっとジョアンナがうまくやってくれるだろう。今回の旅で、祖父の話からずっと憧れていた古代遺跡。その手がかりをやっと手に入れることができた。そして、祖父が残してくれた魔道具の正体もわかった。アシスタント・デバイス。古代の人々が生活を便利にするために作り出したものだという話だった。アルは胸元から取り出して、青く透き通ったそれをじっと見た。だが、単なる魔道具だとはとても思えない。妹のイングリッドの魂はここに宿っているのではないだろうか。

〝アリュ？　どうしたの？〟

「ううん、なんでもない。テンペストの研究塔に早く行ってみたいとか考えてた」

〝そうね。マラキ様のお話だと、研究塔には今回教えてもらった《ダウンロードした》事柄以上の知識《モジュール》もたくさんあるらしいわ。もっと私自身の事もわかるかもって思うの〟

「そうだね。そのためには飛行呪文《フライ》を手に入れないと。頑張って稼がないとね」

〝うん！〟

「アルさん、乾杯だ！」

皆が飲み物の杯を掲げた。アルもあわててアシスタント・デバイスのペンダントを服の中にしまう。そして、同じように杯を掲げた。

「乾杯！」

「乾杯！」

皆の笑いが店の中に広がった。

壊れた荷馬車

アル、オーソン、パトリシア、ジョアンナの四人はオーティスの街を出、街道をミルトンの街に向かっている時の話である。オーティスの街で入手した荷馬車はアルが御者を務め、オーソンとパトリシアはその荷台に、ジョアンナは荷馬車の横を歩いていた。

すこし日が傾いたころ、御者をしていたアルは、前方になにかが居るのに気が付いた。このあたりは平原でゆるやかな高低はあるものの、比較的遠くまで見ることができる。距離はまだ二キロほどあるだろう。オーティスの街とミルトンの街を結ぶ街道はいくつかあったが、アルたちが選択したのは一番西寄りの道であった。この道は一番距離が短くなるように作られたのだが、まだ蛮族が勢力を保っているシプリー山地に近いこともあって、利用する人間は少ないようだった。もちろん目立ちたくないというアルたちにとっては都合のいい事でもあったが、新しくみつけた前方の何かは魔獣や蛮族の可能性もある。

「前方に何かいます」

アルは三人に声をかけつつ、荷馬車の速度を少し緩めた。

『知覚強化《センソリーブースト》　遠視』

アルは自分の視覚を強化して改めて前方を見る。前にあるのは、アルたちが乗っているのと似た荷馬車が一台、傾いて止まっていた。荷台には樽が山積みされている。荷馬車の横には人らしい姿があった。麦わら帽子をかぶった農夫らしい大人が一人、そして小さな子供が二人に見えた。服を着ているので蛮族ではなさそうだ。アルはその周囲を見回した。ちょっとした林は所々にある。そこに何かが潜んでいる可能性はまだ残っていた。

「大人が一人、子供が二人、荷馬車は傾いているので車輪が壊れたとかかも？　でも近くに林はあるので注意は必要です」

アルの説明にオーソンは少し悩んだ様子だったが、軽く首を振った。

「今回は知らん顔をしてさっさと素通りするか」

荷馬車というものは、一度止まると、動き始めるのに時間が掛かるものだ。壊れた荷馬車が、盗賊たちが荷馬車を止めるために待ち構えているおとりである可能性も考え得る話だ。オーソンはいつも使う短めの槍を手元に引き寄せた。彼を救出してから二日経つ。最初は歩くのも覚束《おぼつか》なかったが、すこしずつ回復してきており、槍を振るったりすることはできるようになっていた。

「えっ？」

オーソンの言葉にパトリシアは意外そうな声を上げた。オーソンはジョアンナの顔を見る。

「姫、姫の安全のためにはできるだけ早く辺境都市レスターに到着する必要があります。手助けすると、今日中にはミルトンには着けなくなってしまいます」

「でも、追っ手は今、居ないのでしょう？　また、ここでも困っている人を見捨てていくのは……」

パトリシアは泣きそうな顔になっている。彼女とジョアンナの間では同じようなやり取りが繰り返されてきたのだろう。

アルとパトリシア、オーソンはどうするかと視線を交差させる。

「確かに追っ手の姿はねぇ。大丈夫じゃねぇか？」

オーソンがそう言い、アルも軽く何度か頷いた。最後にジョアンナは申し訳なさそうな顔をして頷く。

「じゃあ、声をかけるね。二人は警戒してて」

アルの声に、パトリシアはぱっと顔を上げた。すこし驚きつつも微笑みを浮かべる。

馬車と親子はかなり近づいていた。傾いた荷馬車の下に大人が一人潜り込み、何か作業をしており、五、六才ぐらいの二人の子供はじっとその様子を見ていた。子供たちのほうが先にアルたちの馬車が近づいてくるのに気が付き、荷馬車の下に潜り込んでいた大人に何か言っている。

「こんにちは。どうしたんですか？」

五メートル程手前の所でアルは荷馬車を止めた。大人の方が荷馬車の下から半分抜け出し、地面に座ったままアルを見上げる。四十前後のすこしくたびれた感じの農夫らしい男性だった。

「ああ、車軸受けの金具が外れちまってな。そんなに荷は積んでなかったんだけどよ。まぁ、長く使った荷馬車だから……」

荷馬車の上の樽には収穫したレンズマメや大麦が収められているらしい。樽に入れるということは乾燥済みのものだろう。彼の言うとおり全部でもせいぜい百キロは超えないだろう。彼の言うとおり荷馬車の荷としてはそれほど重い訳ではない。彼はなんとか荷馬車を修理できないかと悪戦苦闘していたようだ。

「実は昼過ぎぐらいには、ミルトンに着いて市場で売る予定だったんだがな。急にガタンって荷馬車が傾いてよ。助けを求めるにも、今日はこの道を通ったのは徒歩の行商人ばっかりでな。それも数えるぐらいだ。諦めて荷馬車を捨てるしかないかと思っていた所だった」

すでに日はかなり傾いている。午前中のそれも早い時間からこんなところで立往生していたようだ。

「父ちゃん、おなかすいた」

「父ちゃん、喉乾いた」

一緒に居た子供が声を上げた。男の子と女の子だ。顔立ちは似ている。双子だろうか？

「うん、双子。僕はサム」

「私はアンナ」

アルが尋ねると、二人はにっこりと微笑んだ。二人とも金色の髪だ。アルと同じである。

〝私たちみたい？〟

グリィがそう呟く。アルもそうだなと思って、自分の膝を指先でポンポンと叩いた。肯定の合図だ。アルは水筒を自分の腰から外して二人に渡す。

「お兄ちゃん、ありがと」

二人は素直に微笑みを浮かべて水筒を受け取った。

「で、修理は無理そうなのか？」

三人の様子を観察していたオーソンが荷馬車を降りた。怪しい所はなさそうだと判断したのだろう。パトリシアも彼に続いて馬車から降りた。

「いや、いろいろ試したんだが……」

農夫らしい男は首を傾げて情けなさそうに言う。

「俺は結構こういうのは得意なんだぜ」

オーソンが農夫の傾いた荷馬車の下を覗き込んだ。

「よく見えねぇな。アル、下の所、魔法で照らしてくれねぇか?」

アルは傾いた荷馬車の下の所に光呪《ライト》文を灯す。

「オーソン殿、アル殿」

急にジョアンナが緊張した声を上げた。近くの林を指さしている。皆、彼女が指す方を見た。ゴブリンだ。それも六体。距離は五十メートルほど離れている。身長は百二十センチ程で、木のこん棒のようなものを持っていた。

「父ちゃん、あれは?」

双子が尋ねている。父親もまだ何かよく見えていないらしく、悠長に何か居るなと答えていた。

「ゴブリンだ。パトリシア、馬車から降りて荷馬車の陰に、サムとアンナもだ」

アルの警告にオーソンが慌てた様子で前に出た。ゴブリンは石を投げてくることもある。距離があると言っても油断はできなかった。パトリシアがサムとアンナを抱えるようにして荷馬車の陰に移動した。農夫らしい男も何をしていいのかわからない様子で、一緒に荷馬車の陰にしゃがみ込む。

〝ゴブリン! 蛮族ね〟

グリィは初めて見るような反応だ。アルの双子の妹、イングリッドの魂が宿ったわけではないのか? それとも彼女はゴブリンに殺されたのではなかったのか。さまざまな思いが浮き上がってくるが、それを尋ねる暇はなかった。アルは胸元でグリィが宿るアシスタント・デバイスをぎゅっと握りしめた。

「六体です。警戒をお願いします。一体に先制攻撃します」

『魔法の矢《マジックミサイル》　収束　距離伸長』

アルの突き出した左の掌から青白い魔法の矢が一本、糸を引くような痕跡を残して一体のゴブリンの胸元に吸い込まれた。そのゴブリンは衝撃で後ろにそのまま倒れる。他のゴブリンがおそらく驚いたのだろう。目を見開いてアルたちの方を見た。そして大口を開けて何か叫んでいる。辺境都市レスターあたりに出現するゴブリンならこの状況なら逃げ出すことが多い。だが、このゴブリンはアルたちに向かって走り始めた。

「こっちに向かってきます」

ジョアンナも手に持っていた剣からかぶせた布を外して抜く。オーソンも槍を片手にアルを庇うように自然体で立った。ゴブリンはあっという間に近づいてくる。

「二体任せます。三体潰します」

アルはそう言って、再び左手を突き出した。

『魔法の矢《マジックミサイル》』

アルの掌からは青白い魔法の矢が九本飛び出した。三本ずつ三体のゴブリンの胸に突き刺さる。ブギュウと声を上げつつ、そのゴブリンは後ろに倒れる。

オーソンとジョアンナのそれを見て前に飛び出す。オーソンも片足を引きづっているが、三ステップぐらいはなんとか踏めた。

『貫　突《ディープスラスト》（槍闘技）装甲無効技』

オーソンの槍がゴブリンの身体を背中まで簡単に貫いた。その横でジョアンナは剣を振りかぶる。

『速　剣《ファストブレード》（直剣闘技）二回攻撃』

ジョアンナはゴブリンの肩口から斜めに斬り下ろし、さらに素早く横に薙ぎ払った。グゲェ……とうめき声を残してゴブリンは倒れたのだった。

「みんな、余裕じゃねぇか」

オーソン倒れたゴブリンを見ながら感心したように声を上げた。

アルは少し照れた様子で首を振る。パトリシアは荷馬車の陰から立ち上がり、さすがですといった表情で両手を胸の前で組んでアルを見ていた。

〝すっごいね。ゴブリンなんて簡単に倒しちゃうんだ〟

あの時、この力があれば、イングリッドを失う事はなかっただろうか？

「お兄ちゃん、ありがとう」

双子が丁寧にアルに頭を下げて礼を言った。

「どういたしまして」

ゴブリンが六体、アルたちが退治しなければ、この双子はイングリッドのようにゴブリンの犠牲になったかもしれない。そう考えると、少しは祖父に近づけたのかもしれない。アルは少しそんな気がして、おもわず微笑んだ。

「ゴブリンはもう居ねぇだろうな」

オーソンは、周囲を見回す。アルも知覚強化《センソリーブースト》をして確認してみた。緑色の肌をしたあの蛮族の姿はもうないようだ。

「あとは、この荷馬車の修理だな。できれば、さっさと修理して今日中にミルトンにたどり着きてぇ」

オーソンはそう言って、再び農夫の傾いた荷馬車の下を覗き込んだ。

「お？　ちょっとアル。おまえさん、オオグチトカゲの時みたいに魔法を使ってこの荷馬車、持ち上げることが出来ねぇか？」

オーソンの申し出に、アルはできるかなとすこし首を傾げながら呪文を使った。

『肉体強化《フィジカルブースト》　筋力強化』

農夫の荷馬車の壊れた車軸側に立ち、車体を抱えるようにして上げていく。百キロを超えていそうな荷物を載せた荷馬車がゆっくりと持ち上がった。アルと同じ肉体強化《フィジカルブースト》呪文が使えるジョアンナが驚いて目を見開く。何か言いたそうだが、後でとアルが制する。きっとオプションについて聞きたいのだろう。

「いいぞ、そこでちょっと止まっててくれ。ここの釘が歪んで外れてら」

そう言って、オーソンはナイフを取り出し、その柄で荷馬車の車軸受けの金具の釘を叩く。具合を見ながらアルにゆっくりと降ろすように言った。おかしくなっていた車軸はなんとか車体の重みに耐え、アルが手を放しても傾かなかった。

それを見て「やったー、たすかった」と農夫や双子は歓声を上げる。パトリシアはそれを見てすごく嬉しそうな顔をした。

〝見捨てなくて済んで、パトリシアすごくうれしそう〟

グリィの言葉に、アルも自分の腕をトントンと叩いて答える。

「よし、これでとりあえず様子見しながら行こうぜ。できるだけこっちに荷物を移してゆっくりと行った方が良いかもだがな」

オーソンもそう言ってにっこりと微笑んだ。

あとがき

拙作を手に取っていただきありがとうございます。

なんとか第一巻を刊行することができました。これも編集さんや校正さんといった出版社の方々、素敵な表紙や挿絵を描いていただけました sime 先生、そして何より、Web 連載版で感想や誤字訂正、レビューを寄せていただいた皆様方のお陰です。

どれが欠けても、この本はでき上がらなかったと思います。本当にありがとうございました。

そして、アルの冒険は楽しんで頂けましたでしょうか？

（先にあとがきを読んでいる方は安心してください。ネタバレは書いていません）

魔法という現実世界ではありえないものがもし存在するとすれば、どのように生活に関わって来るのか。魔法使いはどのような苦労をして習得し、身に付けたとすればどのような使い方をするのか。精一杯の想像力を巡らせて、この作品を書きました。

電気照明のない世界で、光を灯せる呪文が使えたら、当然夜はそれを使いたいと考えると思うのです。ランプなんて、魔法の光に比べたらきっと暗いし、油も要るし、臭いもきついでしょう。ロウソクなんて高価で、灯っている時間も短い。どちらにしても、とても毎晩それを使う気になんてなれないはずなのです。

そして、魔法に回数制限やMP的な物があるというのはゲームとして楽しむために数値化したものでしょう。

実際に魔法が存在するとしたら、それはどういった理屈で、なにを根源としているのか。誰もができるような簡単な事ではないでしょうが、そういったことを突き詰めるところから、この作品は生まれました。

その過程の中で光呪文の色や明るさは一人一人違うはずだとなったのです。

食事をして、寝る。それと同じように魔法を使う……。限りなく日常に近いファンタジー世界を感じてもらえればうれしいです。

第一巻の最初では、アルはまだ駆け出しにすぎませんでしたが、この半年の間での経験を経て、いっぱい成長しました。きっとこれからも色々な出会いや冒険を経て、成長していくはずです。引き続きアルと筆者に応援をよろしくお願いいたします。

尚、この作品は山崎と子先生のコミカライズも予定しており、この後に試し読み版が載っています。面白そうと思っていただけましたら、そちらにも是非応援をお願いいたします。

コミカライズ1話試し読み

原作 れもん

漫画 山﨑と子

キャラクター原案：sime

その大陸には
多くの蛮族《ばんぞく》や
凶悪《きょうあく》な魔獣《まじゅう》が
住《す》んでいて
人々が開拓を進めるも
まだ蛮族や魔獣を
完全に
駆除《くじょ》できていない地域を
「辺境地域《へんきょうちいき》」と呼んでいた
これはそんな辺境地域にある
チャニング村を治《おさ》める
騎士爵《きししゃく》ネルソンの三男
アルフレッド・チャニングの
冒険の物語である

シルヴェスター王国暦《おうこくれき》160年5月晴天——
南西部《なんせいぶ》に位置するレイン辺境伯爵領《へんきょうはくしゃくりょう》

ふぅ ふぅ
騎士爵ネルソン 三男
アルフレッド・チャニング
ねぇ
ミア
まぁだ？
次女
イングリッド・チャニング

きっと もう少しね
もうすぐ モリスがまた 美味《おい》しい野イチゴを 見つけて 戻ってくるはずよ
かあさまに たべて もらうの！
従士《じゅうし》ナイロンの妻 ミア
そうね 頑張《がんば》って 歩きましょう！
うん がんばる
がんばる！
ガサッ

ねぇ だれか いるよ？
へんなの…
あれは……っ ゴブリン…！
フーフー

ばっ
逃げて！
にげよ
アリュ
でも
ミアが…

アル様
グリデ様
先に逃げて
早く!
ギャギャ
ギャギャギャギャギャギャ

あっ!
ドザッ
アリュ
グリィー!

ずきっ
ぐっ！
う…

ん…
ぐ…
ギリギリギリギリ
ハァ
グリィ…
ハァ
ミア…

!
ひっ
ビクッ
ギギッ
ひた
ひた
フー
フー
アル…
アル…
たすけて…
うう

ばっ
アル!
アルの祖父
ディーン
ああ…
痛かったろう…
可哀想《かわいそう》に…
じいちゃん
うしろ!
comic
コロナEX
他にて
連載中!
続きはWEBにてお楽しみください!

じいちゃんの言ってた古代遺跡――
天空の研究塔へ
コミカライズ好評連載中！
漫画：山﨑と子
今冬発売！
【著】れもん　【イラスト】sime

次巻予告
行ってみせる！
遺跡の先で
見つけたものとは……？
新たな呪文の書と亡国の姫との出会いが
アルの運命を変えていく！
“古より今を創る”少年魔法使いの王道ロードファンタジー！
冒険者アル
あいつの魔法はおかしい
2

冒険者アル　あいつの魔法はおかしい

2024年9月2日　第1刷発行

著　者　**れもん**

発行者　**本田武市**

発行所　**TOブックス**
〒150-0002
東京都渋谷区渋谷三丁目1番1号　PMO渋谷Ⅱ　11階
TEL 0120-933-772（営業フリーダイヤル）
FAX 050-3156-0508
印刷・製本　中央精版印刷株式会社

ISBN978-4-86794-300-7